JN112411

大学院文化科学研究科

日本文学の研究史

島内裕子

人文学プログラム

日本文学の研究史（'21）

装丁・ブックデザイン：畑中　猛

s-53

まえがき

本書は「日本文学の研究史」と題して、日本文学が読まれ続けてきたプロセスをたどることで、作品が「古典となる経緯」とは、どのようなことを指すのかを、明らかにしたい。

ある作品が書かれると、その作品は、同時代の読者の間（あいだ）で読まれる。そして、作品が書かれた時代の次の時代にも、さらにはその次の時代にも、読み継がれてゆく場合がある。それが「古典」と呼ばれるものの実体である。けれども、その古典が書かれた時代と、読者が古典を読もうとする時代とでは、言葉の意味や文法体系、さらには社会的・政治的・経済的な基盤も変容しているので、作品を「読む」行為が次第に困難になってくる。この時に「研究」が必要となる。

我が国の場合、研究はまず「注釈」という形態で始まった。作品の表現をめぐって、意味、典拠、背景などを突き止めるのが注釈である。永く読み継がれてきた人気のある作品であればあるほど、いつの時代でも次々に注釈が書かれ、蓄積されてゆく。それが「研究史」である。

「目次」で示したように、本書の配列は、作品の成立時期ではなく、研究が活発化した時代順にしてある。通常の文学史は、奈良時代に書かれた『古事記』や『万葉集』から書き始められている。確かに、「成立」を重要視すれば、時間軸に沿った記述になるのが自然であろう。ただし、作品が読み継がれ、研究され続けることで、その作品に影響を受けて、その後の日本文学や日本文化が発芽し、開花し、結実してゆくという側面に着目するならば、平安時代に成立した『古今和歌集』や『源氏物語』の研究史から入ってゆくことの意義は大きいだろう。

また、近現代でこそ高い評価を受けている作品、たとえば『枕草子』や『方丈記』などは、成立後も長い間、研究対象とならず、したがって、注釈書もなかった。『徒然草』も、成立後百年が経過したころになってようやく少しずつ読まれ始め、読後感などを書き留める人々も出てくる。そして、江戸時代に入るや、一挙に注釈書群が出現してきた。このような現象が起きるのは、不思議なようにも思われるが、『徒然草』の場合、すでに研究史が蓄積されている『源氏物語』や『古今和歌集』などの注釈内容を、ほぼそのまま援用すれば語釈などの注釈は可能だった。つまり、ある作品の注釈研究には、既成の注釈研究が適応できる。本書では、このような「注釈書の汎用性」に留意したい。

奈良時代に成立した『古事記』や『万葉集』の「研究」が、なぜ、ようやく江戸時代になって本格的に開始したかということの特異性も、『古今和歌集』や『源氏物語』研究との関係性から、読み解ける。江戸時代後期に本格化した古代文学の研究が、社会のあり方や価値観を大きく変貌させる基盤となり、文学研究が新時代への指針を示したのは、今までになかったことだった。

文学研究とは、古典に限るものではない。だから、同時代文学の場合も視野に入れなくてはならないだろう。つい先頃までは、同時代文学として読まれていた樋口一葉や森鷗外の作品も、百年の歳月の経過の中で、今や、語釈や当時の暮らしなどへの解説が必要な時代になってきている。それら近現代文学の注釈も、古典作品の注釈の延長線上に試みられることだろう。そのことも視野に入れつつ、日本文学の研究史をたどれば、日本文学と日本文化の歩んだダイナミズムが見えてくる。その最先端に、二十一世紀を生きる私たちがいる。

令和二年六月

島内　裕子

目次

1 『古今和歌集』の研究史

《目標・ポイント》 我が国で最初の勅撰和歌集である『古今和歌集』には、膨大な研究史が蓄積されており、中世の「古今伝授」もその圏域に含まれる。『古今和歌集』研究の歴史をたどると共に、近代に巻き起こった正岡子規の『古今和歌集』批判の意味についても考える。

《キーワード》『古今和歌集』、古今伝授、宗祇、正岡子規

1．『古今和歌集』の成立と、注釈書の蓄積

＊最初の勅撰和歌集として

『古今和歌集』は、醍醐天皇の命を受けて撰進（せんしん）され、九〇五年に成立したとするのが通説である。撰者は、紀貫之（きのつらゆき）・紀友則（きのとものり）・凡河内躬恒（おおしこうちのみつね）・壬生忠岑（みぶのただみね）。冒頭に、紀貫之が平仮名の和文で書いた「仮名序（かなじょ）」、末尾に紀淑望（よしもち）が漢文で書いた「真名序（まなじょ）」がある。なお、本書では、『古今和歌集』という名称を、適宜、二重かぎ括弧を付けずに、古今集と表記する場合もある。

『古今和歌集』は千百首を全二十巻に配列する。流布本（るふぼん）では、墨消歌（すみけちうた）十一首を巻末に加えて、合計一千百十一首である。和歌の内容によって分類する「部立（ぶだて）」のスタイルが採られており、整然としたその構成は、以後の勅撰和歌集の基準となった。

巻一から巻六までが、春（上下）・夏・秋（上下）・冬からなる、四季の歌である。日本人の季節感や美意識の原型となった。四季歌に続いて、「賀」（お祝いの歌）、「離別」（別れの歌）、「羇旅」（旅の歌）、「物名」（ブツメイとも。和歌の中に、一首の内容とは別に、名詞を詠み込んだ歌）が配置される。その後に、五巻を充てる恋歌が位置して、恋愛の中に立ち顕れる人間感情の機微を、さまざまに詠む歌を配列する。古今集の恋歌は、生きる意味を模索する物語文学に大きな影響を与えた。恋歌の後には、「哀傷」（死別の歌）、「雑」二巻、「雑体」（長歌・旋頭歌・誹諧歌）が続き、最後は大歌所御歌・神遊び歌・東歌で締め括られる。多彩な和歌の世界が、各巻の部立からも窺われる。

古今集の作風は、理知的で優美と評されることが多く、技巧的には掛詞や縁語を用いたものが多い。また、各巻の和歌の配列もよく考えられた構成になっており、四季歌や恋歌は時間の流れに添う配列になっている。

＊『古今和歌集』の学習スタイル

清少納言が著した『枕草子』に、「清涼殿の丑寅の隅の、北の隔てなる御障子には」で始まる段がある。この段は中宮定子の宮廷サロンの情景を華やかに描く、かなり長い章段である。その終わりの方に、次のようなエピソードが出てくる。村上天皇（在位九四六〜九六七）の宣耀殿の女御（藤原芳子）は、入内前に父の藤原師尹（九二〇〜九六九）から、書道と琴（七絃琴）に習熟することに加えて、「『古今』の歌、二十巻を、皆、浮かべさせ給はむを、御学問には、せさせ給へ」と言われていたので、詞書も含めて、すべての歌を暗記していたという。

『古今和歌集』の全巻を暗記することが、教養の基盤となる。そのことを明確に示す、早い事例である。このエピソードで注目したいのは、古今集の和歌だけでなく、詞書（歌が詠まれた状況の説明）も含めて暗記せよ、という点である。詞書がある歌は、一体化して読むように示唆されている。古今集に限らず、他の和歌集の場合にも、大切な心掛けであろう。

『枕草子』のこのエピソードには、注釈研究のことは出てこないが、ここに登場した村上天皇は、九五一年に、二番目の勅撰和歌集『後撰和歌集』を清原元輔（清少納言の父）や源順らに命じて編纂させている。ちなみに、清原元輔は「梨壺の五人」と呼ばれて、『万葉集』の研究を行った先駆者の一人であった。

その後、「古今注」と総称される膨大な注釈が著されてゆく過程では、和歌に関する注釈もさることながら、「仮名序」に関する注釈が目立つ。

＊『古今和歌集』の注釈書に関する基本文献

ここでは、古今集の注釈書の基本文献として、三種の書籍を挙げたい。『古今集注釈書伝本書目』（以下、『伝本書目』と略称）という本がある。ここには、三百五十を超える『古今和歌集』の注釈書のタイトルと、その所蔵先などが記載されている。それぞれの注釈書は、書名が類似していても異なる注釈書であったり、書名は別々であっても、同種の注釈書であったりするので、この『伝本書目』であらかじめ調べておくと便利である。

わたし自身は、国文学研究に志した学生時代から、次の二つの書物を座右に置いている。片桐洋一『中世古今集注釈書解題』（全六巻、赤尾照文堂、昭和四十六年～六十二年）と、竹岡正夫『古今和歌集全評釈』（上下、右文書院、補訂版・昭和五十六年）である。片桐『解題』は第六巻を除き、各巻が解題篇と資料篇からなり、解題篇は概説、資料篇は注釈書の翻刻である。解題篇と資料篇が相俟って、中世の時代に著された古今集注釈書の世界をトータルに把握できるし、一つ一つの注釈書の全体が活字化されているので、それぞれの注釈書の全貌とその個性とを理解できる。

竹岡『全評釈』の場合は、一首ごとの評釈の最後に、当該歌に対する古注釈も掲載している。そのことを扉の頁で、書名に加えて「古注七種集成」と明記している。ここで言う「古注七種」とは、藤原清輔の『古今集勘物・書入』、藤原教長の『古今集註』、藤原顕昭の『古今集註』、藤原定家の『顕註密勘』、寂恵の『古今集勘物・書入』、東常縁・宗祇の『古今和歌集両度聞書』、飛鳥井雅俊の『古今栄雅抄』である。

「古注釈」の中で、室町時代初期以前の古い注釈書を「古注」と言い、室町時代中期以降江戸時代中期までの注釈書を「旧注」と呼んで区別することがある。片桐『解題』は、古注と旧注の代表的な注釈書を紹介しているので、古注と旧注の本質の違いが浮かび上がる。竹岡『全評釈』の場合は、一首一首の和歌の解釈を主眼としているので、一首ごとに、近代以後の注釈と古注釈との両方が紹介・解説されている。したがって、『古今和歌集』の注釈史研究に志す場合は、片桐『解題』を基盤図書とし、『古今和歌集』の和歌の解釈史研究を志す場合は、竹岡『全評釈』を基盤図書とするとよいだろう。

＊注釈書群の分岐点

先ほどは竹岡『全評釈』について、「近代以後の注釈と古注釈の両方」という言葉を使ったが、これについて、ここで説明したい。

「古注」とか「古注釈」というのは、江戸時代に契沖が『古今余材抄』を著す以前に成立していた、古今集の注釈書を指す言葉である。国学の始まりは契沖（一六四〇～一七〇一）とされるので、契沖からは新しい学問という意味で「新注」と呼び慣わされている。それ以前の注釈書は「古注釈」と呼んで区別しているのである。ただし、近代以後の注釈は、単に「注釈書」と言って、新注には含めない。

江戸時代中期以降には「国学」が盛んになって、研究スタイルも注釈スタイルも、それ以前と一変した。『古今和歌集』と『伊勢物語』と『源氏物語』という、平安文学の解釈を中心とする研究スタイルから、『古事記』や『万葉集』などの古代文学を視野に納めた研究スタイルに、大きく変貌したのである。このことに、特に留意したい。

契沖に始まる国学以前の注釈書を総称するのが「古注釈」であるが、前述したように、その中で、特に鎌倉時代から室町時代初期までの注釈書を指して「古注」と呼ぶ場合もある。古注釈の中でも、古い時代という意味である。そして、室町時代中期に「古今伝授」が始まる前後を境目として、契沖までの時期の注釈書を、「旧注」と呼称することもある。つまり、近代以前の注釈書群を、「古注・旧注・新注」という三段階に分ける場合と、「古注釈・新注」の二段階で考える場合があるので、ややわかりにくい。ただし、注釈研究史に長い蓄積を持つ作品の場合は、三段階に分けて考えた方が、より一層、注釈研究の展開性が明確になるであろう。

2. 古注の特色

＊注釈書と説話文学

以下、「古今注」の中での「古注」の特色について概説しよう。「古今注」とは、『古今和歌集』の注釈書全体の総称である。

「古注」の特色は、和歌研究と説話研究、さらには物語研究とが連動していることで、なおかつ、言葉の意味の解明よりも、「文学的な発想の脈絡」を文化史的な広がりの中に求める態度にある。また、「古今注」における「古注」では、とりわけ『古今和歌集』の仮名序に関する注釈に力点が置かれている。先に挙げた『古今集注釈書伝本書目』の凡例を参看すると、「全注」「序注」「歌注」「伝授書」という区分が示されており、仮名序の部分に特化した「序注」の存在がわかる。

さて、紀貫之の書いた『古今和歌集』の「仮名序」には、次のような箇所がある。

　力をも入れずして天地を動かし、目に見えぬ鬼神をも哀れと思はせ、男女の仲をも和らげ、猛き武士の心をも慰むるは、歌なり。

片桐『解題』第二巻に翻刻されている『古今和歌集頓阿序注』(『伝頓阿作古今序注』とも)は、頓阿(「とんな」とも、一二八九～一三七二)の名前が冠されているが、頓阿の著作ではなく、もっと古い時代に書かれた注釈書であるとされている。「古注」の中でも最古の部類に属すると言ってよい。頓阿は、『徒然草』の著者である兼好の友人であり、当時、「和歌四天王」と呼ばれた四人の歌人たちの筆頭である。

『頓阿序注』では今引用した箇所について、和歌にさまざまな効用があることを、具体的な説話を列挙することで、証明しようとしている。旱魃で人々が苦しんでいたが、能因が和歌を詠むと天の神が感動して雨を降らした話。重病で死にかかっていた稚児が和歌を詠むと命が助かった話。和泉式部に恋慕した男が和歌を詠んで、和泉式部と結ばれた話。和歌を詠んで、恐ろしい鬼を斥けた話。藤原千方という逆賊が叛乱を起こしたが、反乱軍に味方していた鬼を和歌の力で退去させ、平和を取り戻した話。

「歌徳説話」と呼ばれるこのような話が、『頓阿序注』に書かれているのである。和歌の研究が、説話文学と深く関わっている。藤原千方の話は、室町時代に成立した御伽草子『酒呑童子』にも影響を与えている。

＊古注と物語文学

『古今和歌集』の仮名序には、「富士の煙に比へて人を恋ひ」という部分がある。この部分に関して、『古今和歌集序聞書三流抄』（片桐『解題』二巻所収）は、天武天皇の頃、駿河の国に「作竹翁」という者が、竹林の中に入って行くと、鶯の卵に交じって「金色の子」を見つけ、「赫奕姫」と名づけたという話を記している。その美しさは国司を通して天皇の耳にも達し、天皇の寵愛を受けた。けれども、三年後に、彼女は自分が「天女」であると素性を話し、形見の「鏡」を残して去った。天皇が鏡を胸に当てると、「焦がるる思ひ」が「火」となって燃えあがったので、彼女の本国である駿河の国の富士山の頂に置いた。その火は、今も絶えずに立ち上っている。

これは、『竹取物語』と関連する説話である。それが、『古今和歌集』の古注にも入り込んでいる。人を恋うる気持ちを歌に詠む場合に、なぜ富士山の頂から立ち上る煙に喩えるのかという疑問に対する答えとして、今挙げたような説話の存在を引き合いに出している。このような論拠となる具体的な話を、「本説」とか「本文」と呼ぶ。本説・本文の提示によって説明することが、古注の注釈態度の基本であった。

3.『古今和歌集』と古今伝授

＊二条派の学問

藤原定家は、『古今和歌集』の本文の書写を、たびたび行っている。定家の父の藤原俊成（しゅんぜい）も大歌人であり、その家柄は「御子左家（みこひだりけ）」と呼ばれる。この御子左家は、定家の孫の時代に、二条（にじょう）家・京極（きょうごく）家・冷泉（れいぜい）家の三つに分かれた。現在まで続いているのは冷泉家だけであるが、京極為兼（ためかね）の時代に、『玉葉（ぎょくよう）和歌集』『風雅（ふうが）和歌集』という、叙景歌に優れた勅撰和歌集を完成させたことで、文学史に名前を残した。そして、断絶したものの、中世において「和歌の正統」を担ったのが、二条家だった。二条家の系図を、掲げよう。

俊成――定家――為家（ためいえ）――為氏（ためうじ）（ここから二条家）――
為世（ためよ）――為道（ためみち）――為定（ためさだ）――為遠（ためとお）――為衡（ためひら）（以後、断絶）

この系図の中の「為世」に師事した優れた歌人たち、すなわち、頓阿・慶運（けいうん）・浄弁（じょうべん）・兼好（けんこう）の四人を、「和歌四天王」あるいは「二条為世門の四天王」と言う。頓阿は、中世を代表する歌人として、江戸時代にも高く評価された。兼好は、散文作品である『徒然草』の作者として著名である。

＊『兼好注』と『浄弁注』

和歌四天王のうち、頓阿（一二八九〜一三七二）の名前を冠した『頓阿序注』という古注があることはすでに述べた。兼好（一二八三頃〜一三五二頃）と浄弁（?〜一三四四頃）も、二条為世の高弟として、『古今和歌集』に関する二条派の学説を受け継いでいる。浄弁は元亨二年（一三二二）に、二条為世から『古今和歌集』を受講し、兼好も少し遅れるが、正中元年（一三二四）に、同じく二条為世から『古今和歌集』を受講した。その受講録にあたるのが、『浄弁注』であり、『兼好注』である。まずは、本章の最初に紹介した『伝本書目』によって、その存在を確認してみよう。「通称書名一覧」で『兼好注』と『浄弁注』を調べてみると、『兼好注』が二本、『浄弁注』が五本掲載されている。伝本の数の多寡は、ある程度、流布状況の反映と考えられるので、兼好と比べると浄弁の古今注の方が流布したようにも思われる。浄弁の場合、息子の慶運も和歌四天王の一人であるし、弟子の運尋もおり、また、浄弁自身も九州に赴いて、九州探題の北条英時や大友氏などの有力武将たちに和歌の指導をしており、歌人活動が活発だったこととも関係しているのだろう。兼好の場合は、一代限りの歌人だった。

兼好も浄弁も二条為世から学説を受けているので、『兼好注』と『浄弁注』は、基本的にはほぼ同じ内容であるはずだが、多少の違いも見られる。『古今和歌集』の「呼子鳥」に関する説の記述を例に挙げてみよう。なぜこの部分を取り上げるかと言えば、『徒然草』第二百十段に次のような記述が見えるからである。ただし、肝心の『兼好注』に、呼子鳥に関する注は書かれていない。

> 「呼子鳥は、春の物なり」とばかり言ひて、いかなる鳥とも定かに記せる物無し。ある真言書の中に、呼子鳥鳴く時、招魂の法をば行ふ次第、有り。これは、鵺なり。『万葉集』の長歌に、「霞立つ　永き春日の」など、続けたり。鵺鳥も、呼子鳥の事様に通ひて聞こゆ。

『徒然草』には、兼好が書物から学んだいろいろな知識が書かれているので、第二百十段も読書人としての兼好の姿を彷彿とさせる章段のように思われるが、『浄弁注』と読み合わせてみると、この段が二条為世から受けた歌学の一端であることがわかる。

そもそも「呼子鳥」は、『古今和歌集』巻一・春上の「をちこちのたづきもしらぬ山中におぼつかなくもよぶこ鳥かな」と詠まれているが、どのような鳥であるか未詳である。『浄弁注』には「呼子鳥」に関する注が書かれているので、その内容をかいつまんで紹介しよう。

呼子鳥については諸説あるが、ただ「呼子鳥」という鳥がいるとだけ知っていればよい。山鳩説もある。必ずしも春の鳥というわけではないだろう。自分は、鵺という鳥であると習った。『万葉集』にその証歌がある。また、真言秘法に呼子鳥が鳴いた時に行う修法がある。これはすなわち鵺のことである。この説は、ゆめゆめ口外してはならない。

浄弁が書き留めている内容と『徒然草』第二百十段は、一致する部分が多い。どちらも二条為世から受け継いだ学説であり、当然と言えば当然であるが、二条家の歌学が、高弟たちによって継承されていることがわかる。同時に、二条派歌人としての兼好の姿も垣間見られる。以上のことは、拙著『徒然草の変貌』（ぺりかん社、一九九二年）所収の拙稿「歌学書との接点」で述べた。

＊「古今伝授」の系譜とその展開

二条家が断絶した後は、頓阿の子孫である経賢・尭尋・尭孝たちが、御子左家の俊成・定家から始まる二条家の歌学の正統を担った。尭孝（一三九一～一四五五）は、頓阿以来受け継いできた歌学を、東常縁（生没年未詳、一説に一四〇七～一四八四頃）に伝授した。この東常縁が、連歌師の宗祇（一四二一～一五〇二）に『古今和歌集』などの歌学を伝えたのが、「古今伝授」の始発とされる。

古今伝授のそもそもの原点は、二条派の学説であり、それを後世に伝えた伝達者として頓阿とその子孫たちの役割が大きかったことを、ここで押さえておきたい。

宗祇は、古今伝授を三条西実隆(さんじょうにしさねたか)に伝えた。三条西家が歌学の中心になる時代の到来である。十五世紀後期から十六世紀末期まで、実隆（一四五五〜一五三七）・公条(きんえだ)（一四八七〜一五六三）・実枝(さねき)（一五一一〜一五七九）と続いた三条西家の人々は、『源氏物語』研究にも大きな足跡を残した。

古今伝授に関して言えば、実枝の子が幼かったので、弟子の細川幽斎(ほそかわゆうさい)に、古今伝授が行われた。ここから、さらに古今伝授のさまざまな流れが生じ、江戸時代にも古今伝授は続いてゆく。「御所(ごしょ)伝授」は、細川幽斎から八条宮智仁(としひと)親王へ、そして烏丸光広(からすまるみつひろ)や後水尾院(ごみずのおいん)へと伝わってゆく。また、「地下(じげ)伝授」は、細川幽斎から松永貞徳(ていとく)へ、さらには北村季吟(きぎん)へと伝わった。

この「古今伝授」時代の注釈書が、南北朝時代頃までの「古注」と、江戸時代の契沖を始発とする「新注」の間をつなぐ「旧注」であり、時代としては室町時代中期から江戸時代前期までということになる。

＊宗祇の『両度聞書』

古今伝授の系譜とその展開について、江戸時代までの流れを大きく把握したが、ここで「常縁・宗祇ライン」に立ち戻って、古今注の中で和歌がどのように解釈・鑑賞されていたかを、具体的に見てみよう。宗祇は連歌(れんが)の大成者であるが、古今伝授の始発に関わり、その後の古今伝授の展開に大きな役割を果たした。その宗祇が、文明三年（一四七一）に、二度にわたって受けた東常縁の古今集講義を記録したのが、『両度聞書』である。片桐『解題』三巻に翻刻され、竹岡『全評釈』にも掲載されている。「呼子鳥」のことが詠まれている歌の注を、『解題』と『全評釈』とで読んでみると、ほぼ同一の注であった。ここでは、寛永十五年（一六三八）に刊行された『両度聞書』の版本を翻刻している竹岡『全評釈』によって、引用する。

深山幽谷にわけ入りて、遠近のたよりもわかぬ折ふし、此鳥の、そこはかとなく鳴わたるがおぼつかなきよしなり。大かたの鳥のこゑも、さこそ侍らめど、ことによぶと云に、かくよめるなり。をちこち、こなたかなた、といへるにも、かなふべし。猶、たゞ旅行の心と所の折ふしの義と取合て、其身になりてよく吟味すべし。下に習あり。この歌、猶可レ受二師説一。

『古今和歌集』の歌について、宗祇は、常縁の講釈を、このように記録したのである。ここではまず歌全体の情景を捉え、そのうえで、言葉の意味内容、すなわち語釈も書いており、さらにこの歌の鑑賞の仕方まで示されている。その一方で、「呼子鳥」の実体に関する考証は書かれていない。先に見た『浄弁注』や『徒然草』第二百十段が、「呼子鳥」をめぐる諸説の紹介に力点をおいていたのとは異なる注釈態度であることが、垣間見られるだろう。

＊古注の集大成としての『八代集抄』

古今伝授の系譜の中で、「地下伝授」に連なる北村季吟は、古典学の集大成を成し遂げ、「旧注」の代表者となった。彼の著した『八代集抄』は、『古今和歌集』だけでなく、それ以後に続く『新古今和歌集』までの、八つの勅撰和歌集を網羅したもので、古典和歌を広く一般に普及するのに功績があった。

この『八代集抄』に歌人の略伝や索引を加えたのが『八代集全註』で、その第一巻（有精堂、昭和三十五年）の「凡例」にも、「北村季吟の手になり、簡適明解、要領を尽くした点に定評があって、広く流布もした」（山岸徳平の執筆）とある。ちなみに、現代の注釈書でも、たとえば小町谷照彦訳注『古今和歌集』（ちくま学芸文庫、二〇一〇年）の底本は、北村季吟の『八代集抄』である。

それでは、『古今和歌集』仮名序の、「力をも入れずして天地を動かし、目に見えぬ鬼神をも哀れと思はせ、男女の仲をも和らげ、猛き武士の心をも慰むるは、歌なり」という箇所の解釈に関して、北村季吟の『八代集抄』には、どのようなことが書いてあるだろうか。

まず、この箇所が『毛詩序』（『詩経』）にある「天地を動かし、鬼神を感ぜしむるは、詩より近きは莫し」に拠っているという指摘。「鬼神」は魂のことだが、「神」は天の魂、「祇」は地の魂、「鬼」は人の魂のことなので、和歌には天地人の魂を哀れと思わせる力がある、と解説している。和歌の力に関して、「典拠は定かではないが、古来言い伝えてきたことなので」と断りつつも、藤原千方の説話も引用している。また、『伊勢物語』で、女の詠んだ歌の力で男の心が改まったことや、業平の歌に感動して住吉明神が歌を返されたことなどが、指摘されている。季吟はまた、『万葉集』や『新古今和歌集』の用例も挙げている。これは、歌徳（和歌の力）が、『古今和歌集』の以前にも以後にも、広く深く存在していたことを強調するためである。「古注」にも配慮しながら、まことに「簡適明解、要領を尽くした」注釈である。

江戸時代の読書人たちは、古今集についての理解を、このような旧注を読みながら深めていったのである。古典の「本文」と、「簡適明解、要領を尽くした」注釈とが一体となって、日本の近世文化の水準を高めたと言える。

北村季吟は、元禄二年（一六八九）、徳川幕府の第五代将軍・徳川綱吉に招かれて、京都から江戸に移った。そして、綱吉の側用人を務める柳沢吉保に、「古今伝授」を行った。また、『古今和歌集』の秘説を書き記した『教端抄』を、柳沢吉保に献呈した。この『教端抄』は、『古今和歌集』のすべてを論じた大部な写本であるが、特に、仮名序に関する注釈が注目される。

仮名序には、「そもそも、歌の様、六つなり」、つまり、和歌には六種類があると述べるくだりがある。これは漢詩の六分類（六義）、すなわち、「風」「賦」「比」「興」「雅」「頌」を、和歌に応用して、「そえ歌」「かぞえ歌」「なずらえ歌」「たとえ歌」「ただごと歌」「いわい歌」の六つに分類したものである。

季吟から「古今伝授」と『教端抄』を授かった吉保は、駒込の下屋敷に、日本（和歌と神道）・中国（漢詩と儒教）・天竺（禅宗）とが渾然一体となった庭園（六義園）を造営した。『古今和歌集』の旧注は、大名庭園を代表する六義園の基盤となったのである。

4．本居宣長の口語訳

＊「新注」の開始

旧注を集大成した北村季吟（一六二四〜一七〇五）が生きた時代は、国学の始まりとされる契沖（一六四〇〜一七〇一）の生きた時代を包み込んでいる。契沖には、『古今余材抄』がある。契沖は、季吟が『八代集抄』で挙げた「力をも入れずして天地を動かし」の部分の注釈の中で、『伊勢物語』の住吉明神の例だけは踏襲するが、そのほかは重ならない具体例を挙げている。「旧注」を可能な限り否定しようとする「新注」の姿勢が、明瞭である。

賀茂真淵（一六九七〜一七六九）が行った講義を記録したものに、『古今和歌集打聴』がある。「歌の徳」に関しては、わずかに、雄略天皇が「心、猛々しくませるを、歌もて和し奉りし事、『日本紀』に見えし類也」とあるのが、唯一の具体例である。雄略天皇から罰されようとしていた者が、歌を詠んで免れたという出来事が、『日本書紀』にいくつか書かれている。これまで指摘されていなかった具体例を、古代から新たに発見したもので、「新注」の性格を雄弁に物語っている。

＊本居宣長の口語訳

国学を大成したのが、本居宣長である。宣長には、『古今集遠鏡』（一七九四年成立）がある。これは『古今和歌集』の真名序と長歌は除いているが、和歌を口語訳した注釈書である。古典の口語訳であるのが注目される。『古今和歌集』の巻頭歌と八番歌を見てみよう。

年のうちに春は来にけり一年を去年とや言はむ今年とや言はむ

年内ニ春ガキタワイ　コレデハ　同シ一年ノ内ヲ　去年ト云タモノデアラウカ　ヤツハリコトシト云タモノデアラウカ

春の日の光に当たる我なれど頭の雪となるぞ侘びしき

此節ノ春ノ日ノ光ノヤウナ難有イ御恵ヲ蒙リマスル私デゴザリマスレドモ　年ヨリマシテカヤウニ頭ガ雪ニナリマスルハ　サ　難義ニ存ジマスル　コマリマシタ物デゴザリマス

江戸時代の庶民にも理解できるように、驚くほど平明な「話し言葉」に置き換えられている。これが、本居宣長の採用した和歌の大衆化の方法であった。

5. 近代の『古今和歌集』研究

＊正岡子規の批判

明治以降、和歌は「旧派和歌」と呼ばれ、宮内省の「御歌所(おうたどころ)」を中心に残った。それに対して、正岡子規は「新派(しんぱ)」としての「短歌」を樹立しようと試みた。『歌よみに与(あた)ふる書』は、『古今和歌集』と紀貫之に対する完全否定であった。『万葉集』の力強さを近代短歌に復活させることで、和歌の柔らかさを乗り越えようとしたのだった。

子規は、旧派和歌では「大和言葉」しか使えないことに不満を感じた。そして、漢語や外来語、さらには俗語も自由に用いて、近代の短歌は詠まれるべきであり、そうでなければ圧倒的な威容を誇る西洋文学に太刀打ちできず、日本文化は崩壊すると危惧した。

日本文化を守るために、『万葉集』を基本に据えつつ言葉の自由を確保する。それが、子規の戦略であった。子規の唱えた「写生」理論は、近代短歌の中で大きな流れを形成していった。『万葉集』に対する評価が急上昇するのと反比例して、『古今和歌集』の地盤沈下が始まった。

＊『古今和歌集』の再評価を

本章で概観してきたように、『古今和歌集』は明治維新以前まで、長きにわたる注釈研究の蓄積があった。それらは、古注・旧注・新注という三段階の展開を見せて、日本文学の主流であった。注釈書の多さと多彩さが、そのことを物語っている。中でも、日本文化の相貌を明確化して、次なる時代に伝達した「中世文化」は、『古今和歌集』の圧倒的な影響を受けている。

そのことを、今、改めて考え直す時期に差し掛かっているのではないだろうか。

《引用本文と、主な参考文献》

・島内裕子校訂・訳『枕草子』上・下（ちくま学芸文庫、二〇一七年）

本書で『枕草子』を引用する際に使用する。この拙著は、江戸時代以来、昭和の半ば頃まで一般に広く読まれてきた、旧注の集大成者である北村季吟の『春曙抄』本に基づくが、章段番号は新たに付けた。現在、『枕草子』の本文付きの注釈書は、各種の古典文学全集や文庫本などで出版されているが、『枕草子』は諸本により章段の多寡もあって、章段番号がまちまちであることに留意する必要がある。

・『古今集注釈書伝本書目』（慶應義塾大学附属研究所　斯道文庫編、勉誠出版、二〇〇七年）

・片桐洋一『中世古今集注釈書解題』全六巻（昭和四十六・四十八・五十六・五十九・六十一・六十二年、赤尾照文堂）

以下に、各巻の資料篇に翻刻されている古今集注釈書を掲げる。

一巻　『為家古今序抄』『三秘抄古今聞書』『明疑抄』
二巻　『古今和歌集序聞書　三流抄』『伝頓阿作古今序注』『弘安十年本古今集歌注』
三巻　東山御文庫本『六巻抄』、近衛尚通本『両度聞書』
四巻　『蓮心院殿古今集注』
五巻　宮内庁書陵部本『古今集抄』所引『聞書』、『古今和歌集灌頂口伝』『玉伝深秘巻』
六巻は、解題篇と総合索引篇からなり、資料篇は掲載されていない。

・『徒然草』（島内裕子校訂・訳、ちくま学芸文庫、二〇一〇年）

本書で『徒然草』を引用する際に使用する。

・稲田利徳『和歌四天王の研究』（笠間書院、一九九九年）

・深津睦夫編『浄弁注　内閣文庫本古今和歌集注』（笠間書院、一九九八年）

・山岸徳平編『八代集全註』全三巻（有精堂、一九六〇年）

第一巻『八代集抄』上巻、第二巻『八代集抄』下巻、第三巻『八代集索引・勅撰作者部類・二十一代集才子伝』

・契沖『古今余材抄』（『契沖全集8』所収、岩波書店、一九七三年）

・賀茂真淵『古今和歌集打聴』（『賀茂真淵全集9』所収、続群書類従完成会、一九七八年）

・本居宣長『古今和歌集遠鏡』（『本居宣長全集3』所収、筑摩書房、一九六九年）

《発展学習の手引き》

・『古今和歌集』のすべての和歌を「連続読み」してほしい。和歌は一首一首が独立した作品であるが、『古今和歌集』は、その後の日本文学と日本文化の基盤となった、きわめて重要な作品であるので、その全貌を知ることで、自らの文学体験が広がるからである。仮名序から始めて、最後まで読み通すことによって、四季折々の季節感や、人間の感情の機微、旅の情景などが、心に刻まれるであろう。その文学体験は、日々の読書体験や日常体験と響き合って、よりいっそう深まると思う。『古今和歌集』は、現在、各種の古典全集や文庫本に収められているので、自分自身が読みやすい本を選んでいただきたい。

2 『小倉百人一首』の研究史

《目標・ポイント》藤原定家が撰んだ『小倉百人一首』は、主に江戸時代に数々の注釈書が書かれ、王朝和歌のエッセンスが、広く人々の中に浸透していった。現代に至るまでの代表的な注釈書と、さまざまな「異種百人一首」に触れつつ、王朝和歌が人々に親しまれてゆくプロセスをたどる。

《キーワード》藤原定家、『小倉百人一首』、異種百人一首

1．『小倉百人一首』の成立と宇都宮歌壇

＊『小倉百人一首』の成立

『小倉百人一首』は、単に『百人一首』とも言う。「ひゃくにんしゅ」という読み方もある。江戸時代の川柳に、「一の字は閑居してゐる百人一首」とあるのは、「百人一首」という漢字四文字のうち「一」の字だけは読まれないのを、「閑居」していると、穿ったのである。

『百人一首』とは、百人の歌人から、一人につき一首ずつを撰んだ、という意味である。撰者は、藤原定家。天皇や上皇が下命する「勅撰和歌集」に対して、個人が撰んだアンソロジー（詞華集）なので、「私撰集」と言う。定家の『百人一首』は、撰ばれた歌の影響力だけでなく、「一人一首で、合計百首のアンソロジー」というスタイル自体にも大きな影響力があった。各時代にさまざま

な「異種百人一首」が撰ばれている。これらについては、本章の最後に改めて取り上げるが、それらと区別する意味もあって、『小倉百人一首』と呼ばれるようになったのである。

「小倉」というのは、京都の西にある小倉山（小椋山）に藤原定家の山荘（小倉山荘）があったことに由来する。定家の子の為家は、鎌倉幕府の御家人である宇都宮頼綱の娘を、妻としていた。この頼綱の娘が生んだ子が、中世和歌の正統を担った二条家の祖となる為氏と、京極家の祖となる為教である。頼綱の娘が中世和歌の人脈形成に果たした役割は、大きかったと言えよう。

宇都宮頼綱は、小倉にあった自分の山荘の屛風に貼る色紙の揮毫を定家に求め、これが『小倉百人一首』を撰ぶ契機となったと考えられている。また、定家は『百人秀歌』というアンソロジーを撰んでいる。『百人秀歌』と『小倉百人一首』との先後関係は不明である。歌人の顔触れも多少異なる。たとえば、一条天皇の中宮（皇后）で、清少納言が仕えた定子の歌は、『小倉百人一首』には入っていないが、『百人秀歌』には、次の歌が入っている。

夜もすがら契りし事を忘れずは恋ひむ涙の色ぞゆかしき

この定子の歌は、『後拾遺和歌集』の「哀傷」の巻頭に位置する。詞書には、御帳台（寝所）の帳の紐に結びつけてあった歌で、自分の没後に夫の一条天皇にご覧いただきたいというお気持ちなのであろう、と書かれている。「涙の色」とは、悲歎にくれて流す「紅涙」のことを暗示している。「自分が亡くなったあとで、一条天皇は、私との生前の約束通りに、紅涙を流して私を偲んでくれるだろうか。その涙の色を、自分の目で見て、自分が本当に愛されていたかどうか、確かめたい」という意味である。『枕草子』に描かれた、明るく闊達な定子のイメージとは異なり、いかんともしがたい人生の最期に発せられた、痛切な歌である。

＊宇都宮歌壇と『小倉百人一首』

宇都宮頼綱は出家して蓮生と名告った。一ノ谷の合戦で平敦盛と戦ったことで知られている、同じ「蓮生」という法名を持つ熊谷直実とは、別人である。頼綱の弟の塩谷朝業（信生）も、歌人として知られる。蓮生と信生を中心とする鎌倉武士の歌人たちが、「宇都宮歌壇」である。宇都宮歌壇の人々は、『小倉百人一首』によって和歌を詠む訓練をしたのではないかと思われるほど、『小倉百人一首』からの本歌取りが多い。

宇都宮歌壇の和歌を集めたアンソロジー『新和歌集』を見てみよう。

・花の色を移りにけりと見るほどに我が身盛りの過ぎにけるかな　藤原時朝
　花の色は移りにけりないたづらに我が身世にふるながめせしまに　小野小町
・憂しとてもまたこの頃を嘆かじよなほ永らへば偲ばれぞせむ　藤原泰朝
　永らへばまたこの頃や偲ばれむ憂しと見し世ぞ今は恋しき　藤原清輔

このように、『小倉百人一首』は、和歌の初心者である中世の武士たちにとって、恰好の「和歌のお手本」であり、「和歌の教科書」として機能した。その効用は、近世の町人や、近現代の人々にとっても同様であったろう。

2.『小倉百人一首』の影響力

＊江戸時代の川柳

『小倉百人一首』の文化史的な意義は、そのたぐいまれな集約性にあると考えられる。王朝から中世の開幕期まで、勅撰集で言えば「八代集」の時代に詠まれた膨大な和歌のエッセンスを、わずか百首に集約することに成功した『小倉百人一首』は、庶民たちの世界にまで、深く、広く、浸透していった。それを示すのが、江戸時代に作られた川柳である。川柳は、俳句（発句）と同じ「五七五」の音律で、ユーモラスな内容を詠むジャンルである。『小倉百人一首』は、川柳作者に絶好の材料を提供した。

古典文庫『日本史伝川柳狂句』（岡田三面子編著、中西賢治校訂）の第十三冊には、『小倉百人一首』に題材を得た数多くの川柳が載っている。

「千万の中で腕こき百撰み」。何千人、何万人もの歌人たちの中から、「腕こき＝名手」だけを百人撰んだのが『小倉百人一首』である、という意味である。古代・王朝・中世初頭までの期間に、膨大に蓄積された和歌の中から、わずか百人の百首のみに集約したのが、藤原定家の手腕だった。なお、「千」には、定家の父・俊成が撰んだ『千載和歌集』、「万」には『万葉集』も利かせているのだろう。

「赤人の歌白いのを百へ入れ」。山部赤人という歌人名には「赤」という色彩が含まれているのに、『小倉百人一首』に撰ばれたのは「田子の浦に打ち出でて見れば白妙の富士の高嶺に雪は降りつつ」という、「白」が鮮やかな歌だった点に、面白みを見出している。

「夜をこめて書いた草子も枕なり」。清少納言の「夜をこめて鳥の空音は謀るともよに逢坂の関は許さじ」という機知に富んだ和歌が、『小倉百人一首』に撰ばれているが、彼女は「夜をこめて」（夜を徹して）『枕草子』という作品も書き残している、という内容で、この川柳自体も機知に富む。余談になるが、清少納言の『枕草子』は、江戸時代になるまで、人々に広く読まれることがなかったが、定家が撰んだ『小倉百人一首』にこの歌が入っていることは、江戸時代の『枕草子』人気を大いに後押ししたであろう。

さらに言うならば、先に紹介した、定子一族の没落を彷彿させるような『百人秀歌』の歌が、もしも『小倉百人一首』に入っていたならば、『枕草子』が描かなかった影の領域も照らし出したことだろう。定家がそのことを避けたと推測するのは、解釈しすぎだろうか。

川柳だけでなく、『小倉百人一首』は狂歌（五七五七七）にも題材を提供しており、大田蜀山人（南畝）たちが、『小倉百人一首』の和歌の「もじり」を試みている。落語にも、「千早ふる」（別題「龍田川」「百人一首」）、「崇徳院」、「高野違い」、「鶴満寺」（別題「小町桜」）などがある。

＊近代短歌への影響

『小倉百人一首』は、近代短歌にも大きな影響を及ぼした。歌人たちは、幼少期から『小倉百人一首』に親しみ、その音律や語彙が、深く身についていた。だから、歌人が意識しなくとも、『小倉百人一首』の本歌取りが出現してしまう。それほど、『小倉百人一首』は日本人の心に浸透していたのである。「国民詩人」と呼ばれた北原白秋にも、次のような短歌がある。

・恋すてふ浅き浮名もかにかくに立てばなつかし白芥子の花　　北原白秋『桐の花』

恋すてふ我が名はまだき立ちにけり人知れずこそ思ひそめしか　壬生忠見

・人ひとりあらはれわたる土の橋橋の両岸ただ冬の風　北原白秋『雲母集』

朝ぼらけ宇治の川霧たえだえにあらはれわたる瀬々の網代木　藤原定頼

3．『小倉百人一首』の研究史

＊入門書・解説書と古注釈

江戸時代以降、『小倉百人一首』は「歌がるた」として遊戯にもなった。競技としてルールを確立したのは、ジャーナリストで翻訳家でもあった黒岩涙香である。樋口一葉は明治二十九年五月に、『通俗書簡文』という、手紙の模範文例集を刊行しているが、「新年の部」の手紙の文例に、「歌留多会のあした遺失物をかへしやる文」「同返事」がある。尾崎紅葉も明治三十年一月から新聞に連載した小説『金色夜叉』の冒頭で、正月の「歌留多遊」の場面を入れた。夏目漱石の『こころ』でも、「先生」と「K」と「お嬢さん」が、「歌留多」遊びをする場面があり、ここでは「百人一首」という言葉が明記されている。

現在、市販されている入門書や解説書も多い。その中で、有吉保『百人一首　全訳注』（講談社学術文庫）には大きな特色がある。ほとんどの入門書が、文法や意味、作者の人生、時代背景の解説に主眼を置いているのに対して、有吉はそれらに加えて、近代以前の古注釈書を何種類も紹介している。つまり、『小倉百人一首』のそれぞれの歌が、これまでにどのように理解されてきたか、その解釈の多様性と変遷を掘り下げているのである。

たとえば、二番の持統(じとう)天皇「春過(す)ぎて夏来(き)にけらし白妙(しろたへ)の衣(ころも)ほすてふ天(あま)の香具山(かぐやま)」に関して、有吉は古注釈を具体的に紹介することで、この歌の解釈をいくつかに分類している。すなわち、この歌を、「実景と見る説（A）」と「比喩表現と見る説」に大別し、比喩表現説をさらに三分して、「春霞が消えて、香具山が明瞭に見えてきたことの比喩（B）」、「白い霞が香具山に掛(か)かっていることの比喩（C）」、「白い卯(う)の花が香具山で咲いていることの比喩（D）」という三通りの解釈を紹介している。

現在では、もっぱら「A」の解釈が行われており、「B・C・D」の説に触れる機会は、まずないであろう。けれども、現実の光景をありのまま詠んだ叙景歌として理解されているこの歌にも、近代以前は複数の解釈がなされていた。そのことが、有吉の『百人一首　全訳注』を読むことで明らかになる。

複数の解釈が対立している場合に、私たち現代人は、「どの解釈が正しいのか」、あるいは、「誤った解釈はどれか」と考えがちである。けれども、古注釈を参照する場合には、「どれが浅い解釈で、どれが深すぎる解釈で、どれが穏当な解釈だろうか」というように、解釈の深浅を見分けるのがよいと思う。

＊頓阿の説を伝える『百人一首諺解』

ここからは、主な『小倉百人一首』の注釈書を紹介しながら、研究史をたどってゆこう。

『百人一首諺解(げんかい)』は、親阿(しんあ)という人物の著作である。ちなみに、「諺解」というのは、難解な書物を、わかりやすく解説するという意味で、注釈書の題名によく使われる。本書で取り上げるさまざまな注釈書にも、「何々諺解」という書名が出てくるので、ここで「諺解」の意味を述べた。

『百人一首諺解』は宝暦六年（一七五六）の成立で、江戸時代の著作であるが、頓阿（一二八九～一三七二）の解釈を伝えていて、貴重である。頓阿は、兼好たちと並ぶ「二条為世門下の和歌四天王」の筆頭であり、江戸時代にも本居宣長などが高く評価していた。頓阿の子孫が伝えた二条家の歌学が、「古今伝授」である。したがって、頓阿の説は、「古今伝授」以前までさかのぼる「二条家の歌学」の源流に近いことになる。

　二番で、持統天皇が詠んだ香具山の歌について、頓阿は、「春は山が霞んでいてこそ余情が感じられる。夏は、霞が晴れて、空の景色も白く見えるのが、よい。『天の香具山』は、山そのものを指しているというよりも、山の上に広がっている『大空＝天の原』を指していると取った方がよい。夏の空は白く晴れ渡っているので、大空に白い衣が乾してあるように見えるのだ」、と述べている。夏空の白さを「白妙の衣」に喩えた、とするのである。これは、先ほどの有吉保が整理したA説からD説にも見られない説である。和歌の解釈は奥が深いことに、改めて気づかされる。

『百人一首諺解』はさらに、最初に「古今伝授」を受けた人物である宗祇の解釈も紹介している。宗祇は、人間と香具山を重ね合わせて読解している。人間は、春には春にふさわしい色の衣服を着るが、夏になると夏にふさわしい衣服に着替える。これが「衣更え」である。それと同じように、香具山も、春に着ていた「霞の衣」を、夏には脱ぎ捨てる。春の衣を脱ぎ捨てた香具山は、もはや霞に隠されることもなく、くっきりと明瞭な姿を現している。これは、有吉の言うB説である。宗祇は、また、人の心というものは、天皇から、庶民まで、変わりは無いのだ、と結論している。宗祇の場合は、古典文学を政道書として理解する傾向が顕著である。

　宗祇の『百人一首抄』は、文明十年（一四七八）に、宗祇が東常縁から聴聞した内容を、弟子の宗長に書き与えたという奥書を持つ注釈書である。『宗祇抄』とも言う。作者の心や余情を読み取る注釈態度が見られる。

＊細川幽斎の『百人一首抄』

細川幽斎は、二条家の歌学を継承する「古今伝授」の体現者である。幽斎には『百人一首抄』（『幽斎抄』とも、一五九六年成立）がある。その巻頭で幽斎は、藤原定家が『小倉百人一首』を撰んだ理由を、次のように述べている。

「『新古今和歌集』の撰者の中には藤原定家も入っているが、五人の撰者の中の一人であったし、父である俊成の喪に籠もっていた時期の編纂だったので、『新古今和歌集』の作風は定家の心に叶うものではなかった。そもそも、和歌は昔から、世を治め、民を導く『教誡の端』であった。だから、実を根本にして、花を枝葉とすべきであるにもかかわらず、『新古今和歌集』は実を忘れ、花に偏った作風になってしまった。定家が単独で撰んだ『小倉百人一首』は、実を宗として、花を少し兼ね備えた作風の歌である。定家が単独で撰んだ『新勅撰和歌集』も、実のある歌を入集させている。だから、『小倉百人一首』と『新勅撰和歌集』は、同じ心で撰ばれている」。

幽斎は、「和歌の骨髄は、この『百人一首』なり」と述べ、『小倉百人一首』の歌は、実が六割か七割、花が三割か四割という比率である、とも言っている。最終の結論は、「この『百人一首』は、二条家の骨肉なり」である。和歌の骨髄と、二条家の骨肉こそが、「古今伝授」の教えにほかならない。『小倉百人一首』は、古今伝授の根幹であると認識されている。

それでは、幽斎の『百人一首抄』は、一首一首の歌に関して、どのような解釈を述べているのだろうか。藤原良経（ヨシツネとも、後京極摂政前太政大臣）の「きりぎりす鳴くや霜夜の小筵に衣片敷き一人かも寝む」という歌を見てみよう。

幽斎は、まず、「この歌の意味は、まことに明瞭である。言葉の続き方が理想的で、『金言』と言ってもよい。この歌の五句三十一字は、すべて珍しい言葉を用いていないにもかかわらず、言葉の続き方がすばらしい。そのため、本来は和歌に用いられる雅な言葉ではない『きりぎりす』や『小筵』という俗語までが、美しく聞こえるのである」と述べる。宗祇たち、先人の説を踏襲している。

また、この歌を「天然の宝玉」であると絶賛し、宗祇の弟子である宗長の書物を引用しながら、「この良経の歌は、同じ『小倉百人一首』に入っている三番・柿本人麻呂の『あしびきの山鳥の尾のしだり尾の長々し夜を一人かも寝む』を本歌取りしている。これは、「情は新しきを以て先と為し、詞は旧きを以て用ゆべし」という、定家が『詠歌大概』で述べた歌論と合致している」と結んでいる。幽斎の『百人一首抄』の説は、旧注を集大成した北村季吟の『百人一首拾穂抄』にも踏襲されている。なお、幽斎の『百人一首抄』は、三条西家の講釈を継承・集大成したものである、という見方もある。

＊契沖の『百人一首改観抄』

旧注から新注への分水嶺に位置するのが、契沖（一六四〇～一七〇一）である。契沖の『百人一首改観抄』は、「国学」の先駆者の一人とされる下河辺長流（シモコウベ・ナガルとも、一六二七～一六八六）の著作である『百人一首三奥抄』の志を継いで増補したものである。

契沖は、『小倉百人一首』の「多くは、まめやかなる歌の良きを撰ばれたり」と考える。これは、幽斎たちの旧注が、定家は「花」よりも「実」を重視して『小倉百人一首』を撰んだとしている見方と、基本的には一致している。

契沖が下河辺長流の残した書を増補した、と先ほど述べたが、新たに増補した部分に注目してみよう。契沖は、百首の歌の配列順序に目を配っている。それが、斬新である。

たとえば、一番が天智天皇で、二番が持統天皇。契沖は、「世の中が治まっていた古代の天皇の歌が、百首の始めに置かれた。男性と女性なので、陰陽和合を考慮したのだろうか」と、定家の配列方針を想像している。

十六番の在原行平（ありわらのゆきひら）と、十七番の在原業平（なりひら）の配列については、「兄弟で和歌の名手であることを称賛する意図があった」とするだけでなく、「歌の内容も、因幡（いなば）の山と龍田川という、名所を詠んでいるという共通点がある」と指摘している。

藤原良経の「きりぎりす……」の配列についても、契沖の分析は鋭い。契沖は、良経の歌を挟む前後の歌に目を配る。

九十　見せばやな雄島（をじま）の海人（あま）の袖だにも濡れにぞ濡れし色は変はらず　殷富門院大輔（いんぷもんいんのたゆう）

九十一　きりぎりす鳴くや霜夜の小筵に衣片敷き一人かも寝む　藤原良経

九十二　我が袖は潮干（しほひ）に見えぬ沖の石の人こそ知らね乾く間（かわくま）も無し（な）　二条院讃岐（にじょういんのさぬき）

普通に考えれば、海岸風景を詠んだ九十番から、直接に九十二番の海浜風景へと連続するのが、自然であるように感じられる。その中に、なぜ「きりぎりす」の歌が入っているのだろうか。契沖は、九十一番の良経の歌の前後が、共に恋の歌であり、この九十一番にも恋の心があるので、ここに位置させたのだろうと推測する。また、九十番と九十二番が連続していたら、どちらも女性歌人の歌なので、あえて九十一番には男性歌人の歌を中に割って入れたのだろう、とも考える。さらに、定家は良経を「天性不思議」の歌人であると評価していたので、定家は良経を二人の女性歌人の間に置いてもおかしくないと考えたのだろう、と結論している。加えて、契沖は、良経の歌の下の句が、『万葉集』の歌とほとんど重なっている、という指摘も行っている。ちなみに、この最後の指摘の部分は、すでに細川幽斎の『百人一首抄』でも、言われていた。

＊尾崎雅嘉の『百人一首一夕話』

尾崎雅嘉（一七五五～一八二七）は、江戸時代後期の国学者である。その著書である『百人一首一夕話』（一八三三年）は、厳密な意味での注釈書ではなく、「解説書」あるいは「入門書」と言った方がよい。『小倉百人一首』の歌の簡単な解釈と、その歌の作者をめぐるエピソードが挿絵付きで紹介されている。注釈研究ではなく、教養としての『小倉百人一首』を「読み物」化した点に特徴がある。

　作者をめぐるエピソードの多くは、説話集や軍記などから取られており、歴史に関するものが多い。そのため、豊富なエピソードが伝えられている歌人と、逸話のほとんどない歌人とでは、紹介する文に長短がある。九十番の殷富門院大輔については、ごく簡単な系図の記述だけである。

　これに対して、次の九十一番の後京極摂政前太政大臣については、契沖の『百人一首改観抄』や賀茂真淵の説を引きながら、良経の歌と『万葉集』の歌とは酷似しているが、それは難点（欠点）とは言えない、と擁護している。良経に関するエピソードは少ないが、何者かが天井から鉾を落として暗殺した、という伝説を紹介している。良経は、数えの三十七歳で急逝しているので、死因についての憶測がさまざまになされたのである。暗殺の実行者に関しては、諸説があるとしている。まるでミステリーを読んでいるようにスリリングである。

さらに次の九十二番の二条院讃岐は、源平争乱に際して、以仁王(もちひとおう)を奉じて打倒平家の兵を興した源三位頼政(げんざんみよりまさ)の娘であるので、その挙兵の顚末(てんまつ)が詳しく語られ、九十三番の鎌倉右大臣(源実朝(さねとも))についても、彼の暗殺に至るまでの歴史的な背景が詳しく書かれている。

歴史読み物である『百人一首一夕話』を読むことで、『小倉百人一首』の優美な和歌の表現の根底にある苛烈な歴史が浮かび上がってくる。戦乱の描写も多く、『平家物語』や『太平記』などの軍記文学を読んでいるような錯覚に陥ることもある。和歌と軍記の融合した不思議な読み物として、『百人一首一夕話』がある。

4. 異種百人一首

＊佐佐木信綱の『標註 七種百人一首』

『小倉百人一首』は、撰ばれた歌が後の時代の歌人たちに本歌取りされるという、表現上の影響が多大だった。膨大な注釈書が書かれてきたことも特筆される。これらのことをたどることは、まさに『小倉百人一首』の研究史をたどることでもあるのだが、それ以外にも、重要な広がりをもたらした。それは、「一人一首で、百人の和歌の撰集」というスタイル、すなわち、「百首アンソロジー」が次々と生まれたことである。『小倉百人一首』が新たな文学ジャンルを誕生させた、と言った方がよいかもしれない。

たとえば、室町時代の『新百人一首』（一四八三年、室町幕府第九代将軍足利義尚(よしひさ)の撰）や、昭和時代の『愛国百人一首』（一九四二年）などがある。また、和歌だけでなく、俳句の分野でも『元禄百人一句』があり、漢詩の分野でも、林鵞峰『本朝一人一首』（一六六五年）のような漢詩アンソロジーが編纂された。収録されている漢詩人の数は約三百人にものぼり、大規模なものになっているが、ここでも一人につき一首である。

佐佐木信綱が編纂した『標註 七種百人一首』（博文館、一八九三年）には、『小倉百人一首』を冒頭に置き、引き続いて、『新百人一首』『後撰百人一首』『続百人一首』『近世百人一首』『源氏百人一首』『修身百人一首』を載せている。七種類もの百首アンソロジーが集成されているのには驚かされるが、佐佐木信綱は、樋口一葉と同い年の明治五年生まれであるので、この注釈付きの本を、満二十一歳で刊行しているのも、驚きである。

このうち、『新百人一首』は、先にも挙げたが、足利義尚が撰んだもので、文武天皇と聖武天皇から始まり、伏見院と花園院で終わる構成となっている。『小倉百人一首』に入っていない歌人たちの秀歌を撰んでいる。たとえば、『方丈記』の作者として知られる鴨長明の、「石川や瀬見の小川の清ければ月も流れを訪ねてぞ澄む」などの名歌が撰ばれている。武将からは源三位頼政、平忠度、源頼朝などが入っている。まさに『新百人一首』と言う名にふさわしい、義尚の文学的な構想力と選歌力である。

『源氏百人一首』は、『源氏物語』に含まれている七百九十五首の中から百首を撰んだアンソロジーである。桐壺帝と桐壺更衣から始まり、宇治十帖の中将と小野尼で終わっている。すなわち、『源氏物語』の五十四帖の配列順になっており、「一人一首」の原則はここでも守られている。光源氏が詠んだ数々の歌からも、わずか一首だけが選ばれている。

なお、『源氏百人一首』とよく似たタイトルだが、『源氏五十四帖小倉百人一首』は、別のものである。一ページに二首ずつ『小倉百人一首』の歌を書き、上部に、桐壺巻から夢浮橋巻までの「源氏香（げんじこう）」のデザインと、「巻中の挿入和歌」と、「その巻の内容にちなむ挿絵」が付いている。五十四番で源氏五十四帖が尽きた後は、教訓書である『女今川（おんないまがわ）』が印刷されている。江戸時代に『小倉百人一首』が女性を中心に享受されたことがわかる。

このように、「異種百人一首」と総称されるものは膨大であり、『英雄百人一首』『狂歌百人一首』『近世文武名誉百人一首』『近世名婦百人撰』『明治英名百人首』など、具体的な書名も多い。

異色なのは『万葉百人一首』（『百人一首万葉注解』とも。一七〇〇年刊）で、これは『万葉集』の中から百首を撰んだものではなく、『小倉百人一首』の和歌を万葉仮名で表記したものである。

よく知られた和歌が、万葉仮名の表記で書かれると、古歌のような印象となるのが不思議である。『小倉百人一首』の世界の広がりは、この他にも「歌がるた」のスタイルで人々に親しまれるようになると、歌人の肖像画とも深く結びつく。『小倉百人一首』は文学書であることを越え、美術の世界にも深く浸透している。

《引用本文と、主な参考文献》

・『新百人一首』（『続群書類従』第十四輯上、および『歌学大系別巻6』所収）
・『後拾遺和歌集』（新日本古典文学大系8、久保田淳・平田喜信校注、岩波書店、一九九四年）
・『新和歌集』（『群書類従』第十輯、巻一五三、および『新編国歌大観6』所収）
・樋口一葉『通俗書簡文』（『樋口一葉全集第四巻下』所収、筑摩書房、一九九四年）
・『百人一首諺解』（『百人一首注釈書叢刊14』所収、和泉書院、一九九九年）
・宗祇『百人一首抄』（吉田幸一『百人一首抄　宗祇抄』笠間書院、一九六九年）
・細川幽斎『百人一首抄』（『百人一首注釈書叢刊3』所収、和泉書院、一九九一年）
・契沖『百人一首改観抄』（『契沖全集9』所収、岩波書店、一九七四年）
・下河辺長流『百人一首三奥抄』（『百人一首注釈書叢刊10』所収、和泉書院、一九九五年）
・尾崎雅嘉『百人一首一夕話』（古川久校注、岩波文庫、一九七二〜七三）
・『百人一首』の古注釈や「異種百人一首」は、跡見学園女子大学図書館のホームページで、「百人一首コレクション」として、多くの画像が提供されている。細川幽斎の『百人一首抄』なども、ここで読める。

《発展学習の手引き》

・『小倉百人一首』は、すでになじみ深い古典だと思うが、本章で紹介した数々の参考文献を読んでみると、『小倉百人一首』の世界の奥深さが実感できると思う。

3 和歌文学の研究史

《目標・ポイント》『古今和歌集』と『小倉百人一首』以外の和歌文学の研究史を概観する。『詠歌大概』などの歌論書、八代集や二十一代集などと呼ばれる勅撰和歌集、『和漢朗詠集』などのアンソロジーの研究史をたどる。

《キーワード》 歌論書、『詠歌大概』、勅撰和歌集、八代集、二十一代集、『和漢朗詠集』

1. 歌論書の研究史

＊歌論・歌論書の概念

古典文学史は、和歌においては『古今和歌集』を中心に展開し、その解釈を通して、新しい日本文学と日本文化が形成されていった。また、次章以降で触れることではあるが、散文においては『源氏物語』と『伊勢物語』を中心に研究が蓄積され、日本文化を更新していった。

和歌を考える際に重要なのは、韻文である和歌を詠む歌人の中には、散文で歌論も残している人々がいることである。歌人が、価値判断を含む論述を行う批評家であってこそ、和歌文学を刷新してゆく原動力となった、と言った方が実態に即しているかもしれない。

『古今和歌集』を代表する歌聖である紀貫之（きのつらゆき）には、散文で書いた『古今和歌集』の仮名序（かなじょ）がある。

『大鏡』で、和歌・漢詩・管絃のどの舟にも乗れる「三舟の才」を称えられた藤原公任には、歌論『新撰髄脳』『和歌九品』があり、同じ公任の私撰集である『三十六人撰』は、後の文学史に大きな影響を与え、「三十六歌仙」（王朝を代表する三十六人の歌人）という概念の源流となった。江戸時代の連句で、三十六句からなるものを「歌仙」と呼ぶのは、この「三十六歌仙」にちなむ名称である。

平安時代前期の紀貫之や、中期の藤原公任だけでなく、『新古今和歌集』を代表する歌聖である藤原定家には、『詠歌大概』（詠歌之大概）や『近代秀歌』という歌論があるし、『僻案抄』は「三代集」（勅撰和歌集の最初の三つ）に含まれる和歌の注釈書である。中世において、定家の流れを汲む和歌の名門・二条派の「和歌四天王」の筆頭と目され、近世に至るまで『草庵集』という家集が重んじられた歌人の頓阿には、『井蛙抄』という歌論がある。

これらの「歌論」の中には、厳密な意味での注釈書、すなわち研究書にとどまらず、批評文学としての文学的な広がりを持つものがある。批評と注釈の関係は、それほど微妙である。この点について、少し解説したい。

＊『詠歌大概』と『僻案抄』

藤原定家の『詠歌大概』は、「古今伝授」の学統に属する室町時代の文化人の間で、重視された。三条西実隆も、細川幽斎も、『詠歌大概』の注釈書を残している。また、三条西実隆から『詠歌大概』の講義を受けて、武野紹鷗が「茶道」の道を究めたことは、千利休の弟子が書いた『山上宗二記』に書かれている。「侘び茶」の精神と、定家の歌論とは、深く結びついていた。

その『詠歌大概』には、次のようなことが書かれている。

情は新しきを以て先と為し（人の未だ詠ぜざるの心を求めて、之を詠ぜよ）、詞は旧きを以て用ゆべし（詞は「三代集」の先達の用ゆる所を出づべからず。『新古今』の古人の歌は、同じく之を用ゆべし）。

定家は、和歌を詠む際には、「情＝心」と「詞＝言葉」の両面で、歌人が心がけねばならない原則がある、と言う。第一に、「和歌の心」は、これまでの先人たちが誰も和歌に詠んだことのないような「新しい心」を発見し、開拓して詠むべきである。第二に、しかしながら、和歌で用いる言葉は「三代集」（『古今和歌集』『後撰和歌集』『拾遺和歌集』）で使われた「古い言葉」を用いるべきである。ただし、三代集以外でも、八番目の『新古今和歌集』に収められている、「三代集」の時代の古人の歌で使われている言葉は使用してもよい。

三代集の三番目の『拾遺和歌集』が成立したのは、一〇〇五〜〇七年頃とされる。『紫式部日記』の記述から、『源氏物語』が書かれつつあったことが判明する一〇〇八年と、ほぼ同時代である。つまり、『源氏物語』に引用されている古典和歌の範囲が、三代集なのである。定家は、自分が生きている十三世紀から見て、約二百年前の『源氏物語』の言葉と和歌の語彙を用いて、自分の和歌を詠みなさいと、『詠歌大概』で助言しているのである。定家の父である藤原俊成が、「源氏見ざる歌詠みは遺恨の事なり」と述べたのも、同じ意味だったのだろう。

＊『僻案抄』と『源氏物語』

定家の『僻案抄』（一二二六年）は、三代集で用いられた歌言葉に関する注釈書である。批評や評論ではなく、広義の「注釈書」であると言ってよい。父・俊成から受けた教えも、随所に触れられている。

『僻案抄』の姿勢を示す例として、『古今和歌集』の「よるべなみ身をこそ遠く隔てつれ心は君が影となりにき」（恋三・読み人知らず）の箇所を見ておこう。この歌は、「私はあなたとお近づきになる『よるべ』、つまり、手段や縁がないので、遠くにいるしかありませんが、私の心はあなたの影となって、いつもあなたのお側近くにいるのです」という意味である。

定家は、「よるべ」は、和歌でごく普通に用いられる言葉だと述べる。そのうえで、『源氏物語』の幻巻にある、「さもこそはよるべの水に水草居め今日のかざしよ名さへ忘るる」という歌の解釈に触れる。実は、この『源氏物語』の和歌をめぐって、ちょっとした論争があり、定家の父の俊成も、その論争の当事者だったのである。

幻巻は、紫の上が亡くなった後の光源氏の寂寥の日々を描いている。生前の紫の上に仕えていた女房で、かつては光源氏の愛人でもあった「中将の君」という女房がいる。賀茂神社の葵祭の日に、光源氏は葵の葉を手にしながら、中将の君に向かって、「今日は、葵の葉を『かざし』として頭に飾るお祭の日だ。葵は『あふひ』と書くので『逢ふ日』に通じるとされるが、私とあなたの『逢ふ日』はすっかり遠のいてしまったね」と冗談を言う。それに対する中将の君の返事が、先ほどの「さもこそは」の歌である。

俊成は、幻巻以外の巻々の数多くの用例から考えて、この歌の「よるべ」は「頼りになる存在」であると解釈した。つまり、女房である中将の君から見て女主人である紫の上が「よるべ」で、今は紫の上が亡くなったので、自分は「よるべ」のない存在になってしまった、という意味だと理解したのである。それに対して、俊成・定家の「御子左家」と対立する「六条家」の藤原清輔や顕昭が、「よるべの水」は神社に置かれている甕に入っている霊的な水のことで、神の宿る神聖なものである、という説を立てて対抗した。定家は、父を擁護するためもあって、幻巻の「よるべ」も他の巻と同じような意味で解釈すべきだ、と結論する。私は、単なる「よるべ」ではなく、「よるべの水」とあるので、俊成と定家の説は、いささか分が悪いように感じる。

ここで『源氏物語』の注釈史をたどっておくと、定家の権威は絶対であるので、古今伝授の流れを汲む宗祇や三条西実隆、さらには北村季吟は、定家説に従う。つまり、「よるべ」は頼りになる存在という意味で、今は亡き紫の上を指すと解釈するのである。それをひっくり返したのが、「旧注の否定」に全力を注いだ本居宣長である。宣長は、清輔・顕昭たちの説に賛成した。現在の研究者たちは、宣長説に従っている。つまり、俊成が述べ、定家が『僻案抄』で主張し、古今伝授に連なる注釈者たちが『源氏物語』の注釈書で継承してきた「よるべ」説は、現在では少数説なのである。

『源氏物語』の特定の巻の特定の言葉を重視すべきなのか、『源氏物語』全編におけるその言葉の共通する意味を重視すべきなのか。「源氏見ざる歌読みは遺恨のことなり」という、俊成の有名な言葉について、さまざまに考えさせられる箇所である。

このように、和歌の注釈史と、『源氏物語』の注釈史とは、深く連動している。

2. 勅撰和歌集の研究史

＊北村季吟の『八代集抄』

勅撰和歌集は、最初の『古今和歌集』（九〇五年）から、最後の『新続古今和歌集』（一四三九年完成）まで、全部で二十一ある。最初の三つが「三代集」であり、最初から八番目の『新古今和歌集』までが「八代集」である。八代集以後の、九番目の『新勅撰和歌集』（一二三五年）から、最後の『新続古今和歌集』までの十三の勅撰和歌集を、「十三代集」と呼んでいる。

　現在でこそ、岩波書店から刊行されている「新日本古典文学大系」には、八代集のすべてが詳細な脚注付きで刊行されているが、私が国文学研究に志した一九七五年の頃には、「八代集」のテキストを通読することすら困難な状況だった。二十一代集を網羅している「国歌大観」ですらも、現在の「新編国歌大観」以前のもので、和歌を一行で印刷する便宜上、本文表記が初心者にはきわめてわかりにくかった。たとえば、和歌の聖典である『古今和歌集』ですらも、次のような表記で印刷されていた。

「行く水に数かくよりもはかなきは思はぬ人を思ふなり鳧」、「人を思ふ心は我にあらねばや身の惑ふだにしられざる覧」、「津の国のなにはは思はず山城のとはにあひみむ事をのみ社」。

「鳧」は「けり」、「覧」は「らん（らむ）」、「社」は「こそ」。こういう時代だったので、北村季吟の『八代集抄』を活字で刊行してある『八代集全註　八代集抄』（全三巻、有精堂）は、有益だった。しかも、第三巻には、歌人別に、どの二十一代集のどの巻に、何首が入集しているかを一覧した「勅撰作者部類」が付いているので、はなはだ便利だった。

　『八代集抄』の『古今和歌集』の始めの部分には、初心者を意識した解説もある。「春霞」という言葉は「はるかすみ」と濁らずに発音する説もあるが、一条兼良は「はるがすみ」と濁って読んでいたとか、出家した人物の名前に付いている「法師」という漢字は、勅撰和歌集の場合には「ほっし」と発音する、などの記述がある。それらのすべてが正しいわけではないが、季吟はそのように師から教わったし、また弟子にも教えていたことがわかって、興味深い。また、『古今和歌集』のこの歌を用いて『源氏物語』のどこそこの巻が書かれたとか、この歌を本歌取りして、藤原定家はこういう歌を詠んだ、ということなども書かれている。

＊季吟の『新勅撰和歌集口実』と『続後撰和歌集口実』

旧注の大成者である北村季吟は、『八代集抄』を著して、八代集のすべて（八つの勅撰和歌集）の歌に注を付けた。季吟には、そのほかに、『新勅撰和歌集口実（くじつ）』（一七〇〇年）と、『続後撰（しょくごせん）和歌集口実（くじつ）』（一七〇三年）がある。季吟が亡くなったのは一七〇五年なので、彼が江戸に出て、幕府歌学方（かがくかた）に任命され、将軍徳川綱吉（つなよし）・側用人の柳沢吉保（やなぎさわよしやす）・大奥の女性たちなどの貴顕へ献呈されたものと考えられ、版本ではなく、季吟の自筆本である。

『新勅撰和歌集』は、古今伝授にとって重要な意味を持つ藤原定家が単独で撰者を務めた、九番目の勅撰和歌集である。『続後撰和歌集』は、定家の子の為家（ためいえ）が単独で撰者となった、十番目の勅撰和歌集である。

『新勅撰和歌集口実』の巻頭には、次のようにある。

> 京極中納言、此（こ）の集を撰（えら）び給（たま）ふ事は、和歌の道は、昔より世を治（をさ）め、民（たみ）を導（みちび）く教誡（けうかい）の端（はし）なり。

「京極中納言」は定家のこと。定家が『新勅撰和歌集』を選んだ理由を明らかにしようとして、季吟は、「和歌の道」が正しい政道を行い、民衆を正しく導くための「教誡＝教訓」である、という根本から説き始める。中世の古今伝授の文化人たちが守り続けてきた「政道論」として、和歌や物語を把握する見方である。つまり、和歌は、政治という「実」が根本なのである。ところが、『新勅撰和歌集』に先だって成立した『新古今和歌集』は、絶対的な君主だった後鳥羽院の強い希望によって、「和歌の道」の「枝葉」である「花」に偏重してしまった。その行き過ぎを修正して、和歌の道の根本である「実」を明らかにすべく、定家は『新勅撰和歌集』を単独で撰んだ、というのだ。後鳥羽院が鎌倉幕府の打倒に失敗して隠岐に流された「承久の乱」（一二二一年）以後のことである。ちなみに、定家の重要な歌論書『詠歌大概』も、承久の乱以後の成立とされる。

定家が『新勅撰和歌集』に、「実」のある歌を多く収めたことは、前章で見たように、宗祇や細川幽斎などの「古今伝授」につらなる大家たちも、『小倉百人一首』の注釈書で指摘している。それらを踏まえ、受け継いで、『新勅撰和歌集』は、定家の代表的な和歌アンソロジー『小倉百人一首』と同じ心で編まれた、と季吟は結論している。

季吟が述べていることは、たとえば後の時代の歌人たちが、「『新勅撰和歌集』の歌は平明・平淡すぎて、『新古今和歌集』のような華やかさに欠けている」とか、「『小倉百人一首』に入っている百首の和歌は、文芸的に見て必ずしも秀歌とは言えない」などと批判することがあることを相対化する、もう一つの考え方になっている。季吟に至るまで、和歌は、文芸である以前に、「政道の教誡」なのだ。

季吟の『続後撰和歌集口実』は、巻頭で、撰者の藤原為家を高く評価している。定家の子である為家の子の代で、御子左家は「二条・京極・冷泉」の三家に分裂した。その中の二条家が、和歌の道の正統を担い、その教えが「古今伝授」へと繋がった。だから、季吟は、為家の歌にこそ「二条家」の「正風体」（正しい姿、本来の姿）があるので、彼が『続後撰和歌集』に撰び入れた十一首の自らの歌を、後の世の歌人たちは熟読しなければならない、と説いている。

＊契沖の『新勅撰集評注』

「旧注」の北村季吟とほぼ同じ時代を生きた契沖(けいちゅう)は、「新注」の基礎を築いた。その契沖に、『新勅撰集評注(ひょうちゅう)』(『新勅撰集評註』とも)がある。一六九九年の成立なので、季吟の『新勅撰和歌集口実』の前年ということになる。

契沖の『新勅撰集評注』を読んでいて気づくのは、「おぼつかなし」という評言の多さである。契沖は、和歌の意味を考えるだけで満足せず、そのような表現自体が妥当であるか、不十分であるかを評価しようとしている。そして、歌の表現が不適切であると考えた場合には、「おぼつかなし」(なぜ、作者がこのように表現したのか不審である)という形容詞で文章を結ぶ。

たとえば、「山深(やまふか)み真(まこと)の道に入(い)る人は法(のり)の華(はな)をや枝折(しをり)にはする」という、釈教歌(しゃっきょうか)がある。仏の教えを和歌で詠んだものである。「枝折」は、目印、道しるべという意味である。自分自身が僧侶でもある契沖は、「この歌の『法の華』は、仏典である『法華経(ほけきょう)』を指しているが、『法華経』で言うところの『華＝花』は、蓮の花の譬(たと)えである。けれども、この歌だけでなく、歌人たちが『法の華』という言葉を、普通の花(山に咲く桜など)として和歌に詠んでいるのは、おぼつかない」と、疑義を呈している。

また、「山路時雨(やまぢのしぐれ)」という題で詠まれた、「袖濡(そでぬ)らす時雨(しぐれ)なりけり神無月(かみなづき)生駒(いこま)の山(やま)に掛(か)かる村雲(むらくも)」という歌に関して、「『日本書紀』には生駒山を越えたという記述があるが、その後は生駒山を越える山道は存在しない。だから、この歌で、生駒山の山路で遭遇した時雨を詠んでいるのは、現実には起こりえないことであり、『僻事(ひがごと)』である」と批判している。契沖は、研究以前の「事実」から、すべて検証し直すのである。この姿勢こそが、古典の表現を尊重する「和学」（旧注）と、古典の真実の表現と、その基盤となっている真実の思想を探究する国学（新注）との相違である。

＊『新古今和歌集』の研究史

藤原定家が撰者の一人である『新古今和歌集』は、万葉調・古今調と並んで、和歌史の重要な達成であるので、早く「旧注」の時代から注釈書に恵まれた。その中に、「古今伝授」の源流に位置する東常縁の説を伝え、細川幽斎が増補した『新古今和歌集聞書』（『新古今和歌集新鈔』）がある。一首一首の和歌を深く鑑賞し、精緻に味わおうとする姿勢が貫かれている。

たとえば、「三夕の歌」として有名な西行の歌に、「心無き身にも哀れは知られけり鴫立つ沢の秋の夕暮れ」がある。この歌に関しては、「出家して、すべての煩悩を捨て、無性無心の心境になったので、西行は、もはや悲しいとも、面白いとも、嬉しいとも思わなくなっている。けれども、秋の夕暮れに、道のべの鴫が鳴きながら飛び立つようすを見ると、『哀れ』という感情が骨髄に徹して、何とも堪えがたい気持ちになる。第五句は『秋の夕暮れ』の下に、『遣る方無きものかな』（この思いをどうにも晴らす手段がない）という言葉を省略し、言いさしで終わっている。この歌の素晴らしさは、歌人が歌の『境』に達すれば達するほど、そして歌人が歌の『位』に至れば至るほど、面白くも哀れにも感じられるものである」、と鑑賞している。

そのあとで、和歌の神様を祀る住吉大社で、住吉の神が、この「心無き」の歌を三度詠吟されたので、西行は住吉明神の神の化身であることがわかった、という伝承を、和歌四天王の一人である頓阿が書き記している、と結ばれている。「歌の境」や「歌の位」は、和歌に対する認識が深まった境地を指している。

東常縁は「古今伝授」の源流であり、細川幽斎は「古今伝授」を中世から近世へと継続させた歌人だった。近世に入ると、幽斎に学んだ松永貞徳の弟子に、北村季吟と加藤磐斎が現れる。

季吟の『八代集抄』は、今、紹介した東常縁の説を引用した後で、「この説は、自分が師匠から教わった説とは、少しばかり違っている」と書いている。季吟は師から、「心無き身」を「煩悩から自由になった悟りの心境」という意味ではなく、自分は心を持たない、つまらない人間であるがという、「卑下＝謙遜」の言葉だと教わったというのである。

加藤磐斎の『新古今増抄』も、東常縁の説を引用した後で、「心無き身」は「哀れを知らぬ、情け無き心なり」と解釈している。季吟と同じで、「卑下・謙遜」と取るのである。ただし、そこから、磐斎の独自の見解が披露される。この歌は、深読みするのではなくて、「素直」に読むべきだと主張するのだ。素直にこの歌を読めば、「心無き身」は「哀れを知らぬ身」であるし、下の句も、「沢辺の、人も無き、平々としたるに、鴫の立ち行く景気」を詠んでいるだけだと、ありのままに解釈できる。「こういう歌を、ことさら思想的に、むずかしく解釈するのは、よくない」と、磐斎は述べている。磐斎は、「大味無味」という言葉も用いている。最も優れた味は、無味である。これは、食べ物だけでなく、文学や芸術の世界にも当てはまると、磐斎は言いたいのだろう。まことに近代的な批評態度であり、注釈態度であると言えよう。

3．アンソロジーの研究史

＊『和漢朗詠集』の研究史

『和漢朗詠集』は、藤原公任の撰になり、漢詩句と和歌のアンソロジーである。上巻は、春夏秋冬の四季、下巻は「風」「竹」「山家」「閑居」「交友」「懐旧」「恋」「無常」などの「雑」、合計で百八の項目ごとに、漢詩の秀句と名歌を配列している。説話文学や『平家物語』など、中世の文学作品に大きな影響を与えた。また、書道の手本としても、優品の数々が伝えられている。

漢詩句に関しては、訓点（読み下し）がさまざまに試みられてきた。「新編日本古典文学全集」の『和漢朗詠集』（菅野禮行校注・訳）では、「訓読にあたっては、古くから行われている『朗詠集』に特殊な訓み方を尊重するように努めた」とある。たとえば、「眺望」に見える源順の詩句。

見天台山之高巌　四十五尺波白
望長安城之遠樹　百千万茎薺青　　順

この詩句は、源順が日本にあって、唐の光景を想像したものである。比叡山を見ると、中国の天台山が思いやられるし、平安京に植えられている樹木を遠くから眺望すると、唐の都である長安の街に生い繁っている薺が連想される、という内容である。

「新編日本古典文学全集」を見ると、「四十五尺」の部分には、「しじふごしやく」と「シシフゴセキ」という二つの訓が示されている。つまり、「しじゅうごしゃく」という訓みと、「ししゅうごせき」という訓みとがなされてきた、ということである。また、「長安城」も、「ちょうあんじょう」と「ちょうあんぜい」、「遠樹」も、「えんじゅ」と「えんしゅう」、「百千万茎」も、「ひゃくせんばんこう」と「はくせんばんきょう」という訓みがある、と示されている。

『信生法師集』は、塩谷朝業の家集だが、朝業は宇都宮頼綱（蓮生）の弟である。宇都宮頼綱の娘が、藤原定家の子である為家の妻であり、頼綱の依頼で定家が『小倉百人一首』を撰んだことは、第二章でも述べた。その頼綱の弟の家集『信生法師集』の詞書の中に、都から遠ざかってゆく感慨を述べた部分がある。

　遠ざかる都の梢（こずゑ）を返（かへ）り見れば、百千万茎の薺（なづな）にことならず。

遠ざかりゆく平安京を、高所から眺望して、『和漢朗詠集』の漢詩句の通りの情景だ、と述べているのである。ただし、「百千万茎」を、作者がどのように発音していたかは、正確にわからない。『和漢朗詠集』は、江戸時代に入ると、北村季吟の注釈書『和漢朗詠集註』（一六七一年）で、広く読まれた。季吟は、和歌の部分のみを新たに注釈した。漢詩句の部分は、「永済（えいさい）」という人物の注解をそのまま利用している。永済という人物は、『近世畸人伝（きじんでん）』の記述によって、戦国時代の西生（にしなり）永済のこととされてきたが、未詳である。

季吟は、『和漢朗詠集註』の末尾に、「この『和漢朗詠集』は、漢詩句も和歌もどちらも、藤原公任が選んだものである。和歌は公任が選び、漢詩句は源師頼（もろより）が撰んだという説もあるが、誤りである」と述べている。そのうえで、『和漢朗詠集』を継いだアンソロジーに『新撰（しんせん）朗詠集』があり、藤原基俊（もととし）の撰である。これも、漢詩と和歌が入っている。藤原公任を「宗（そう）」（＝根本）とした基俊の和歌の弟子が、藤原俊成である。俊成の子が定家であり、定家の孫が二条家を興した。二条家の学説が「古今伝授」の流れを作りだし、自分たちもその学統に属している。

つまり、季吟は、自らが『和漢朗詠集』の和歌の部分を注釈した意義として、「古今伝授」のはるかな淵源の一つが藤原公任にあり、自分もその系譜に連なった、と意味づけているのである。これは、古典文学に精通した季吟ならではの、長い射程距離を視野に収めた文学史観であると言えよう。

＊私家集の研究史

勅撰和歌集は、膨大な歌人たちの秀歌を選りすぐったアンソロジーであるが、個々の歌人の歌集を「家集」あるいは「私家集」と言う。「新編国歌大観」や「私家集大成」などには、膨大な数の私家集が収められている。

本書では、古今伝授の流れに繋がる古典注釈の重要性に注目している。そこで、私家集の注釈書の具体例として、藤原定家の家集である『拾遺愚草』に、古今伝授の始まりである東常縁が注を付けた『拾遺愚草抄出聞書』を紹介したい。

定家が「月明風又冷」（月明らかにして、風、また、冷たし）という題で詠んだ歌に、「雲絶えて後さへ月を吹く嵐来ぬ夜恨むる床な払ひそ」がある。『拾遺愚草抄出聞書』は、張文成の「月冷じく風秋にして、団扇杳として共に絶えたり」という漢詩の影響があると指摘している。張文成は、『遊仙窟』の作者として知られている。この漢詩句は、『和漢朗詠集』の「恋」に含まれるもので、皇帝から忘れられた班婕妤（班女）の嘆きを歌っている。

定家と同じ時に、「月明風又冷」という題で詠まれた藤原家隆や慈円の歌を見ると、慈円は、「萩の露を野辺行く月に磨かせて荻に涼しき山颪の風」という叙景歌を詠んでいる。定家は、「秋の団扇（秋の扇）」の故事を詠んだ張文成の漢詩句を連想して、恋の趣で詠んだ。そのことを、東常縁は読み取っているのである。

和歌と漢詩を響き合わせ、「響映（きょうえい）」させる鑑賞法が試みられている。注釈とは、そもそもが古典の生みだされた「昔」と、注釈者が生きている「今」とを、重ね合わせ、響映させる行為である。また、「昔」に書かれた古典には、さらに「その昔」である別の古典が重ね合わせられ、響映している場合がある。日本と中国も響映している。さらには、忘れられた女性の心を、男性である定家が詠んでいるので、女性と男性の心も響映している。

無限に響き合い、映（うつ）り合う、言葉と心を読み取り、味わい、その豊かな鑑賞を次の時代の芸術創造へと繋げてゆく行為。それが、注釈研究の醍醐味（だいごみ）ではないだろうか。

《引用本文と、主な参考文献》

＊「日本古典文学大系」と「新日本古典文学大系」は岩波書店、「日本古典文学全集」と「新編日本古典文学全集」は小学館、「新編国歌大観」は角川書店、「私家集大成」は明治書院、「歌学大系」は風間書房、「歌論歌学集成」は三弥井書店。以上については、それぞれ出版社と刊行年は省略した。

・『大鏡』（日本古典文学大系）
・藤原公任『新撰髄脳』（日本古典文学大系『歌論集・能楽論集』、新編日本古典文学全集『歌論集』）
・藤原公任『和歌九品』（日本古典文学大系『歌論集・能楽論集』）
・藤原公任『三十六人撰』（『群書類従』第十輯、巻一五九。各歌人の家集は、新編国歌大観3）
・藤原定家『詠歌大概』（日本古典文学大系『歌論集・能楽論集』、新編日本古典文学全集『歌論集』）
・藤原定家『近代秀歌』（日本古典文学大系『歌論集・能楽論集』、新編日本古典文学全集『歌論集』）
・藤原定家『僻案抄』（『歌学大系　別巻5』）
・頓阿『草庵集』（『新編国歌大観4』『私家集大成5』）
・頓阿『井蛙抄』（『歌学大系5』『歌論歌学集成10』）

・『山上宗二記』（岩波文庫）
・八代集（『古今和歌集』『後撰和歌集』『拾遺和歌集』『後拾遺和歌集』『金葉和歌集・詞花和歌集』『千載和歌集』『新古今和歌集』、以上はすべて「新日本古典文学大系」。『金葉和歌集』と『詞花和歌集』は合冊）
・北村季吟『八代集抄』（『八代集全註』、有精堂、一九六〇年）
・北村季吟『新勅撰和歌集口実』（『北村季吟古註釈集成40・41』、新典社、一九七八年）
・北村季吟『続後撰和歌集口実』（『北村季吟古註釈集成42・43』、新典社、一九七八年）
・契沖『新勅撰集評注』（『契沖全集9』岩波書店、一九七四年）
・細川幽斎『新古今和歌集聞書』（『新古今集古注集成　中世古注編1』、笠間書院、一九九七年）
・加藤磐斎『新古今増抄』（『新古今集古注集成　近世旧注編2』、笠間書院、一九九九年）
・『和漢朗詠集』（「日本古典文学大系」「新編日本古典文学全集」）
・北村季吟『和漢朗詠集註』（『北村季吟古註釈集成23・24』、新典社、一九七八年、一九七九年）
・藤原基俊『新撰朗詠集』（和歌文学大系『和漢朗詠集・新撰朗詠集』、明治書院、二〇一一年）
・『信生法師集』（『新編国歌大観7』、『私家集大成4』、新編日本古典文学全集『中世日記紀行集』）
・藤原定家『拾遺愚草』（『新編国歌大観3』、『私家集大成7』）
・東常縁『拾遺愚草抄出聞書』（『拾遺愚草古註（上）（中）』、三弥井書店、一九八三年、一九八六年）

《発展学習の手引き》

・主な歌論は、参考文献に挙げたように、日本古典文学大系『歌論集・能楽論集』や、新編日本古典文学全集『歌論集』に所収されている。「大系」（新大系）や「全集」（新全集）のシリーズは、注や訳や解説などが付いているので、理解の大きな助けとなる。歌論の著者の個性や、時代の志向を知ることは、和歌を鑑賞する際の、自分自身の「ものさし」となるだろう。

4　『伊勢物語』の研究史

《目標・ポイント》歌物語である『伊勢物語』は、歌人の必読書として、早くから研究が積み重ねられ、多様な解釈が試みられてきた。中世の『和歌知顕集』『愚見抄』『闕疑抄』、さらには江戸時代の契沖の研究などをたどれば、我が国における「文学研究」の概念の変化が見えてくる。

《キーワード》『伊勢物語』、『和歌知顕集』、『愚見抄』、『闕疑抄』、『勢語臆断』

1．『伊勢物語』の成立と、注釈の始まり

＊「昔、男ありけり」

『伊勢物語』は、ある和歌が詠まれた場面や状況、人間関係などを物語るもので、「歌物語（うたものがたり）」というジャンルの代表作である。短いエピソードが次々に語られるが、そのほとんどは、「昔、男ありけり」という文章から始まっている。この「男」は、在原業平（ありわらのなりひら）のことかとされている。

現在、私たちが読んでいる『伊勢物語』は、「男」の「初冠（ういこうぶり）」（元服、あるいは叙爵（じょしゃく））から始まり、「辞世（逝去）」で終わる全百二十五段から成っている。

百二十五段から構成される『伊勢物語』が、最も広く読まれてきた「流布本（るふぼん）」である。この「流布本」は、鎌倉時代の藤原定家（ふじわらのていか）が書写した写本に基づいているので、「定家本（ていかぼん）」とも言う。定家

は、『古今和歌集』や『源氏物語』のみならず、『伊勢物語』の本文も校訂した。これらの作品が「古典」として人々に重んじられ、読み継がれてきた背景には、藤原定家の存在が大きい。

　定家本（流布本）以外にも、章段の数が百二十五ではない写本が、いくつも存在している。定家本には見られない内容の章段を含む写本もある。また、男が「狩の使い」で伊勢に赴き、伊勢神宮に仕える斎宮と愛し合ったという、現在の第六十九段から始まる写本があったと伝えられる。「初冠」から始まる定家本が「初冠本」と呼ばれるのに対して、これは「狩の使い本」と呼ばれる。

　現在の研究では、「六歌仙」の一人である在原業平（八二五～八八〇）の詠んだ歌をめぐる伝承が、何段階にもわたって、少しずつ増補されてゆき、全部で百二十五段の「定家本」が成立したと考えられている。業平は、「在原氏」の「五男」で、「近衛中将」だったことから、『在五物語』、あるいは『在五中将物語』という言い方もなされる。ちなみに、『源氏物語』の総角巻では『在五が物語』、絵合巻では『伊勢物語』と書かれている。室町時代に大成された能で使われる面には、「中将」という能面がある。色白の細面の男性が眉を寄せた面である。この「中将」は、在原業平のこととされる。

　業平の没後、長い歳月の中で少しずつ増補されていった『伊勢物語』には、特定の作者がいるわけではない。けれども、鎌倉時代の初期に、藤原定家によって『伊勢物語』の配列と章段数が固まり、表現も固定され、広く読み継がれるようになって、日本文化の形成に大きな影響を及ぼすようになったのである。その意味で、藤原定家は『伊勢物語』の作者ではないが、『伊勢物語』の「確定者」であったと言ってよい。

＊書名・配列・登場人物

　複雑な成立事情を抱えた『伊勢物語』には、多くの謎がある。『伊勢物語』というタイトルは、どこから付けられたのか。物語の中で、要所要所で感想（コメント）を述べている人物は、誰なのか。「昔」としか書かれていないけれども、実際にその出来事があったのは、何年の何月何日なのか。「女」としか書かれていない人物は、具体的には誰なのか。『伊勢物語』の全部で百二十五の章段は、「男」の元服から逝去までの「一代記」としての体裁を取っているが、いくつも内容に矛盾があり、整合性がとれず、辻褄が合わないように見えるのは、なぜなのか。

　このようなさまざまな疑問は、厳密には解決できない性格のものである。けれども、少しでも「謎解き」をしようと試みる人たちが続出した。それほど『伊勢物語』は、魅力的な作品だったということだろう。そこから、『伊勢物語』の研究、つまり「注釈」が開始する。

2.『伊勢物語』の「古注」

＊注釈史の三区分

　第一章で述べた『古今和歌集』の研究史における「古注・旧注・新注」という時代区分は、『伊勢物語』においても有効である。

　「古注」と「旧注」については、主要なものが片桐洋一『伊勢物語の研究［資料篇］』に翻刻されている。室町時代に大成された「能（謡曲）」の世界や、同じく室町時代に書かれた擬古物語に多大の影響を与えているので、これらの注釈書は、文学史的に無視できない。なお、「古注」の場合、注釈者名は未詳である。

＊鎌倉時代の古注『和歌知顕集』

まず、『和歌知顕集』について概観しよう。『和歌知顕集』は、鎌倉時代の初期から中期にかけて書かれた、作者未詳の注釈書である。タイトルには「和歌」とあるが、『伊勢物語』の注釈書である。『伊勢物語』の内容や表現に疑問を抱いている人物と、彼の質問に対して真実を回答する人物との「問答体」スタイルを採用している。その説くところをかいつまんで紹介すると、次の通りである。

在原業平は、自らの恋愛生活を書き留めていた。没後に、妻であった「伊勢」（伊勢の御）という女性歌人が、亡夫の書いた恋愛日記を発見し、自分に関する内容を削除したうえで、三人称の物語風に改め、世間に広めた。伊勢（伊勢の御）が広めた物語なので、『伊勢物語』と言われるようになった。伊勢が最初に広めた段階では、伊勢斎宮をめぐる「狩の使い」のエピソードが冒頭に置かれていた。けれども、伊勢は後に、業平が最終形態として清書していた日記を発見したので、それを改めて広めたのが、「初冠」から始まる写本だった。

在原業平が愛した女性は、生涯で三千七百三十三人である。そのうち、特に大切な恋愛の相手は十二人で、その十二人の女性の思い出を書き記したのが、『伊勢物語』である。紀有常の女、小野小町、二条の后（清和天皇の中宮、藤原高子）、伊勢斎宮（恬子内親王）など、十二人の実名が列挙され、全百二十五段それぞれに登場する「女」の実名が具体的に指摘されている。また、「昔」とされたのが、いつなのかも特定している。たとえば、第一段の「初冠」では、業平が叙爵したのが「承和八年正月七日」、奈良に赴いたのが「承和八年二月二十二日」、奈良で見初めたのは「紀有常の女」と、その妹、というように、まことに具体的である。

『伊勢物語』というタイトルは、「伊勢（伊勢の御）が広めた物語」という説のほか、この物語には、辻褄の合わない記述が多いので、『伊勢や日向の物語』、略して『伊勢物語』と呼ばれるようになったという説も書かれている。これは、「僻事である（辻褄が合わない）」という意味の諺に、「伊勢や日向の物語」という言い方があったことに依るという。

さらに注目すべきは、『伊勢物語』には業平が「東下り」をしたと明記されているにもかかわらず、業平は実際には東国へは下っていなかったという「東下り否定論」の主張である。

『和歌知顕集』は、『伊勢物語』の「５Ｗと１Ｈ」を突き止めようとする好奇心が生みだした。ただし、その詮索は「歴史的真実」とは必ずしも一致していない。たとえば、『伊勢物語』第六十三段は、通常は「九十九髪」と呼ばれる「老女との恋」である。男は業平で、五十三歳。女は小野小町で六十九歳。第六十三段に登場する老女の三男は、小町が五十三歳で生んだ子で、この時には十九歳だったと、『和歌知顕集』は解説している。けれども、六十九歳の小町が五十三歳で生んだ息子ならば十六歳のはずであるから、三男の年齢が十九歳では年齢計算が合わない。『和歌知顕集』は、無理を承知で「５Ｗと１Ｈ」を確定した。『伊勢物語』は「作り物語」ではなく、実在した在原業平の恋愛日記が基となっていると考えているので、必ず「５Ｗと１Ｈ」が突き止められると信じたからだろう。

＊『冷泉家流伊勢物語抄』

鎌倉時代の注目すべき古注に、『冷泉家流伊勢物語抄』がある。これは、中世に書かれた『伊勢物語』に関する注釈書群の総称で、内容に共通性が見られることからの総称である。『伊勢物語』は業平と十二人の女性との恋愛を記したものであり、業平の「東下り」はなかった、という立場を取っている。『伊勢物語』第七段では、男が東下りに旅立ったことが、「昔、男ありけり。京にあり侘(わ)びて、東(あづま)に行きけるに」と書かれている。にもかかわらず、『冷泉家流伊勢物語抄』は、業平は二条の后を盗み出そうとしたことの責任を問われ、「東山(ひがしやま)」にある「関白忠仁公(ちゅうじんこう)（藤原良房(よしふさ)）」の別邸に閉じ込められた、と注釈している。京都の郊外である「東山」を、「東(あずま)（関東）」と誇張して書いた、というのは荒唐無稽だが、辻褄を合わせた解釈ではある。

第八段の「浅間(あさま)の嶽(たけ)」は「浅ましい恋」のこと、第九段の「宇津(うつ)の山」は「虚(うつ)ろな恋」のこと、「富士の山」は日本で最も地位の高い天皇のことというように、掛詞(かけことば)や類推を駆使した解釈も試みられている。ある意味で、心理主義的・象徴主義的な読み方とも言えようか。現代人の視点からは、これら鎌倉時代の「古注」の解釈は信憑性(しんぴょうせい)に欠け、荒唐無稽である、という評価が下されがちである。けれども、『伊勢物語』の謎解きを楽しみ、「注釈」というスタイルで新解釈を作り上げたのが、鎌倉時代に書かれた『伊勢物語』の注釈書であった、とも評価できるだろう。

なお、『冷泉家流伊勢物語抄』や、先ほど紹介した『和歌知顕集』が、『杜若(かきつばた)』や『井筒(いづつ)』など、室町時代の謡曲に影響を与えていることが、現代の研究によって明らかになっている。また、室町時代に書かれた物語の多くにも、古注の解釈が流れ込んでいる。注釈書が、新たな文学作品や芸術作品を生み出したことは、注釈書というものが持つ創造力として、注目される。これらについては、章末の参考文献を参照されたい。

こういった現象は、近代になって、作家たちが古典を翻案したり、古典に触発されて新たな作品を創り出すこととも、遠く繋がるであろう。近代作家たちの作品創作の背景に、当時、古典の注釈書の刊行が見られる場合があるからである。

3. 室町時代の「旧注」

＊一条兼良の『愚見抄』

一条兼良（カネヨシとも、一四〇二〜八一）は、応仁の乱の時代を生きた関白として政治の中枢に位置したが、混乱を収束させることはできなかった。けれども、兼良は、古典学者として膨大な業績を残しており、『伊勢物語』の注釈書である『愚見抄』（『伊勢物語愚見抄』とも）や、『源氏物語』の注釈書である『花鳥余情』などは、その後の研究に大きな影響を及ぼした。この一条兼良の登場をもって、『伊勢物語』や『源氏物語』の注釈研究は、「古注」から「旧注」の時代へと変貌したと見なすのが、文学史研究の通説である。

『愚見抄』は、一四六〇年に初稿本が、一四七四年に再稿本が成立したとされる。著者の一条兼良は、「古注」の注釈姿勢を根本から否定した。兼良は、『和歌知顕集』に書かれている説は「胡乱」であり、その説を信じる者は「邪路に赴かむ事、疑ふべからず」とまで否定している。さらに、『和歌知顕集』や『冷泉家流伊勢物語抄』のように、『伊勢物語』に登場する「女」に実名を当てはめる姿勢を、「いと覚束無き事なるべし」（まったくもって疑わしい）と批判している。さらに、業平は実際には東下りしていないとする古注の説を、「大いなる誤りなり」と否定する。

つまり、何の証拠もない「5W と1H」の当てはめを否定し、文脈に即して、言葉の意味を解明しようとするのが、一条兼良の姿勢だった。歴史書の記述と照らし合わせたり、同じ言葉を『源氏物語』と『伊勢物語』がどのように使い分けたかを、国語学的に論じたりもしている。まことに客観的であり、現代人がイメージする「古典研究」のスタイルに限りなく接近している。

＊肖柏の『肖聞抄』と宗長の『宗長聞書』

一条兼良に学んだ連歌師の宗祇は、第一章で述べたように、「古今伝授」と深く関わった。古今伝授は、『古今和歌集』に関する学説を伝承するシステムである。我が国の文学、そして文化は、『古今和歌集』と『伊勢物語』と『源氏物語』が、深く結びついているので、宗祇以後の「古今伝授」の継承者たちは、王朝時代のこの三つの文学作品の解釈を深めてゆくことになった。その結果、応仁の乱から戦国時代へと、日本社会は昏迷を深めていったけれども、日本文化は新たな時代を切り拓くことに成功する。

宗祇の弟子に、牡丹花肖柏と島田宗長がいる。この三人の合作である『水無瀬三吟百韻』は、連歌の最高傑作として知られる。宗祇は、高弟である肖柏と宗長に対して、『伊勢物語』の講義を行った。肖柏が書き留めた宗祇の講義録が『肖聞抄』（『伊勢物語肖聞抄』とも）、宗長が書き留めた講義録が『宗長聞書』（『伊勢物語宗長聞書』とも）である。

『肖聞抄』は、一四七七年に初稿が成立し、一四九一年に完成したと見られる。『宗長聞書』は、一四七九年の成立とされる。肖柏と宗長が聞いた宗祇の講義は、同じ場ではなかったかもしれないが、どちらも宗祇の学説を書いたものである。

この二つの注釈書を読むと、宗祇は、実証主義に立つ一条兼良に不足していた文学性を回復しようと努めているように感じられる。たとえば、『伊勢物語』第四段で、男は、一年前に失った恋人を偲ぶために、彼女の住んでいた屋敷を訪れ、梅の花を見ながら歌を詠み、かつての愛を追懐する。原文の一部を引用しよう。

月やあらぬ春や昔の春ならぬ我が身一つは元の身にして
と詠みて、夜のほのぼのと明くるに、泣く泣く帰りにけり。

『肖聞抄』は、解釈の難解な業平の和歌の大意を、「心は、月も見し世の月、春も昔の春、我が身も又、元の身なり、と云ふ心なり。皆、来し方には変はらぬを、其の人に逢ふ事叶はねば、月もあらぬ月に覚え、春も昔の春とも覚えず、我が身も元の身とも思はぬ由なり」と説明する。「我が身一つは」の「は」は、我が身一つだけは、という強めではなく、ゆるやかに解釈するとよい、と述べている。そのうえで、「夜のほのぼのと明くるに、泣く泣く帰りにけり」という原文について、「此の言葉、思ふべし。夜深くも帰らざる心、尤も哀れなるべし。其の人ゆゑに、此の所を慕ふ由なり」と読み解いている。宗祇は、『伊勢物語』の原文の意味だけでなく、表現の背後に込められている深い感情、すなわち「余情」を味読すべきだと、弟子たちに講義しているのである。この「余情」を味わう姿勢こそが「幽玄」なのだとも、宗祇は述べている。

一条兼良によって厳密な解釈がなされ、宗祇によって行間を味わう鑑賞がなされた。兼良と宗祇は師弟関係である。この時期に、作品に対する研究的な姿勢の二つの側面が、明らかに示された。それらは相互補完的であり、「解釈と鑑賞」のモデルが、同時代の二人のすぐれた文学者によって提示されたのである。

*三条西家による古典の統合化

室町時代の貴族である三条西実隆は、宗祇から古今伝授を受けた。この実隆から始まる、三条西家の三代（実隆・公条・実枝）は、『古今和歌集』『伊勢物語』『源氏物語』の最高権威となった。三条西実隆（一四五五～一五三七、八十三歳）、息子の公条（一四八七～一五六三、七十七歳）、孫の実枝（一五一一～一五七九、六十九歳）と続く三代は長寿で、実隆の誕生から実枝の没年まで、彼らの生存期間は百二十年余り続いた。この時期に「古今・伊勢・源氏」が渾然一体となって、「古典学」と総称しうる学問体系が確立した。

三条西実隆の『伊勢物語』講義をまとめたのが、清原宣賢の『惟清抄』（『伊勢物語惟清抄』）である。清原宣賢（一四七五～一五五〇、七十六歳）は、吉田神道の創始者である吉田兼倶（一四三五～一五一一、七十七歳）の子であるが、清原家の養子となり、儒学者として公家に儒学を講義した。また、実隆との交流などにより、「古今・伊勢・源氏」からなる「古典学」を学んだ。宣賢は、次に紹介する細川幽斎の母方の祖父に当たり、三条西家の学問が細川幽斎へと伝承されてゆく道筋が切り拓かれた。

十五世紀初期から十六世紀中期にかけて、三条西家三代を中心に、神道家の吉田兼倶や、儒学者の清原宣賢など、それぞれの専門分野を統率する人物が現れてくると同時に、彼らが幅広くつながって、文学・神道・儒学など、分野を超えた融合も生まれてきた。

＊細川幽斎による集大成

細川幽斎は古今伝授の系譜の中で、重要な役割を果たした人物である。幽斎には、『闕疑抄』（『伊勢物語闕疑抄』とも）という『伊勢物語』の注釈書がある。これは一条兼良以来の「旧注」を集大成したものと言ってよい。『伊勢物語』の注釈研究の「蓄積」が、細川幽斎によって「集約」されたのである。章末の参考文献に掲げた「新日本古典文学大系」の『伊勢物語』に、全文の翻刻が収められている。

タイトルに用いられた「闕疑」という言葉は、『論語』に由来するもので、真偽不明の疑わしい点は省く姿勢を意味している。「闕」は、ここでは「省く」とか「取り除く」などの意味である。その姿勢は、『和歌知顕集』や『冷泉家流伊勢物語抄』などの古注の説を、信憑性がないものとして斥(しりぞ)けた、一条兼良の『愚見抄』の立場を受け継いでいる。

『闕疑抄』は、『伊勢物語』の章段ごとに、一段をさらにいくつもに分けて、本文を掲載している。そして、短く区切った本文ごとに、注釈を付けている。つまり、「本文↓注釈↓本文↓注釈」というように、交互に配列されているのである。その注釈部分には、「旧注」の解釈の歴史が取り込まれ、整理されている。だから、『闕疑抄』があれば、『伊勢物語』の本文と解釈史が、まるごと読者に手渡される。

私は、このような記述スタイルを持つ『闕疑抄』は、「絵巻物」のようだと感じることがある。絵巻物は、物語の本文と挿絵とが、交互に現れる。このスタイルは、十分に成熟したスタイルであり、最終形態であるようにも思われる。けれども、この「絵巻物」のスタイルを大きく刷新したのが、江戸時代の『湖月抄』のスタイルだった。

ここで、注釈書の記述スタイルについて述べておきたい。第五章で取り上げる『湖月抄』は『源氏物語』の注釈書であるが、紙面の上のスペースに注釈、下のスペースに本文という割付(わりつけ)になっている。この抜本的な変化を可能にしたのが、「木版印刷」の隆盛である。『闕疑抄』は、当初は筆で書かれた写本で流通し、『湖月抄』は木版印刷された版本(はんぽん)（板本）で流通し、古典を大衆化させることになった。ちなみに、『闕疑抄』も江戸時代に入ると、一六四二年以降、何度も版本で刊行されて、広く読まれた。

さて、『闕疑抄』の著者である細川幽斎は、文人としてだけではなく、戦国大名としても有名である。すなわち、幽斎は、領民に対しては為政者でもあった。『伊勢物語』第四十九段は、美しい妹に寄せる兄の思いが語られる段である。幽斎は、次のように注釈している。

> 『伊勢物語』『源氏』などは、好色をば本とせず。『毛詩』三百篇も、男女の事を以て、政道の本とせり。

幽斎は続けて、「ただ好色の方を本として云ふべき事、何の曲も無き事なり」とも述べている。『毛詩』は、中国古代の『詩経』のこと。我が国の『伊勢物語』や『源氏物語』も、中国の『詩経』も、表面は男と女の恋愛関係を扱っていると見えるが、実際は「政道」のあり方を述べているのだ、という主題論である。『源氏物語』などの王朝物語を、「好色＝エロス」という観点から読む立場があるが、幽斎はそのような解釈に対して「曲も無い」（つまらない）と批判しているのである。

このような「政道読み」は、江戸時代にも受け継がれ、北村季吟によって大成された。けれども、「新注」の時代になって、本居宣長によって否定される。そのあとで出現したのが、現代の「好色＝エロス」論であるので、幽斎が直接に批判した「好色」とは異なっている。幽斎の時代は、応仁の乱から始まった戦国乱世が、やっと収束に向かいつつある時代であった。そのことを思えば「旧注」とは、まさに乱世にあって平和な政を願う、切実な気持ちを反映するものだった。

＊北村季吟の『伊勢物語拾穂抄』

北村季吟は、細川幽斎から古今伝授を受けた松永貞徳の弟子である。季吟の『伊勢物語拾穂抄』

（一六六三年以前の成立、一六八〇年刊行）は、一条兼良以来の旧注を集大成した幽斎の『闕疑抄』に加えて、松永貞徳の「師説」と、自分の考えも含めてコンパクトに要約した注釈書である。

さきほど述べたように、季吟の『源氏物語』や『枕草子』の注釈書は、「絵巻物」スタイルを大きく変容させた。本文の上部の注釈欄を見れば、すぐそこに、語釈や文脈の解説を読める点が、たいそう便利だった。それだけでなく、下のスペースに印刷されている「本文」も、よく見ると、行間に小さな文字で、簡単な注釈が書かれている。本文の横にあるので、「傍注」と言う。それに対して、上のスペースに細かく書かれている注釈を、「頭注」と言う。すなわち、季吟のスタイルは、「本文・傍注・頭注」という三点セットだったのである。

季吟の『伊勢物語拾穂抄』もまた、「三点セット」で紙面が構成されており、幽斎の『闕疑抄』と共に、江戸時代に広く読まれた。『伊勢物語』は、江戸時代のベストセラーだったと言われる。『伊勢物語』について詳しく知りたいと願う読者たちは、『伊勢物語拾穂抄』や『闕疑抄』で、本文と注釈を同時に読みつつ、古典の教養を深めることができたのである。

4.『伊勢物語』の「新注」

＊契沖の『勢語臆断』

契沖（一六四〇～一七〇一）の『勢語臆断（せいごおくだん）』は、一六九二年頃に成立したが、刊行はだいぶ遅れて一八〇二年だった。北村季吟（一六二四～一七〇五）が集大成した学問は、「和学」と呼ばれる。それに対して、契沖から始まる新しい学問は「国学」と呼ばれる。けれども、この二人が同時代人であったことに注目したい。

和学が、平安時代に成立した『古今和歌集』『伊勢物語』『源氏物語』の三つの作品を基本文献として、日本文化を構築し、更新しようとしているの対して、国学は、奈良時代の『万葉集』や『古事記』の時代まで回帰しようとする。ここが、ポイントである。

『勢語臆断』を読むと、『伊勢物語』の本文の解釈に際して、古代文学が積極的に利用されているのが目に付く。たとえば、『伊勢物語』の第二十三段。通常は「筒井筒」と呼ばれるエピソードである。「和学」(旧注)の『伊勢物語拾穂抄』でも、「髪を上ぐ」に関しては『日本書紀』、「風吹けば沖つ白波立田山夜半にや君が一人越ゆらむ」という歌に関しては『万葉集』、「君があたり見つつを居らむ生駒山雲な隠しそ雨は降るとも」に関しても「これは『万葉』の歌なり」という指摘が、すでになされている。けれども、「国学」では、さらに徹底して古代文学から博捜されている。

「国学」(新注)の『勢語臆断』では、「田舎わたらひ」に関して『日本書紀』、「井の許に」に関して『日本書紀』、「振分髪」に関して『万葉集』が四首、「髪を上ぐ」に関して『日本書紀』と『万葉集』、「風吹けば」の歌に関して『日本書紀』と『万葉集』、「君があたり」の歌に関して『万葉集』が引用されている。このように、新注では古代文学が数多く参照されている。言葉の意味を、原義にさかのぼって解明しようとする時には、古代文学を参照することが有効であることを、国学者たちは明確に認識していたのである。

＊荷田春満の『伊勢物語童子問』

荷田春満(一六六九～一七三六)は、京都の伏見稲荷神社の神官である。春満は、『伊勢物語童子問』(享保期・一七一六～一七三六頃成立)を著した。「童子問」という書名については、童子との問答体によって、孔子・孟子の学問を解説する、伊藤仁斎の『童子問』(宝永四・一七〇七年刊)がよく知られている。ちなみに、仁斎も北宋時代の欧陽脩の『易童子問』に、倣っている。

春満の『伊勢物語童子問』は、「古注」の『和歌知顕集』以来、しばらくぶりの「問答体」で展開されてゆく注釈書である。『伊勢物語』の初学者である「童子」が質問する設定だが、その質問内容が高度なのである。たとえば、「『伊勢物語』のこの表現について、細川幽斎の『闕疑抄』はこのように解釈していますが、これは正しいのでしょうか」という聞き方なのである。それに対して、答える側も、「『闕疑抄』は、こういう理由で読み違いをしている」と回答している。旧注との対決を、古注の『和歌知顕集』のスタイルで行うことによって、新注の世界が切り拓かれた。

平田篤胤は荷田春満を、「国学の祖」と呼んでいるが、実際、春満の門下からは賀茂真淵が出たし、真淵は、国学を大成した本居宣長につながる。ちなみに、宣長自身は『伊勢物語』の講義を行ったものの、注釈書をまとめていない。だが、『源氏物語』に関する宣長の注釈書である『玉の小櫛』は、旧注の代表である『湖月抄』の記述内容を検証し、論駁し、新しい解釈を打ち出そうとした。そのような学問的姿勢の原型は、『伊勢物語童子問』にすでに見られると言ってよいだろう。

＊橘守部の研究

橘守部（一七八一～一八四九）の『伊勢物語箋』（一八一八年跋文）は、『伊勢物語』の全段にわたって、原文の間に言葉を補うことによって、文意を明らかにしている点が、『伊勢物語』研究史における新しい試みである。

『新訂増補橘守部全集』第七所収の『伊勢物語箋』から、第七段の全文を掲げて、具体的に守部の工夫を見てみよう。なお、圏点や校異なども付けられているが、それらは省略した。また、句読点の打ち方は、現代と異なるが、そのままにした。

むかし男ありけり。〔女の事につきて、事のいで来にければ〕京にありわびて、あづま〔の方〕へいきけるに。いせ〔と〕尾張のあはひのうみづらをゆくに、波のいとしろくたつを見て〔もとより京に〕おもふことなき〔身〕にしもあらねば〔その男〕。いとゞしくすぎ行かたのこひしき〔わが身なる〕にうらやましくも〔よせては京の方へたち〕かへる波かな、となんよめりける。

『伊勢物語箋』の本文は、「凡例」に、「そこにありあへる傍注の本」を使ったとある。現行では「あづまに」だが「あづまへ」であったり、また、現行では和歌の直前は、「波のいとしろくたつを見て」だけであるが、その後に「おもふことなきにしもあらねば」という表現が付いていたりするなど、本文に違いが見られる。けれども、文意を解釈するスタイルとして、このように、原文の間(あいだ)に、意味を補う言葉を補入すると、文脈が格段にわかりやすくなる。『伊勢物語』の注釈書の中でも、現代の研究へと繋がるスタイルだと言えよう。

5．近代の『伊勢物語』研究

近代になると、本文の確定を目指して、写本を調査する諸本研究が盛んに行われた。ただし、研究に新機軸をもたらしたのは「注釈書」に関する「研究史」であった。中でも、片桐洋一の果たした役割は大きい。注釈という研究スタイルが、新しい文化を創造するエネルギー源となることが証明されたからである。

折口信夫(おりくちしのぶ)（一八八七～一九五三）による民俗学的研究もあった。堀辰雄（一九〇四～五三）は折口に学んで、「王朝物」と呼ばれる小説を書いただけでなく、「伊勢物語など」というエッセイも書いている。その副題に「いかに古典を読むかとの問いに答えて」とあり、文庫本で七頁ほどである。堀自身は、このエッセイの末尾を「御質問の趣にも添わないものになってしまいましたが、取り敢えずお答えまで」と、つつましく結んでいるが、『伊勢物語』第四十五段の原文を全文引用して、この段にあらわれている「なにかレクイエム的な」ものに、心をしめつけられるようだ、と書いている。そのうえで、具体的な注釈書名は書かれていないが、「古註」で指摘されているとして、『万葉集』巻十六の車持(くらもち)氏の娘子(いらつめ)の「夫(せ)の君(きみ)に恋ふる歌」も引用している。そこから、リルケの『ドゥイノ悲歌』に触れ、追記で折口信夫の叙景歌説にも言及して、間断のない展開である。ちなみに、堀が「古註」と書いているのは、例歌の挙げ方から見て、おそらく契沖の『勢語臆断』ではないかと思う。

『伊勢物語』がリルケとも響き合わせられ、「古註」や折口信夫の学説と渾然一体になっている。「響映読み」の一例として、すぐれた『伊勢物語』論であり、『伊勢物語』鑑賞となっていることにも注目して、堀辰雄のこのエッセイを紹介した。

《引用本文と、主な参考文献》

・『伊勢物語』の本文は、「新編日本古典文学全集」「新日本古典文学大系」などで読める。
・大津有一『伊勢物語古註釈の研究』(石川国文学会、一九五四年)
・片桐洋一『伊勢物語の研究　資料篇』(明治書院、一九六九年)に、『和歌知顕集』や『冷泉家流伊勢物語抄』『伊勢物語肖聞抄』『伊勢物語宗長聞書』『伊勢物語闕疑抄』などの主要な古注と旧注が翻刻されている。
・竹岡正夫『伊勢物語全評釈　古註釈十一種集成』(右文書院、一九八七年)には、主要な古注・旧注・新注が、各章段ごとに翻刻されている。
・伊藤正義『中世文華論集・第一巻・謡と能の世界(上)』(和泉書院、二〇一二年)
・清原宣賢『伊勢物語惟清抄』(『続群書類従』十八輯下)
・『伊勢物語闕疑抄』(新日本古典文学大系『竹取物語　伊勢物語』所収、岩波書店、一九九七年)
・北村季吟『伊勢物語拾穂抄』(『北村季吟古註釈集成2』、新典社、一九七六年)
・契沖『勢語臆断』(『契沖全集9』所収、岩波書店、一九七四年)
・荷田春満『伊勢物語童子問』(『荷田全集1』所収、名著普及会、一九九〇年)
・賀茂真淵『伊勢物語古意』(『賀茂真淵全集16』所収、続群書類従完成会、一九八一年)
・橘守部『伊勢物語箋』(『新訂増補橘守部全集』第七、東京美術、一九六七年)
・堀辰雄『大和路・信濃路』(新潮文庫、「伊勢物語など」所収)

《発展学習の手引き》

・ここでは、古典学習における「響映読み（きょうえいよみ）」の有効性について、述べてみたい。「響映読み」というのは、私が以前から唱えている方法論なのであるが、一言で言えば、「さまざまな作品を響き合わせて読む」ことである。文学作品同士にとどまらず、文学と美術や音楽、文学と哲学と美学と心理学など、自由に視野を広げながら読む方法である。本章の最後で、堀辰雄の「伊勢物語など」というエッセイを紹介したのも、ここに書かれているさまざまな視点や関連作品の取り上げ方が、堀辰雄による見事な「響映読み」であるからだった。「響映読み」の基盤は、読者みずからの「自由な感性の広がりによる読み方」にある。読書体験・芸術体験、そして日常体験などと、幅広く響き合わせて、作品世界を理解していただきたい。

『伊勢物語』を題材とする美術作品は、『源氏物語』と並んで、たいそう好まれた。江戸時代に興った琳派（りんぱ）の絵画にも、『伊勢物語』は多くの題材を提供し、人々の生活の中に浸透していった。それらの美術史的な研究も盛んである。美術書や展覧会などで触れる機会も多いと思う。

5 『源氏物語』の研究史（1）

《目標・ポイント》『源氏物語』は、『古今和歌集』と並んで、文学研究の双璧であった。鎌倉時代から始まった『源氏物語』の注釈が、江戸時代に北村季吟の『湖月抄』で集大成されるまで、藤原定家・四辻善成・一条兼良・宗祇・三条西実隆などの研究を概観する。

《キーワード》『源氏物語』、古注、旧注、藤原定家、四辻善成、一条兼良、宗祇、三条西実隆、北村季吟

1．『源氏物語』研究の始発

＊読み継がれ、研究され続けた『源氏物語』

伊井春樹編『源氏物語注釈書・享受史事典』（東京堂出版、二〇〇一年）という本がある。そこには、四百を超える『源氏物語』の注釈書についての解説があり、加えて、上下二段組で二三〇ページにわたって、寛弘五年（一〇〇八）から慶応四年（一八六八）までの『源氏物語』の享受史の詳細な年表が記載されている。

『源氏物語』が、いかに読まれ続けてきたか、そして、いかに熱心に研究され続けてきたかが、この事典を見ただけで体感できる。

＊『源氏物語』の成立

物語の作者は不明であることがほとんどであるが、『源氏物語』の作者が紫式部であることは、例外的に確定している。『紫式部日記』の寛弘五年（一〇〇八）十一月一日の記述によって、この日記の作者が当時『源氏物語』を執筆中であることが証明されるからである。

紫式部は、一条天皇の中宮となった彰子（藤原道長の長女）に仕えた女房で、同僚には歌人の和泉式部や赤染衛門たちがいた。この文化サロンが、『源氏物語』の母胎であった。

『源氏物語』が執筆中だった一〇〇八年に生まれた菅原孝標女は、十三歳の時に、『源氏物語』の全巻を読みたいと熱望し、翌年、遂にそれが実現した時の大きな喜びを、『更級日記』に書いている。『源氏物語』を耽読した菅原孝標女は、『浜松中納言物語』や『夜の寝覚（夜半の寝覚）』などの物語の作者となった、と伝えられる。『源氏物語』は同時代文学として十四歳の少女にも読まれ、その少女は長ずるに及んで、優れた物語作者となった可能性は大きいのではないだろうか。

＊藤原俊成の『六百番歌合』の判詞

七番目の勅撰和歌集である『千載和歌集』の撰者・藤原俊成（一一一四～一二〇四）は、一一九三年に催された『六百番歌合』で、和歌の優劣を決定する判者を務めた。その判定の根拠を書き記す判詞において、「源氏見ざる歌詠みは遺恨の事なり」と述べた。藤原良経が詠んだ「見し秋を何に残さむ草の原一つに変はる野辺の景色に」という歌の第三句「草の原」が、『源氏物語』の花宴巻で用いられた言葉であることを、歌人は知っているべきだという趣旨で、俊成はこう述べたのである。花宴巻は、光源氏と朧月夜との濃艶な愛を描いており、「草の原」には「草が深く覆っている墓所」という意味がある。愛に絶望して命を失った女性が葬られている墓所という意味が、

『源氏物語』を読んだ体験のある歌人にはわかっているはずだ、という主張である。
この時、『源氏物語』は、中世和歌に摂取されてしかるべき、美しい言葉の模範に満ちた「古典」への道を歩み始めた。

＊青表紙本と河内本

藤原俊成がこの判詞を書いたのは、紫式部が『源氏物語』を書いてから二百年近くも経った後のことである。藤原俊成の子が、藤原定家（一一六二～一二四一）である。彼は、『源氏物語』の本文校訂を行い、「青表紙本」と呼ばれる系統の本文を定めた。また、定家と同時代人の源光行（一一六三～一二四四）・親行（生没年未詳）の父子も、『源氏物語』の校訂を行った。父子は、どちらも河内守だったので、この本文を「河内本」と呼ぶ。吉沢義則『対校源氏物語新釈』（国書刊行会、一九七一～七二年）には、青表紙本と河内本の本文が併記されており、両者の違いが一目瞭然である。

代表的な「古注」を挙げると、河内本の校訂を行った源光行と親行、さらに親行の孫に当たる行阿（生没年未詳）は、『源氏物語』の注釈も行った。光行・親行父子によって完成された『水原抄』は現存しないが、諸注をまとめた『源氏物語』の注釈書とされる。「水原」とは、「源」という漢字を「氵＝水」と「原」とに分割したものである。『水原抄』の肝要な点をまとめたのが、『原中最秘抄』である。また、現存する『紫明抄』は、源光行の子で、親行の弟に当たる素寂（生没年未詳）が著したとされる注釈書で、そこに引用されている本文は河内本である。源光行と彼に連なる一族や、その学問を受け継ぐ弟子たち、すなわち「河内方」によって、源氏研究が行われた。

青表紙本を用いた注釈には、藤原定家自身の『源氏物語奥入』がある。これは、青表紙本の各巻の本文の末尾、すなわち「奥」に書き込まれている注釈が、一冊にまとめられたものと考えられている。定家は、先行する藤原（世尊寺）伊行（生没年未詳）の『源氏物語釈』（『源氏釈』とも）の説を取り入れている。この『源氏物語釈』が、最古の『源氏物語』注釈書とされる。「古注」の始まりである。伊行は、書道の名人とされた藤原行成（コウゼイとも）の子孫で、女性歌人として知られる建礼門院右京大夫の父である。

青表紙本は文学的で余情に富み、河内本は意味が明快である、というのが、一般的な評価である。中世において、当初は河内本が優勢であったが、次第に青表紙本が有力になった。近代に入ると、市販されている『源氏物語』のテキスト、および口語訳（現代語訳）の基となる底本は、ほとんどが青表紙本に統一されている。ただし、室町時代の物語や謡曲では、河内本の本文が用いられることも多い。

また、青表紙本でも河内本でもない系統の写本も多く、それらは池田亀鑑によって「別本」と名づけられた。青表紙本・河内本・別本の主要な写本の本文の異同は、池田亀鑑『源氏物語大成』（全八巻、中央公論社、一九五三〜五六年）に一覧されている。諸本の系統の研究や、諸本間の本文の異同の研究など、文献学的研究は、近代になって発達した分野だと言えよう。

初期の注釈は、『源氏物語』に取り込まれている典拠（和歌や漢詩など）を発見し、指摘することが中心であった。たとえば、桐壺巻に、桐壺更衣の没後に、人々が「なくてぞ」と偲び合った、とある。この表現に関して、『源氏物語釈』『源氏物語奥入』『紫明抄』などは、

ある時はありのすさびに憎かりき亡くてぞ人は恋しかりける

という古歌を引用している、と揃って指摘する。この歌は、注釈書を通して人口に膾炙し、近代歌人の若山牧水（一八八五〜一九二八）も、この歌自体を取り上げて、「あるときはありのすさみに憎かりき忘られがたくなりし歌かな」と歌っている（『独り歌へる』）。

2.『河海抄』の准拠論

＊四辻善成と『河海抄』

四辻善成（一三二六〜一四〇二）は、南北朝から室町時代にかけての古典学者である。善成は順徳天皇の曾孫で、左大臣に昇った公卿であり、善成の姉（智泉聖通）の娘、すなわち、善成の姪である紀良子は、室町幕府の二代将軍・足利義詮の側室となって、三代将軍義満を生んだ。また、善成自身は、連歌の大成者としても知られる関白・二条良基の猶子である。四辻善成は、公武の最高の地位にある人物たちに近い存在であり、『源氏物語』が室町文化圏の中心に位置することの象徴が、四辻善成の存在に集約されている。四辻善成がまとめた『源氏物語』の注釈書『河海抄』（二十巻）は、足利義詮に献上された。

『河海抄』の序文に、『源氏物語』を丹波忠守から学んだことが記されている。丹波忠守は医師であるが、二条為世に和歌を学んだ歌人でもある。ちなみに、『徒然草』第百三段には、丹波忠守のことを宮廷人たちがからかったので、忠守が立腹して退座した話が書かれている。『徒然草』の著者である兼好も為世の和歌の弟子なので、忠守と和歌の同門だった。

丹波忠守は、源光行・親行父子の系統の源氏学を学んでいたので、四辻善成がまとめた『河海抄』には、忠守経由で、「河内方」の学説が流れ込んだ。したがって、『河海抄』には『水原抄』の説が数多く引用されている。

先ほど、四辻善成が二条良基の猶子だったことに触れたが、この二条良基の孫が一条兼良であり、『源氏物語』や『伊勢物語』などの古典学を隆盛に導いた大知識人である。良基が詠んだ和歌に、二条為世門下の四天王である兼好や頓阿が合点(がってん)（「がてん」とも。良いと思う歌に印を付けること）をしたのが、『後普光園院殿御百首(ごふこうおんいんどのおんひゃくしゅ)』である（『後普光園院摂政殿百首』とも。「後普光園院」は良基のこと）。なお、二条良基の「二条」は五摂家の一つである最高位の公家であり、二条為世の「二条」というのは、京極・冷泉と同じく、藤原定家の子孫の家柄で、和歌の名門であるが、五摂家の家柄ではない。

＊准拠という視点の導入

源氏学の中でも『河海抄』は、最初の本格的な注釈書と言ってもよい。『河海抄』の特徴は、その「博引旁証(はくいんぼうしょう)」にある。言葉に関しても、歴史に関しても、さまざまな用例が豊富に列挙されている。たとえば、賢木(さかき)巻で、六条御息所(ろくじょうのみやすどころ)が、伊勢斎宮に決まった娘と一緒に、伊勢の国に下向する場面がある。『河海抄』は、「斎宮女御」と呼ばれた徽子女王(きしじょおう)（村上天皇の女御）が、娘である規子(きし)女王と共に伊勢へ下った歴史的事実との類似を記したあとで、「此(こ)の物語のならひ、古今(ここん)、准拠(じゅんきょ)なき事(こと)をば載(の)せざるなり」と述べている。『源氏物語』の中に書かれている出来事には必ず「准拠」がある、というのである。

「准拠」は「準拠」とも書くが、本来は「よりどころ」という意味である。虚構である『源氏物語』には、歴史的な事実が、表現や構想の「よりどころ」として存在しているとするのが、「准拠」の考え方である。『河海抄』の冒頭の総論に当たる「料簡(りょうけん)」には、「物語の時代は、醍醐・朱雀・村上、三代に准ずる歟」とある。桐壺帝が醍醐天皇、朱雀帝が朱雀天皇、冷泉帝が村上天皇と対応している、という指摘である。

桐壺巻の冒頭には、「いづれの御時にか」とある。直訳すれば、「どの天皇の御代であったか」という意味であり、ここには具体的な天皇の名前は書かれていない。けれども、『河海抄』は次のように述べる。

> 延喜の御時と言はむとて、おぼめきたるなり。河原の院を「某の院」、鞍馬寺を「北山の某寺」と言ふが如し。

桐壺巻の冒頭の「いづれの御時」は、延喜の御代、すなわち、醍醐天皇の御代を准拠としているのだが、表現的に朧化して（おぼめきて）、「いづれの御時」と言ったのである。同じように、夕顔巻で、夕顔が謎の死を遂げた「某の院」は、「河原の院」（源融の旧邸）を准拠としており、若紫巻で光源氏が治療のために赴いた「北山」（都から見て北の方角にある山）にある、さるお寺は、「鞍馬寺」が准拠なのである。

虚構と史実とを重ね合わせ、立体化する。准拠は、「下敷き」というほどの意味だと考えてよいだろう。史実という下敷きの上に、虚構の物語が展開されてゆき、物語のリアリティが発生する。そこに『源氏物語』の本質があると考えるのが、『河海抄』の基本姿勢である。すなわち、長編物語である『源氏物語』の全体像を把握している点が、画期的である。

桐壺帝の准拠が、醍醐天皇ならば、光源氏の准拠は、醍醐天皇の皇子として生まれながら臣籍に下った源高明（たかあきら）であり、桐壺更衣の准拠は、源高明の母親である近江更衣（源周子）ということになる。『伊勢物語』においては、「昔、男ありけり」と書かれている「男」は、実在した在原業平のことだと考えられていた。その『伊勢物語』と同じように『源氏物語』を読もうとしたのが、『河海抄』だった。

注釈史を、「古注」「旧注」「新注」と三区分する際には、『河海抄』は「古注」に含まれるが、後世に影響を与え続け、旧注を全否定した本居宣長ですら、参看すべき注釈書の筆頭に『河海抄』を挙げているほどである。実質的には「旧注」に含めてもよいだろう。

3.『源氏物語』注釈書の黄金期

＊一条兼良の『花鳥余情』

一条兼良（一四〇二〜一四八一）が、『伊勢物語』の研究において『愚見抄』（一四六〇年初稿本成立）で画期的な実証的業績を遺したことは、本書の第四章で触れたが、『源氏物語』に関しても『花鳥余情（かちょうよせい）』（「かちょうよじょう」とも）という優れた注釈書を遺している。厳密な意味での『源氏物語』の「旧注」は、ここから始まる。

注目すべきは、兼良は『花鳥余情』に先立って、『源氏物語年立（としだて）』を完成させていることである。『源氏物語』は、光源氏の登場する「正編（せいへん）」と、光源氏の子孫が登場する「続編（ぞくへん）」（宇治十帖（うじじゅうじょう））に別れる。四代の天皇の治世のもと、正編では五十二年間、そして空白の八年間を挟んで、続編では十五年の歳月が流れる。この作中における時間を、正編では光源氏の年齢、続編では薫の年齢を基準として整理し、「この巻は、光源氏（あるいは薫）の何歳の時を描いている」と説明するのが、「年（とし）

立」である。現代人の感覚では「年譜」である。本格的な年立を最初に作成したのが、一条兼良だった。

この年立は、兼良以後、部分的に修正されることもあったが、基本的には、江戸時代の北村季吟による『湖月抄』まで踏襲され、広く流布した。ただし、本居宣長によって抜本的に改められ、現在では、宣長の作成した年立に従って『源氏物語』の枠組みが研究されている。その結果、一条兼良の「年立」は「旧年立」と呼ばれる。

『花鳥余情』は、文明四年（一四七二）の成立とされる。五年前の一四六七年には、「応仁の乱」が勃発している。時代は、混乱と昏迷の度を深めつつあった。兼良は、『愚見抄』で『伊勢物語』の文章の意味を正しく読み取ろうとしたように、『花鳥余情』でも『源氏物語』の文章の意味が文脈に即して読み解かれている。まさに論理的なのである。しかも、論理的であるだけでなく、思想的でもある。つまり、事実に基づく客観性だけでなく、文章読解に兼良自身の価値観や理想を反映させている。

具体例を挙げよう。桐壺巻の冒頭で、桐壺帝の寵愛を受ける桐壺更衣が、「我はと思ひ上がれる」女御たち（大臣の娘）、「同じ程」の更衣たち（大納言の娘）、「それより下臈」の更衣たち（三位・四位の貴族の娘）の嫉妬を受けたとある。この箇所で、『花鳥余情』は、后たちを三つに区分し、「中道を尊ぶる心」を明らかにするために、作者は桐壺更衣を三区分のうちの「中の品」として登場させたのだ、と述べる。中道を尊ぶのは、儒教でも仏教でも道教でも共通している、とも述べている。

同様の解釈は、帚木巻の「雨夜の品定め」に書かれている女性論にも反映されている。この「品定め」において、「中の品」の女性が重んじられているのは、儒教で「中庸の道」が至極とされるのと同じである。また仏教で、万物は存在するのでもなく、存在しないのでもないと認識する「非空非有」（非有非空）が「中道」（「中諦」とも）とされているのと同じである。「中」を尊ぶのが、儒教と仏教の教えなので、それに従っているのだ、と兼良は注釈している。

兼良は、室町幕府の八代将軍・足利義政の夫人である日野富子に、『小夜寝覚』という教訓書（政治指南書）を献呈している。そこには、「和」の思想が語られている。「やはらか」で「なよび」やかな考え方が、『源氏物語』や和歌の基本だというのである。ここには、応仁の乱から戦国時代へと、内乱と闘争の混乱が拡大してゆくことを憂え、古典研究によって「和」の理念を復活させたいという兼良の悲願が込められていると言えよう。

＊宗祇と肖柏

室町時代の連歌師・宗祇（一四二一～一五〇二）は、東常縁から「古今伝授」を受けたことで有名である（第一章参照）が、一条兼良に学んで、『源氏物語』の帚木巻の注釈である『雨夜談抄』（一四八五年）を書き著していることにも、注目したい。その冒頭には、『河海抄』の准拠論と一条兼良の「非空非有」の中道論を発展させた、宗祇の物語論が展開されている。

「帚木」は遠くからは見えるが、近づくと見えなくなる不思議な木のことで、この巻だけでなく、『源氏物語』五十四帖全体に「帚木」現象は及んでいる、というのが宗祇の主張である。なぜならば、准拠論で指摘されているように、『源氏物語』は史実が下敷きになっているので、書かれている内容は、この世に「ある」（実在する）もののようにも見えるけれども、仔細に見てみると、夢の中の戯れのように、この世に「ない」（実在しない）虚構の作り話である。つまり、天台宗に言う

「非有非空」であり、真実と虚構が立体化、つまり同時に共存している。このような宗祇の物語論は、江戸時代の『湖月抄』にも取り入れられた。また、近松門左衛門の唱えた「虚実皮膜論」とも通底する、重要な文学理論である。

宗祇はまた、「雨夜の品定め」が女性論や家庭論ではなく、「政道論」であると理解している。『雨夜談抄』は、「此の言葉、女の上のみならず、君臣朋友の中にも大切の言葉なり」、「これ、偏に、女の事を言ふのみにあらず。源氏の君・頭中将は、世を政ち給ふ公達なれば、女の上にて、世間の人の心を教へ奉る物なり」などと注釈している。これは、「雨夜の品定め」の解釈を通して、一条兼良の「和」の理念を、具体化したものだと考えられる。

宗祇の弟子である牡丹花肖柏（一四四三～一五二七）は、『伊勢物語』に関しては『肖聞抄』をまとめて、師の学説を書き留めた。『源氏物語』に関しても、肖柏は宗祇の講義を聞いて、その説を書き残している。その肖柏が記した宗祇の講義録を基にしているのが、三条西実隆の『弄花抄』である。「弄花」は、肖柏の別号が「弄花軒」であることに因んでいる。このように、宗祇の注釈は、三条西家の学問の中に流れ込んで、大きく発展することになった。

＊三条西家三代の『源氏物語』研究書

三条西実隆（一四五五～一五三七）は、宗祇から古今伝授を受けている。そして、子、孫へと古今伝授を伝え、「家学」として、古典学を展開した。実隆（逍遥院）は、先ほど述べた『弄花抄』をまとめた後で、さらに解釈を深めて『細流抄』を著した。子の公条（称名院）も、父の学説を継承・発展させ、『明星抄』をまとめた（『明星抄』の完成は、子の実枝とする説もある）。三代目の実枝（「実澄」とも。三光院）は、『山下水』を著したが、次の時代の『岷江入楚』で『箋』という書名で引用され、北村季吟の『湖月抄（こげつしょう）』へと流れ込んでゆく。

三条西家三代の源氏学は、一条兼良や宗祇の教えを直近の源流としながら、独自の学風を樹立し、中世源氏学の黄金時代を迎えた。実隆は、戦国大名の大内義隆（おおうちよしたか）や今川氏親（いまがわうじちか）とも親しかった。実枝は、甲斐の武田氏や、駿河の今川氏を頼って、都を離れていた時期がある。まさに、世は戦国時代の真っ只中だった。

三条西家の源氏学の特徴は、深い読みに裏打ちされた鑑賞力にある。たとえば、桐壺巻で、桐壺更衣が亡くなる直前に詠んだのが、「限（かぎ）りとて別るる道の悲しきにいかまほしきは命（いのち）なりけり」という歌である。「行（い）かまほし」と「生（い）かまほし」の掛詞である。この歌の直後に、更衣は、「いと、斯（か）く、思（おも）ひ給（たま）へましかば」（もしも、私の命がこのようにはかないものだと存じておりましたのならば……）と語り、それ以上は言葉にならなかった。この箇所についての『箋』の説を現代語訳すると、「この言葉の以前に、更衣と帝は、『生きている時も、死ぬ時も二人は一緒でいよう』と約束し合ったけれども、自分の命が、こんなにもはかないものだとは知らずに、あの時は、あんな約束をしてしまったと、更衣は、後（あと）に一人残される帝の悲しさを思いやっているのである。命が惜しいのは、自分のためではなく、帝のためだという心である。更衣は、もっと多くの言葉を話したかったけれども、意識が朦朧（もうろう）として、それ以上は話せなかった。このあたりの余情は、限りもなく大きい」と、鑑賞している。これが、三条西家の鑑賞力である。

＊『岷江入楚』へ

三条西家の三代の次に「古今伝授」を担ったのが、細川幽斎である。細川幽斎は、『伊勢物語』に関しては『闕疑抄』を書いて、『伊勢物語』の注釈書の集大成を成し遂げた。『源氏物語』に関しては、弟子の中院通勝(なかのいんみちかつ)(一五五六~一六一〇)を指導して、中世源氏学の集大成である『岷江入楚(みんごうにっそ)』(一五九八年)を完成させた。中院通勝は三条西公条の娘が生んだ子なので、実隆の曾孫である。

『岷江入楚』には、仮名序がある。この仮名の序文は、中院通勝が書いた。通勝は、藤原定家の『奥入』を濫觴(らんしょう)(水源地)として流れ始めた中世源氏学が、この『岷江入楚』の成立によって「底(そこ)無(な)き」大河となったのは、揚子江の流れにも喩えられる、と述べている。跋文(ばつぶん)は漢文で、細川幽斎が書いている。

『岷江入楚』は、三条西家の源氏学の集大成のみならず、藤原定家から始まった中世源氏学の集大成でもあった。まことに大部な分量である。ただし、『源氏物語』の本文の全文は書かれていないこと、また、諸説の整理が明瞭ではなく、読者がさまざまな注釈書の学説の優劣を理解しづらいことが、難点である。これらの難点は、江戸時代の北村季吟の登場で解消されてゆく。

4. 江戸時代の大衆社会と『源氏物語』

＊松永貞徳と、その一門の源氏学

細川幽斎から古今伝授を受けた松永貞徳(ていとく)は、「貞門俳諧(ていもんはいかい)」の総帥(そうすい)として活躍する一方で、古典学の第一人者としても重要な仕事を果たした。貞徳の弟子にも、優れた古典学者が多い。

加藤磐斎(ばんさい)(「盤斎」と書かれることもある。一六二五~七四)は、『徒然草抄』や『清少納言枕双紙抄』、『伊勢物語新抄』などの本格的な注釈書を著した。磐斎は、『土佐日記』『方丈記』『小倉百人一首』『新古今和歌集』などに関しても注釈を残している。ただし、『源氏物語』については、注釈が残っていない。

また、貞門に学んだ俳人、雛屋立圃（野々口立圃とも。一五九五～一六六九）は、「俳画」の祖とされることもあり、絵師としても知られる。古典にも通じ、『十帖源氏』と『おさな源氏』は、挿絵付きのダイジェスト版『源氏物語』である。

＊北村季吟の『湖月抄』

松永貞徳の弟子の中で、文学史に留まらず、文化史的に画期的な業績を遺したのが、北村季吟である。季吟も「古今伝授」の系譜に連なっている。このことは、一条兼良から始まる『源氏物語』の「旧注」が、江戸時代の北村季吟によって、集大成されたことを意味する。しかも、兼良の『花鳥余情』には、それ以前の『河海抄』も取り込まれていることを思えば、すでに江戸時代以前に、膨大な「源氏学」が集積しているのであった。中院通勝がさまざまな注釈書を集大成した『岷江入楚』には、『源氏物語』の本文がないという難点はさて措くとしても、諸説の提示が読みにくいという難点は、この集積の厚みから生じた、不可避なものであったろう。

そのような源氏研究の現状と対峙する時、季吟の『湖月抄』（一六七三年成立、一六七五年刊行）が、大胆なレイアウトを備えた注釈書であることの意義が際立つ。すなわち、『湖月抄』は、「本文」を備え、本文の行間には簡単な注釈（傍注）があり、本文の上のスペースには詳しい注釈（頭注）がある。頁を開けばこの構成が、読者の目に飛び込んでくる。

ただし、季吟以前にも、レイアウトの点で注目すべき注釈書があった。『首書源氏物語』（「かしらがき」とも）という注釈書が、「一竿斎」という人物（伝未詳）によって寛永十七年（一六四〇）に刊行されている。けれども、そこでは「本文」と「頭注」のみのレイアウトである。

『湖月抄』の長所は、諸説の整理が一目瞭然で、これまでの解釈の歴史が一覧できる点である。

そして、傍注があれば、『源氏物語』の本文を読みこなすことができ、頭注を読めば『源氏物語』の背景が理解できる。つまり、『源氏物語』の本文だけでは意味を理解できなくとも、『湖月抄』があれば、これまでに『源氏物語』の解釈に挑んできた文化人たちの解釈を、読者はすべて自分のものとして摂取することができるのである。

なおかつ、季吟は、『源氏物語』を教訓書として位置づける読み方を示した。よりよく生き、よりよく人生をまっとうする方法を教える本として、『源氏物語』は江戸時代の大衆に手渡されたのである。教訓書として『源氏物語』を理解する姿勢は、宗祇が「政道書」として『源氏物語』を位置づけたことの発展上にある。宗祇たちは、応仁の乱から戦国時代にかけての混乱の時代を生きた。天下泰平の江戸時代を生きる季吟の手によって、宗祇たちが「古今伝授」によって受け継いできた「理想の世の中を祈る」姿勢が、結実したのである。

この『湖月抄』は、与謝野晶子を始めとして、近代の文学者たちが『源氏物語』を口語訳しようとする際のよりどころとなった。『源氏物語』を読むとは、『湖月抄』を読むことと同じ意味だったからである。

時あたかも、木版印刷による出版の隆盛期に向かう時期であった。それまでのような写本による流布であったならば、貴族や武将や学僧など、読者も限られていたが、版本による格段に増加した読者たちに『源氏物語』の世界が開かれたのだった。『湖月抄』で読めば、『源氏物語』の意味内容のみならず、従来の解釈の全容や文化的な背景も含めて、一人一人の心の中に浸透してゆく。『源氏物語』の扉が、大きく開かれた時代の到来である。

《引用本文と、主な参考文献》

・『六百番歌合』（新日本古典文学大系、岩波書店、一九九八年）
・吉沢義則『対校源氏物語新釈』（全六巻、国書刊行会、一九七一年）
・『原中最秘抄』（池田亀鑑『源氏物語大成7　研究資料篇』、中央公論社、一九五六年）
・玉上琢彌編『紫明抄・河海抄』（角川書店、一九六八年）
・『源氏物語奥入』（池田亀鑑『源氏物語大成7　研究資料篇、中央公論社、一九五六年）
・『源氏物語釈』（『増補国語国文学研究史大成　源氏物語上』、一九七七年）
・『花鳥余情』（『源氏物語古注釈叢刊2』、『源氏物語古注集成1』、『国文注釈全書3』など）
・『明星抄・種玉編次抄・雨夜談抄』（中野幸一編、武蔵野書院、一九八〇年）
・『弄花抄』（『源氏物語古注集成8』桜楓社、一九八三年）
・『細流抄』（『源氏物語古注集成7』、桜楓社、一九八〇年）
・『岷江入楚』（『源氏物語古註釈叢刊6～9』、武蔵野書院、一九八四～二〇〇〇年）
・北村季吟他『増註源氏物語湖月抄』（名著普及会、一九七九年）
・北村季吟他『源氏物語湖月抄・増注』（全三巻、講談社学術文庫、一九八二年）

《発展学習の手引き》

・『源氏物語』の注釈史をまとめたものとして、新潮新書『源氏物語ものがたり』（島内景二）がある。本章とかかわる藤原定家・四辻善成・一条兼良・宗祇・三条西実隆・細川幽斎・北村季吟、次章とかかわる本居宣長などの源氏研究を概観できる。

6 『源氏物語』の研究史（2）

《目標・ポイント》江戸時代の国学から始まった「新注」の意義について考えることで、本居宣長の唱えた「もののあはれ」の意義を明らかにする。近代以降の研究や口語訳、さらには『源氏物語』を踏まえた創作活動についても触れる。

《キーワード》新注、契沖、賀茂真淵、本居宣長、もののあはれ、萩原広道、口語訳、アーサー・ウェーリ

1．『湖月抄』の隆盛と、新注の胎動

＊『湖月抄』の流布

前章で見たように、北村季吟の『湖月抄』は、「本文・傍注・頭注」の三点セットで構成されているので、難解な『源氏物語』の原文が一般読者にも理解できるように工夫されている。ここに、『源氏物語』は大衆化することに成功した。柳亭種彦（りゅうていたねひこ）の『偐紫田舎源氏（にせむらさきいなかげんじ）』（一八二九～四二年）は、『源氏物語』の世界を室町時代に移し替えたパロディであるが、『湖月抄』の流布なしには考えられない。

季吟以後に国学が勃興したことにより、現代では、特に研究者の間で『湖月抄』への評価が低く

なっているが、江戸時代から近代も含めて、一般読書人に及ぼし続けた『湖月抄』の影響力は測り知れないほどに大きい。なお、ここで「和学」と「国学」の定義に触れておくと、北村季吟は「和学者」であり、「国学者」とは呼ばれない。「和学」が、『古今和歌集』『伊勢物語』『源氏物語』の注釈研究を基盤としていたのに対して、「国学」は、それ以前の『古事記』や『万葉集』を視野に入れた注釈研究に広げた点に大きな違いが見られる。

＊契沖の『源註拾遺』

国学者による『源氏物語』研究の端緒は、契沖（けいちゅう）だった。ここから、『源氏物語』の「新注」が開幕する。契沖の『源註拾遺（げんちゅうしゅうい）』（一六九八年完成）は、厳密な語釈を特徴とする。『源註拾遺』の冒頭には、『源氏物語』の注釈史における『河海抄』を高く評価する一方で、『河海抄』の説が誤っていても、その後の注釈書のほとんどが『河海抄』の説を無批判に引用してしまうので、誤りが一向に糺（ただ）されない、という批判が書かれている。これは『湖月抄』への批判なのだと思われる。

具体的に、桐壺巻に即していえば、旧来の注釈書で、「わりなし」という大和言葉に対して「無別」や「無破」などという漢字を宛（あ）て、「無別」は『日本紀（にほんぎ）（日本書紀）』に用例がある、と述べているが、契沖は『日本書紀』には「無別」の用例はない、と批判する。ただし、「無破」の用例は、『万葉集』や、菅原道真の漢詩に用例がある、と検証している。「なだらか」という大和言葉にも、『河海抄』は「平」という漢字を宛（あ）て、『日本書紀』に用例があるとしているが、そういう例はない、と契沖は断言する。

つまり、契沖の姿勢は、これまでの注釈書に書かれてある内容を鵜呑（うの）みにせず、一から検証し直すのである。本居宣長は、この点を高く評価して、「何事（なにごと）も、古き書（ふみ）を證（アカシ）として、新（あらた）に見明（みあき）らめたることおほき也（なり）」と述べている。ただし、宣長は、『源註拾遺』の考えにも不備はあるとして、さらに一歩も二歩も、語釈研究を進めている。

契沖は、『源氏物語』の主題解釈には触れない。ただし、『湖月抄』が集大成した「政道論」読みを批判している。中国の『毛詩（詩経）』では、為政者の「徳」の必要性や、「淫放」の戒めなどが書かれているが、『源氏物語』では「美」と「悪」が雑乱しているので、中国文学と同一視してはならない、と述べている。厳密な語釈の方向性を提示し、「政道論」あるいは「教訓書」として『源氏物語』を読む主題解釈を否定したこと。それが、契沖の意義だった。

＊安藤為章の『紫家七論』

契沖に学んだ安藤為章（あんどうためあきら）（一六五九～一七一六）が著した『紫家七論（しかしちろん）』（『紫女七論』とも、一七〇三年成立）は、厳密な意味での注釈書ではないが、『源氏物語』に関する評論であり、「新注」のさきがけの一つと見なされている。

為章は、紫式部が『源氏物語』を著した「本意（ほんい）」を、「美刺（びし）」という言葉で説明している。「美刺」とは、中国の『毛詩（詩経）』の批評基準の方法であり、素晴らしいことを誉め（＝美）、よくないことを批判・風刺する（＝刺）という意味である。『源氏物語』は、作中人物の振る舞いを、よいこともよくないことも、ありのままに書いて、しかも作者自らは価値評価を示さない。そのことが、読者の側に「美」と「刺」を委ねる結果となり、読者の人生観や人格が向上してゆく。これが、『源氏物語』の「本意」だと、為章は考えた。契沖とも異なり、後の本居宣長とも異なる主題解釈だが、どちらかと言えば、室町時代の一条兼良や宗祇の政道論に近いと言ってもよいだろう。

＊賀茂真淵の『源氏物語新釈』

本居宣長の師である賀茂真淵（一六九七〜一七六九）は、『源氏物語新釈』を著した。宣長は、自分は真淵の『源氏物語新釈』は読んでいないが、その「総考」は読んだ、と『玉の小櫛』に書いている。真淵の『源氏物語新釈』の総論にあたる「惣考」のことであろう。真淵も、『源氏物語』の本意を、「人を教る書」、「和文の諷刺」、「家々の心おきて、人々の用意」、「諷喩」などという言葉を用いて述べている。安藤為章の「美刺」と、きわめて近い考察であると言えよう。

『源氏物語新釈』は、『源氏物語』の本文の解釈であるが、『河海抄』から『湖月抄』までの注釈書の名前をほとんど挙げない点が、特徴と言ってよい。つまり、真淵にとっては、『湖月抄』が集大成した旧注は、全否定すべきものだったのである。『湖月抄』の注釈を全面的に消去した後で書き加えるべきは、真淵本人の注釈なのであるから、それだけが書かれている。したがって、どういう注釈と戦って、自説を出したかというドラマ性が、見えにくくなっている。

ただし、先に挙げた「惣考」の末尾部分で、ここで書いていることは、「多くは荷田東万呂、安藤為章が論をとれり。しかれども、おのが思ふ心も侍れば、全く彼にのみもよらず。大かたの筋聞えんためとて、端々を記し侍る物也」と述べている。荷田春満（東万呂）と安藤為章の説に多くを拠っていると述べてはいるが、自分が思ったこともあるのだから、この二人に完全に依拠しているわけではないと付け加えている。真淵は、あくまでも「自分の考え」が基盤にあることを強調している。

2．本居宣長の出現

＊『玉の小櫛』の衝撃

本居宣長（一七三〇～一八〇一）が著した『玉の小櫛』（『源氏物語玉の小櫛』とも、一七九六年成立）は、「新注」の最高峰であるのみならず、日本文化論としても傑出した名著である。宣長の注釈姿勢は、師である賀茂真淵とは異なり、『湖月抄』に集約された「古注」と「旧注」を、逐一検証して、否定し、なおかつ新たな解釈を打ち出す点にある。宣長の郷里である松阪市には、本居宣長記念館があり、宣長の旧蔵書である『湖月抄』（『湖月鈔』）が保存されているが、宣長の緻密な書き込みが膨大になされている。宣長は、『河海抄』以来の注釈書の学説のすべてと誠実に向かい合い、乗り越えようとしたのである。

宣長の研究で特筆すべきは、一条兼良以来の「年立（としだて）」を変更したことである。光源氏の年齢を一歳引き上げ、薫の年齢を一歳引き下げた。

語釈の変更も、膨大である。自分自身の用例博捜によって、旧注の誤りを糺（ただ）した契沖の説も検証し、正しい説は評価し、足りない説は補正した。まさに、独創的な学問である。現在の研究者の多くが、宣長説に従っているのは、それだけ宣長の読みの深さと正確さを証明するものだろう。

宣長は、『湖月抄』を乗り越えた。ただし、『湖月抄』の価値は、消滅しなかった。なぜならば、藤原定家以来の「読みの蓄積」は、それ自体で存在価値があるからである。だから、宣長が戦った『湖月抄』と、宣長が提出した新見とを、一つの注釈書に重ね合わせることができれば、最強の注釈書となるだろう。この願いは叶えられた。近代に入ってからではあるが、『増註（ぞうちゅう）湖月抄』と総称される、何種類かの注釈書が刊行された。アーサー・ウエーリが『源氏物語』を英語に移し替える際に参看したのも、この『増註湖月抄』であったとされる。

＊宣長の「もののあはれ」

本居宣長は、『湖月抄』が受け継いできた「政道読み＝教訓読み」を否定した。『源氏物語』は教訓書ではなく、「もののあはれ」を感ずることの大切さを説いた書だ、としたのである。『湖月抄』は、儒教・仏教・道教、そして日本の古来の文化を立体化し、調和させることを目指した。親子関係、夫婦関係、友人関係、師弟関係、そして主従関係の維持を目指す『湖月抄』の主題論は、「士農工商」の身分秩序を安定させたい幕府の理念とも合致していた。

けれども、宣長の国学は、外来思想である仏教や儒教を否定し、それらが日本に入ってくる以前の日本本来の文化を取り戻そうとする。ここに、現在の秩序を否定する激しさが、呼び込まれる。ここに季吟と宣長の大きな違いがある。

宣長は『源氏物語』を通して、人間の心を次のように読み解いた。人間は誰しも、「自(おの)づから、止(や)むことを得(え)ず、忍(しの)び難(がた)き筋(すぢ)」を持っており、それは、「大方(おほかた)、恋の中」に存在する。藤原俊成が、「恋せずは人は心も無(な)からまし物(もの)の哀(あは)れもこれよりぞ知る」と歌った通りである、と俊成の歌を持ち出したところから、宣長の思索が一気に跳躍する。

その恋の中でも、人妻である空蟬(うつせみ)や、東宮(とうぐう)（皇太子である後の朱雀帝）に入内(じゅだい)することが確実な朧月夜(おぼろづきよ)や、父の后である藤壺(ふじつぼ)など、「理無(わりな)く、強(あなが)ちなる筋(すぢ)」への抑えがたい光源氏の思いは、特に「もののあはれ」を感じさせる。また、柏木の女三(おんなさん)の宮(みや)に寄せる恋心も、「もののあはれ」の最たるものである、と言うのである。つまり、宣長は、人間の純粋な心は、道徳にも、法律にも、政治にも遮られることなく爆発する、と考えている。ここに、既存の政治体制や文化観を吹き飛ばす「暴風」としての「もののあはれ」の本質が露呈している。

宣長は、柏木が女三の宮を愛し、破滅したことを、非難しない。むしろ、「此の物語を読みて、此の柏木ノ君の事を、あはれと思はぬは、心もなき人ぞかし」とまで擁護している。宣長は、道徳や法律、さらには常識・良識などの人為的な考えに染まらない、純粋な人間の心の発露を良しとした。この時、『源氏物語』の解釈は、大きく動いた。

そのことは、「作品の新解釈」という文学の枠組みをも打ち破る、「新思想の出現」であった。幕末から近代、さらには昭和前期までの日本の潮流には、宣長が見出したところの、既成秩序を破壊する文化力としての「もののあはれ」が、水面下に激しく波打っている様相が潜んでいる。

けれども、宣長の天才的な解釈学が、『増註湖月抄』という、『湖月抄』の様式に吸い込まれていったように、近現代の「もののあはれ」も、宣長が意図していた「感情の爆発」ではなく、四季折々の季節の移ろいの美学という理解へと、変容していったのではないか。より正確に言うならば、宣長以前の無常観や諦念と融合した美的概念や美意識へと、立ち戻っていったように、私には思われる。

本居宣長は、『源氏物語』に描かれた、激しい嵐のような感情に、みずからの思いの果てを賭けた。しかも、それを「もののあはれ」という既存の言葉によって象徴させたのである。その時、宣長は、「もののあはれ」という「言葉の舟」を転覆させたことは間違いない。

けれども、この世のすべては移ろうものであり、移ろいゆくものの哀れを感じ取ることにこそ人間精神の精妙な働きを見出してきた伝統的な美意識は、宣長の激しい「もののあはれ」説とは異なり、時の流れに抗(あらが)わぬ秋草の姿に心を止める「静謐(せいひつ)な美学」であり、それは、『湖月抄』が集約した「古今伝授」が理想とした「平和と調和」の理念でもあろう。

したがって、宣長の思想は、近代日本を切り拓いたのち、彼が渾身の力で戦った「旧注」の理念、すなわち、「平和と調和」の理念へと、再び、融和・吸収されていったというのが実情ではないだろうか。

3．宣長以後、そして近代へ

＊萩原広道の『源氏物語評釈』

さて、本居宣長の『源氏物語』論から、現代人の美意識にまで一足飛びに論じてしまったが、「宣長以後、近代以前」の国学者として萩原広道(はぎわらひろみち)を取り上げよう。

萩原広道（一八一五～一八六三）は、本居宣長に私淑した国学者で、『源氏物語評釈』（刊行は一八五四～六一年）を著した。花宴(はなのえん)巻までで中断しているが、特色のある注釈として、高く評価されている。タイトルに「評釈」とあるのは、語釈などの解釈、すなわち「釈」だけでなく、その場面に関する評論、すなわち「評」を加えているという意味である。広道自身も、『源氏物語』を「批評」することは本書が初めてであると、自負している。「批評」に「サタ」とルビが振ってあるのは、「沙汰」の意味である。そのため、『源氏物語』に関する最初の本格的な評論と見なされることもあるが、室町時代に三条西実隆たちが試みていた「鑑賞」的な読解の方法論を、さらに進めたものとも言えよう。

広道の「批評」の特色は、物語を批評する際の基準となる原理を、いくつかの用語で示している点である。文と文、登場人物同士、場面と場面、巻と巻などの関係性に、広道は注目する。文章に「文法」があるように、物語の構成にも「文法」がある、というのである。それらを以下のように、かなりの数の用語で示している。なお、「・」で繋がっている二語は、ワンセットである。

主客、正副、正対、反対、照対・照応、間隔、伏案・伏線、抑揚、緩急、反覆、省筆、余波、種子（くさはひ）、報応、諷喩、文脈・語脈、首尾、類例、用意、草子地、余光・余情

「類例」以下は、これまでも用いられていた用語であると広道は述べているので、「主客」から「首尾」までが、広道独自の物語批評の用語である。いくつか説明しておくと、「正対」は、優劣のない二つのものが向かい合うこと。「反対」は、昼と夜、晴れと雨のように、同じでないものが表裏の関係で向かい合うこと。

「種子」に「くさはひ」とルビが振ってあるが、発音は「クサワイ」である。物語が停滞して、なかなか次の展開がもたらされない時の打開策である。「物一ツ取り出（い）でて、物語の種子（くさはひ）とする事なり。若紫の雀ノ子、女三ノ宮の唐猫（からねこ）の類（たぐひ）なり」と、広道は具体例を挙げている。

若紫巻で、光源氏は幼い紫の上を垣間見（かいまみ）た。だが、彼女がどういう性格なのかはわからない。その時、紫の上は泣きながら、女童（めのわらわ）（召使いの少女）が雀の子を逃がしてしまったと、残念がる。このことで、光源氏には紫の上の幼さが理解でき、自分の手元で養育したいという願望が強まり、次なる物語の展開がもたらされる。

また、若菜上（わかなじょう）巻で、柏木たちが蹴鞠（けまり）に興じている。女三の宮は、簾（すだれ）の内側からそのようすを見

ていたが、小さな唐猫を大きな猫が追いかけ、その騒ぎの中で簾がまくれあがり、柏木の目に女三の宮の姿が見えた。このことで、柏木は女三の宮への恋情を掻き立てられ、次なる「密通」という展開が呼び込まれる。このような働きを、「種子」と広道は名づけたのである。作者の構想力の実態に鋭く迫っている。

夕顔巻では、夕顔の突然の死が語られる。萩原広道は、「脈」（文脈・語脈）という用語を用いながら、夕顔が死に至るまでの「文脈」を、精緻に読み解いている。死を暗示する不吉な表現が、何箇所も使われていて、それらが照応し重層して「死の脈」を形成している、と言うのである。確かに、ここまで読んでくると、三条西実隆の「鑑賞」を一歩先に進めていることがわかる。文体論であると同時に、構造論・主題論の域に達している。

ちなみに、各務支考の『つれづれの讃』（一七一一年）は、『徒然草』の内容と文章のスタイルを批評している点で、数多くの『徒然草』注釈書の中でも、そのユニークさが際立っている。その評言に、「諷詞・褒貶・賊意・模様・あやかし・ちらし・道場・断続・虚実・変化」などがある。あるいは、萩原広道の『源氏物語評釈』の方法論の先蹤となる文芸観であろうか。

萩原広道の没年は、明治維新の五年前である。近代の開幕は、目前に迫っていた。

＊近代短歌と『源氏物語』

正岡子規の『歌よみに与ふる書』（一八九八年）は、『古今和歌集』を痛烈に批判し、『万葉集』を短詩形文学の中心に据えた。『古今和歌集』への批判は、『源氏物語』と『伊勢物語』への批判でもあった。子規の主張は、「アララギ」の写生論として結実した。では、近代短歌において、『源氏物語』の影響力は消滅したのだろうか。試みに、佐佐木信綱『思草』（一九〇三年）と、若山牧水『死か芸術か』（一九一二年）から、一首ずつ挙げてみよう。

燃えたてる炎の烟その中にまぎれ入るべきわが身ともがな
佐佐木信綱『思草』

見てもまた逢ふ夜まれなる夢の中にやがてまぎるるわが身ともがな
『源氏物語』若紫巻

死は見ゆれど手には取られず、をちかたに浪のごとくに輝きてあり
若山牧水『死か芸術か』

ありと見て手には取られず見ればまたゆくへも知らず消えし蜻蛉
『源氏物語』蜻蛉巻

ありと見て手には取られぬ月のうちの桂のごとき君にぞありける
『伊勢物語』第七十三段

若紫巻で、光源氏と藤壺との密通、いわゆる「ものの紛れ」が描かれる高揚する場面で詠まれた光源氏の和歌を、近代歌人の佐佐木信綱は本歌取りしている。信綱は、『万葉集』の研究に大きな業績を遺した国文学者でもあるが、彼の語彙には『源氏物語』の言葉も含まれていた。

たとえば、信綱には、「天人かまぼろしびとか法けづき奇しき恋に身は衰へぬ」という歌もある（『新月』）。この歌は、『源氏物語』帚木巻で展開される「雨夜の品定め」を踏まえている。頭中将は、夕顔との別離の体験をしんみりと語った後で、「吉祥天女を思ひ掛けむとすれば、法気づき、奇しからむこそ、また、侘びしかりぬべけれ」と言って笑った。非の打ち所のない吉祥天女のような女性を妻や愛人にしたとすれば、それこそ抹香臭くて、人間ばなれしていて、夫には耐えがたいだろう、と言うのである。なお、「法気」は、現在では「ほふけ」が正しい歴史的仮名づかいとされるが、信綱は「法」に「はふ」とルビを振っている。

若山牧水の「見ゆれど手には取られず」は、『伊勢物語』では「君」（＝高嶺の花の女性）、『源氏

物語』では「蜻蛉（かげろふ）」のことを意味していた表現であるが、それを「死」という抽象概念へと組み換えた。牧水の短歌の魅力は、調べの流麗さにあると思われるが、それが『源氏物語』や『伊勢物語』に代表される古典和歌の表現とも通じている。また、牧水が初期短歌で「悲恋」をモチーフとして歌う時、王朝物語が揺曳していたと考えられる。

佐佐木信綱と若山牧水の二人の歌人を見てきたが、与謝野晶子を始め、近代歌人の多くは、『源氏物語』『伊勢物語』『古今和歌集』、さらには『小倉百人一首』などの王朝和歌を踏まえて、近代短歌を創作している。『源氏物語』、さらに言えば「源氏文化圏」の命脈は、近代以降も続いていて、現代にも及んでいる。

＊近現代の『源氏物語』研究

現代における『源氏物語』の研究は、多岐にわたっている。「本文研究」は、紫式部が執筆した原本に少しでも近づこうとする努力がなされているが、部分的な指摘に留まっている。藤原定家が校訂した「青表紙本」の検証も、進んでいる。歴史的な研究もなされているが、紫式部の本名や生没年も、まだ確定されていない。『源氏物語』五十四帖（五十四巻）すべてが紫式部によって書かれたのか、五十四帖がどのような順序で書かれたのかなど、成立論も結論に達してはいない。

私たちは、何を最終目標として『源氏物語』を研究するのか。ここでもう一度、熟考すべき時期に差し掛かっているのではないだろうか。言葉の意味や文脈の解読は、より一層精緻になって進展し、本居宣長の指摘をさらに乗り越える解釈も、たくさん提出されている。ただし、それが、「紫式部の意図」なのか、「藤原定家が校訂した本文の意味」なのか、そこを出発点として考えなければならないだろう。

これまで、『源氏物語』は、歌人の必読書として、あるいは政道書として、あるいは人生探究書として、さまざまに読み継がれてきた。二十一世紀の現在、『源氏物語』の研究は、どのような役割を果たすことができるのだろうか。

『源氏物語』の主題解釈は、「もののあはれ」のままでよいのだろうか。本居宣長が没した一八〇一年から、もう二百年以上が経過している。現代に最も必要なメッセージを、『源氏物語』から読み取ること、すなわち、『源氏物語』を通して日本文学や日本文化を考える「文学史研究」や「文化史研究」の重要度が増している。そのためにも、古注、旧注、新注という注釈史の流れをたどって、古注や旧注の問題意識を現代に復活させることも、有益であろう。そのような観点から、本書は執筆されている。研究史をたどることは、みずからの立脚点を認識することにつながる。

4. 口語訳と英語訳

＊さまざまな口語訳

『源氏物語』は、近代になっても読み継がれて、現代に至っている。文学を愛する読者の存在が何よりも大切である。明治時代までは、注釈付きの本文である『湖月抄』で読まれた。専門の研究者だけでなく、一般の読者も『湖月抄』によって、『源氏物語』を味読できたのである。ただし、十八世紀を生きた本居宣長の新説は、当然のことながら十七世紀に成立した『湖月抄』には含まれていないので、宣長や萩原広道などの説を増補した『増註湖月抄』が編纂された。けれども、この本は、研究書や専門書のような詳細なものとなり、一般読書人に広く流布するまでには至らなかった。つまり、『源氏物語』を原文で読むことが、行われにくい時代になってきたのである。

大正時代以降になると、『源氏物語』は口語訳（現代語訳）で読まれるようになった。今や、与謝野晶子、谷崎潤一郎、円地文子（えんちふみこ）、田辺聖子、瀬戸内寂聴などの口語訳が、多くの読者を獲得している。口語訳の意義は測り知れないが、口語訳に感動した読者が、『源氏物語』の言葉を用いて新しい散文表現を試みることは、ほとんど不可能になっている。なぜなら、口語訳においては、できる限り原文である文語を消し去って、近代口語に置き換えているからである。口語訳の『源氏物語』と『源氏物語』の原文を見比べてみて欲しい。口語訳であるからには、できる限り原文を口語に置き換えて示そうとするのが、訳者たちの苦心の見せ所のように考えられていないだろうか。ここに、「口語訳」の課題点がある。

けれども、先ほど具体例としてあげた、佐佐木信綱や若山牧水の短歌には、『源氏物語』や『伊勢物語』など、古典文学の言葉が、そのまま組み込まれていた。信綱や牧水は、八百年前に藤原俊成が危惧した「源氏見ざる歌詠み」ではなく、『源氏物語』をみずからの「詩的言語」の中にしっかりと収めている。現代短歌において、口語短歌も多くなっているが、短歌の世界では文語が、今を生きる人々の詩的言語として息づいていることも、また確かである。

近代文学の黎明（れいめい）を告げた「言文一致」が、古典の原文を、近現代の読者から遠ざけている。二十一世紀の注釈スタイルの模索もまた、注釈書の歴史をたどることで、大きなヒントが得られるだろう。たとえば、萩原広道の『源氏物語評釈』の試みも参考になる。『湖月抄』は、「本文・傍注・頭注」の三点セットであった。「傍注」は、本文の右側に小さな文字で書き加えられている。それに対して、『源氏物語評釈』では、本文の「左側」に、小さな文字で、萩原広道の生きていた時代の「口語」が書き加えられている。

桐壺巻で言えば、「いと」の左には「ズット」、「めざましき」の左には「シングワイナ」(心外な)、「はしたなき」の左には「フッガフナ」(不都合な)、「はかばかしき」の左には「シッカリトシタ」などという口語が書き添えられている。すべての原文に、口語があるのではなく、ポイントポイントで口語が交じっている。これによって、読者は文語(原文)を読みながら、理解の困難な要所要所では口語の助けを得て、『源氏物語』の原文を理解することが可能になる。

このような注釈史を踏まえれば、現代の読者にどのような「原文」と「傍注(あるいは左注)」、さらには「頭注(あるいは脚注)」を提供できるのか、さまざまな試みが、今もなお可能であると思われる。

＊ウエーリ訳の衝撃

『源氏物語』は、口語に訳されただけでなく、外国語にも訳された。中でも、アーサー・ウエーリ(一八八九〜一九六六)の英語訳は、画期的な意義を持っていた。英語で読める『源氏物語』は、西欧の読書人のみならず、世界の読書人にとって、身近な文学となったからである。なお、通常は「ウェイリー」と表記されるが、私はかつて、ウエーリの弟子であるドナルド・キーンから、「Waleyを片仮名で書けば、ウェイリーではなく、ウエーリがよいと思います」と直接に教わったので、「ウエーリ」と表記している。私事にわたるが、一言付け加えさせていただいた。

ウエーリが『源氏物語』を英語に訳したのは、第一次世界大戦と第二次世界大戦の狭間(はざま)の「戦間期」だった。極東の日本で十一世紀に書かれた『源氏物語』が、ヨーロッパ文明が崩壊の危機に直面して動揺している時期に、現代的な意義を持った文学として迎えられたのである。『源氏物語』が「世界文学」となった瞬間だった。この物語は、現代の文明論として、新しい生命を賦与されたのである。

ウエーリ以後も、サイデンステッカー、タイラーと、英語訳が試みられた。また、英語以外の言語にも訳された。ただし、『源氏物語』が世界に与えた衝撃と波紋は、ウエーリ訳が最初であり、最大である。

そのウエーリ訳を、もう一度、日本語に戻そうとする試みもなされている。ウエーリ訳『源氏物語』の日本語への翻訳は、二種類あるが、毬矢（まりや）まりえと森山恵の姉妹による共同訳は、『源氏物語』の新しい口語訳の発明と言ってもよい価値を持つ。日本文学と世界文学が一つに融け合い、昔と今が一つに混じり合い、不思議な物語空間が生成された。ここから、新しい『源氏物語』と新しい世界文学が生まれ出る予感が漂う。萩原広道が「種子（くさはひ）」と名づけたのは、低迷した状況を打破する契機となるもの、という意味だったことも思い合わされる。

『源氏物語』の研究史をたどってきた今、近現代に試みられてきた、そしてこれからも試みられる『源氏物語』の訳は、新しい文学と文明の「種子」とも言うべきものであり、「注釈研究の圏域」を土壌としてこそ、生まれるであろう。

《引用本文と、主な参考文献》

・契沖『源註拾遺』（『契沖全集9』、岩波書店、一九七四年）
・安藤為章『紫家七論』（日本思想大系『近世神道論・前期国学』、岩波書店、一九七二年）
・賀茂真淵『源氏物語新釈』（『増訂賀茂真淵全集8・9』（吉川弘文館、一九二七～三二年）、『賀茂真淵全集13・14』続群書類従完成会、一九七九～八二年）
・本居宣長『源氏物語玉の小櫛』（『本居宣長全集4』、筑摩書房、一九六九年）
・萩原広道『源氏物語評釈』（『国文註釈全書1』、皇学書院、一九一三年、『源氏物語古註釈大成1』、日本図書センター、一九七八年）
・毬矢まりえ・森山恵訳『A・ウェイリー版　源氏物語』全四巻（左右社、二〇一七～一九年）

《発展学習の手引き》

・『源氏物語』の研究史は、日本文学の中心軸を形成してきたものであり、文学の領域がそのまま文化の領域になっている点で、稀有な現象であろう。我が国においては、文学こそが、哲学であり、思想であり、美学であったとも言えようか。前章と本章によって、その一端を垣間見ていただければ、幸いである。主な参考文献に挙げた書籍は、どの一冊から読み始めても、心に響く読書体験となると思うので、まずは、目に留まった本から読んでみてほしい。

7 物語文学の研究史

《目標・ポイント》『伊勢物語』と『源氏物語』よりも遅れて研究が開始した物語群を取り上げる。歌物語である『大和物語』、前期物語である『竹取物語』や『うつほ物語』、後期物語、擬古物語、御伽草子などの研究史をたどる。

《キーワード》歌物語、前期物語、後期物語、擬古物語、御伽草子

1. 歌物語の研究史

＊和歌と物語

日本文学の流れを大きく把握すると、和歌と物語の二つのジャンルが、文学の世界を主導してきた。和歌は『古今和歌集』を中心として展開し、「物語」の中心は『源氏物語』だった。注釈研究も、この二作品に関するものが群を抜いて盛んだった。それに加えて、『伊勢物語』の注釈も盛んだった。

本書では、そのような経緯をふまえて、最初の三つの章で和歌文学を取り上げた。第四章からは物語文学を取り上げて、すでに『伊勢物語』と『源氏物語』の研究史を概観してきた。本章では、それ以外の物語文学の研究史をたどって、本書でこれまで述べてきた、和歌と物語の双方にわたる

研究史のまとめとして位置づけたい。

ところで、第六章までの記述によって、「古今・伊勢・源氏」への注釈研究の集中化が、文学史の事実として明らかになったと思う。そのことを知れば知るほど、今度は、なぜそうなったのか、という疑問が増大してくる。つまり、『源氏物語』の場合、その成立後、三百年経ってても、六百年経っても、源氏研究は深まり、広がる一方であった。

それはそれで喜ばしいのだが、本章は「和歌と物語」に関する双方の研究史探究に、一区切りを付ける地点に来ているので、まずは、すでに取り上げた「伊勢と源氏」以外の物語文学の全体像を概観しつつ、先ほど触れた、なぜある特定の作品にのみ、注釈研究が集中してしまったのか、という疑問への解答を明確化したい。

ところで、和歌文学の場合は、「五七五七七」の定型詩という一つのスタイルで概観できるが、物語文学の場合は、時代順に、内容によって、いくつかに細分化できる。それらは、古い順に、歌物語・前期物語・後期物語・擬古物語・御伽草子などというジャンル名で括ることが可能な物語群となって、出現してきた。ここからの記述は、この順に研究史を概観したい。

＊『伊勢物語』の出現と「歌物語」

主として王朝時代に書かれた文学作品の中に、「歌物語」と呼ばれる作品群がある。「歌物語」は、有名な和歌がどのような状況と人間関係の中で詠まれたかを物語るもので、「歌語り」と呼ばれる短いエピソードを積み重ねる点に特徴がある。すでに第四章で述べたことだが、歌物語の代表作は、『伊勢物語』であり、『古今和歌集』や『源氏物語』と並んで、古くから数多くの注釈書が書かれてきた。鎌倉時代後期あるいは室町時代前期の『和歌知顕集』や『冷泉家流伊勢物語抄』などの「古注」から、一条兼良の『愚見抄』などの「旧注」へ、さらには、江戸時代の国学者が著した「新注」もある。このような重層する注釈研究の蓄積があること自体、『伊勢物語』が、文学史的のみならず文化史的にも重要性を持つことの証しである。江戸時代の「琳派」など、美術にも描かれることが多く、この点も『伊勢物語』が日本文化に及ぼしてきた影響力の大きさを示している。これに対して、他の歌物語はどうだったのだろうか。

＊『大和物語』の研究史

『大和物語』は、十世紀半ば頃の成立とされる。『伊勢物語』が在原業平の一代記の体裁を取っていたのに対し、統一的な主人公が存在しない。貴族や女房が実名で登場する段が多いけれども、「立田山」「姨捨」「生田川」「蘆刈」などの説話的要素の濃い歌物語も含まれる。

『新古今和歌集』の時代の歌壇は、藤原俊成・定家の「御子左家」と、藤原清輔などの「六条家」とに二分されていたが、『大和物語』の写本も、御子左家に属する二条家本の系統と、六条家本の系統とに二大別されている。江戸時代に書かれた北村季吟や賀茂真淵たちの『大和物語』の注釈書は、二条家本の中の「定家本」系統の本文を注釈している。定家本の写本には、「勘物」と言って、定家による歴史的な考証が書き添えられている。ただし、本格的な注釈ではない。

先ほども述べたように、『伊勢物語』の研究史は、「古注」を否定した「旧注」が細川幽斎の『闕疑抄』によって集大成され、さらにそれを乗り越えて江戸時代の「新注」が出現した。『源氏物語』の研究史では、古注を経て旧注となり、それを北村季吟の『湖月抄』が集大成したが、新注である本居宣長の『玉の小櫛』がそれを真っ向から否定した。

それらに対して、『大和物語』の注釈書は、いわゆる「古注」に当たるものが存在しない。最古の注釈書とされるのが、『大和物語鈔』である。著者は未詳で、成立は室町末期かとされる。次に紹介する北村季吟の『大和物語抄』よりも早い成立だが、その後の注釈書に影響を与えていない。

江戸時代になって、北村季吟の『大和物語抄』（一六五三年）と、その補足である『大和物語追考』（一六五五年）が現れた。つまり、『大和物語』を一般人が読める「古典テキスト」として提供したのは、北村季吟であった。『大和物語』は、江戸時代になってから本格的な注釈が開始した「新しい古典」、すなわち「新古典」と言ってよい。

『大和物語抄』は、季吟が数えの三十歳の年の五月に刊行された。『大和物語抄』は、季吟の初めての注釈書である。この年の十一月には、季吟の師である松永貞徳が没したが、貞徳が体現している「古今伝授」の学統を受け継ぎ、それを広く世間の人々に伝達する和学者の誕生を象徴する出来事だと言えよう。この時点での季吟は、いまだ『湖月抄』のような、「本文・傍注・頭注」という三点セットのスタイルは採っておらず、細川幽斎の『闕疑抄』のように、本文と注釈を交互に織り交ぜる「絵巻物」のようなスタイルである。注釈を読むと、本文の意味がわかる仕組みである。

この『大和物語抄』は、全六巻からなるが、それぞれの巻名には「風」「賦」「比」「興」「雅」「頌」という、漢詩の分類基準である「六義」が、一つずつ付けられている。六義は、『古今和歌集』の真名序にも書かれており、それを日本風に「六種」（六種類）と言い換えた仮名序は、我が国最初の「歌論」だと言われている。季吟の古典注釈が、『大和物語』のような物語ジャンルを対象としていても、『古今和歌集』などの和歌ジャンルの研究と深く結びついていたことを示す巻名である。六十六歳になって、京都から江戸に出た季吟は、柳沢吉保に古今伝授を授けた。その吉保が、駒込に造営した大名庭園の名称が「六義園」である。「六義」を尊ぶ姿勢の水源は、『大和物語抄』を執筆刊行した三十歳の季吟の心の中にすでにあったのである。

『大和物語鈔』と『大和物語抄』に継ぐ主要な注釈書の数々は、雨海博洋（あまがいひろよし）『大和物語諸注集成』（一九八三年）に翻刻・紹介されている。具体的には、賀茂真淵の『大和物語直解（ちょっかい）』（一七六〇年）、小浜の歌人である木崎雅興（まさおき）の『大和物語虚静抄（きょせいしょう）』（一七七六年起稿）、清水浜臣（はまおみ）の弟子である前田夏蔭（なつかげ）の『大和物語纂註（さんちゅう）』、香川景樹の弟子である高橋残夢（ざんむ）の『大和物語管窺抄（かんきしょう）』（文政年間）、明治四年まで生きた井上文雄（ふみお）の『冠註（かんちゅう）大和物語』（一八五三年）である。

賀茂真淵は、『源氏物語』の研究などで、「旧注」の代名詞となっていた北村季吟の学説を激しく批判して、「新注」を推し進めた。『大和物語直解』でも、季吟の『大和物語抄』の説の「悪（あ）しきをば、多く消（け）しつ」と宣言している。特に、季吟が古典から「教訓」を引き出そうとする姿勢や、語釈に関して、真淵の批判が向けられている。

『大和物語諸注集成』で見ると、『大和物語』に関しては、北村季吟と賀茂真淵の二人の「注釈史上の巨人」しか、注釈研究を残していないのが惜しまれる。つまり、一条兼良や細川幽斎や本居宣長などの名前がない。『大和物語』の研究の多くは、近代以降に持ち越されたのである。

＊『平中物語』の研究史

『平中物語』は『平仲物語』とも書き、読み方にも「へいちゅう」「へいじゅう」の二つがある。主人公は「平定文（たいらのさだふん）」だが、「平貞文」と書かれることもある。定文は、在原業平と並び称される色好みの風流人として知られてきたが、さまざまな失敗譚が知られている。『源氏物語』の末摘花（すえつむはな）巻には、光源氏が自分の鼻に赤い色を塗って紫の上と戯れる場面があるが、これは平定文が、持参した水だと思って、顔に墨を付けてしまった失敗譚を踏まえている。ただし、このエピソードは、

『古本説話集』などの説話集に紹介されている話であって、現存する『平中物語』には入っていない。『平中物語』は、平安時代に成立しているが、写本がほとんど知られておらず、『源氏物語』の注釈書である『河海抄』や、北村季吟の『大和物語抄』に引用されている短い引用でしか、その内容を推測できなかった。現存する唯一の写本が発見されたのは昭和六年であり、その注釈書が初めて刊行されたのは、戦後の昭和二十三年、宮田和一郎の『王朝三日記新釈』においてであった。『王朝三日記新釈』には、『篁日記』『平中日記』『成尋母日記』が収められている。『篁物語』とも言われる。『成尋母日記』は、『成尋阿闍梨母集』という家集ともされる。『平中物語』も『平中日記』と呼ばれる場合があるのは、物語と日記と家集（歌集）のジャンルの境界が、かなり緩やかだからであろう。文学ジャンルの定義は厳密でなく、むしろ、どのような分野の作品であれ、緩やかにさまざまな要素が含まれているという事実を示している。歌物語で、歌が詠まれた状況を説明する「地の文」は、家集（歌集）の「詞書」と限りなく近いことに、改めて気づかされる。

本書で取り上げる文学作品も、ジャンル名のもとに、ひと括りずつ取りまとめて扱うことが多いが、本書が「研究史」に着眼するのは、文学作品に対する研究的な態度とは、どういうことであるのか、そのような疑問への答えが、注釈研究の歴史をたどることによって見通せるのではないかと思うからである。

2. 前期物語の研究史

＊『竹取物語』の研究史

次に、『源氏物語』以前の物語文学、すなわち「前期物語」の研究史を概観したい。かぐや姫が登場する『竹取物語』は、『源氏物語』の絵合(えあわせ)巻で、「物語の出(い)で来始(きはじ)めの祖(おや)」とされているにもかかわらず、その研究は遅れて始まった。現在、『竹取物語』の注釈書として知られているものを、近代以前からリストアップすると、次のようになる。すべて十八世紀以降である。

・『竹取物語抄』(小山儀(ただし)、一七八四年)
・『竹取物語伊左々米言(いささめごと)』(狛毛呂成(こまもろなり)=狛諸成、一七九三年。賀茂真淵の仕えた田安宗武(たやすむねたけ)に仕える)
・『竹取物語解(かい)』(田中大秀(おおひで)、一八三一年、本居宣長に学ぶ)
・『竹取物語抄補注』(田中躬之(みゆき)、一八四〇年)
・『竹取物語考』(加納諸平(かのうもろひら)、一八四〇年頃、本居宣長の養子本居大平(おおひら)に学ぶ)
・『竹取物語俚言解(りげんかい)』(佐佐木弘綱(ひろつな)、一八五七年、佐佐木信綱の父)

この一覧を見ると、「古注」だけでなく「旧注」も存在しないこと、季吟・真淵・宣長などの注釈史上の巨人たちが注釈を残していない事実がわかる。

『竹取物語』という作品自体は、江戸時代の初期から出版されて、読まれてはいた。ただし、たとえば『源氏物語』ならば、『湖月抄』のように決定版の注釈付きの本文で読まれるのが、「古典」の「古典」たるゆえんだった。注釈書の蓄積の土台の上に、決定版となる注釈書が書かれなかった『竹取物語』は、研究すべき古典の中に入っていなかったということである。

これらの注釈の中から、田中大秀の『竹取物語解』を紹介したい。本居宣長の弟子である大秀は、冒頭の「物語文(ものがたりぶみ)読む心(こころ)ばへ」で、師である宣長が『源氏物語』の主題として提唱した「もののあはれ」が、『竹取物語』の主題でもあると主張している。「赫映姫（かぐやひめ）」に求婚して「身（み）を徒（いたづ）らにして」破滅した五人の求婚者は、現代では、滑稽な笑われ役とされることが多いが、大秀は、恋によって苦悩の限りを尽くした光源氏や柏木（かしわぎ）と同列の人間像として理解している。また、「赫映姫（かぐやひめ）」が五人の求婚者に冷淡であったことは、「もののあはれ」を知らないからではなく、帝に対しては心を存分に交流させているので、彼女が「もののあはれ」を知っていることがわかる、と述べる。つまり、『竹取物語』は『源氏物語』と同じく、読者が「もののあはれ」を知るための「種（くさ）はひ」（材料、原因）だ、と言うのだ。『源氏物語』によって最も美しく結晶した「もののあはれ」の原型、あるいは祖型として、大秀は『竹取物語』を位置づけている。田中大秀は、師である宣長の源氏論を応用して、『竹取物語』読解の答えを出したと言えよう。

＊『うつほ物語』の研究史

『竹取物語』は、作品としての分量から言えば、決して長編とは呼べない。ただし、これを短編と見るか、あるいは中編と見るかは、明確には決め難（がた）い。つまり、短編にしてはやや長く、中編にしては、やや短い印象を受ける。それに対して、『うつほ物語』（『宇津保物語』とも）は、『源氏物語』以前に成立していた「長編」である。『枕草子』では、中宮定子の文化サロンで、この物語が話題となっているし、『源氏物語』の絵合巻にも言及がある。

つまり、この物語は平安時代には、盛んに読まれていたのである。『源氏物語』の注釈書にも、『源氏物語』で用いられた言葉の前例として、『うつほ物語』の用例が引かれている。たとえば、宇治十帖の椎本（しいがもと）巻に、薫が今は亡（な）き八（はち）の宮（みや）を偲（しの）ぶ歌がある。

立ち寄らむ陰と頼みし椎本空しき床になりにけるかな

この歌に関して、『源氏物語』の注釈書である『花鳥余情』や『湖月抄』は、『うつほ物語』に出てくる、次の和歌の影響を指摘している。

優婆塞が行ふ山の椎本あなそばそばし床にしあらねば

八の宮も、出家しないで仏道に精進する「優婆塞」だった。紫式部は、『うつほ物語』から発想とボキャブラリーを得て、『源氏物語』を執筆したのである。なお、『うつほ物語』の第五句の「床にしあらねば」という本文は、「常にしあらねば」とも解釈される。その場合には、薫が『うつほ物語』の「常」を「床」の意味に変更して、八の宮の不在の空しさを詠んだと解釈されている。

ところが、『うつほ物語』は、鎌倉時代末期からほとんど読まれなくなり、古注も旧注も著されなかった。江戸時代の一六七七年には、絵入りの版本（板本）が刊行されたが、巻の配列が乱れており、解釈学の天才である本居宣長をして、「読み続け難し」（『玉勝間』）とまで絶望させるほどであった。

『うつほ物語』は、新注の時代になって、現在は二十巻に整理されている巻の配列順序や、意味の通らない文章の校訂作業が始まった。だが、その文芸的な価値の解明は、近代に持ち越された。

宣長の弟子でもある細井貞雄は、『空物語玉琴』（一八一五年）を著した。『玉琴』という書名にも『玉の小櫛』の影響が顕著である。宣長は、『源氏物語』の膨大な注釈史の森に分け入って、乱れた髪の毛のような解釈史の混乱を糺す「玉櫛」（玉の小櫛）を手に入れようとした。細井貞雄は、その序文で、今まで誰一人も正しい巻序と正しい本文で読むことができず、あたかも若者から敬遠される老人のように、読者から顧みられない『うつほ物語』（空物語）の真の美しい姿を取り戻し、「玉琴」のように妙なる音を奏でようとした、と自身の試みを述べている。なお、「玉琴」と「琴」を書名に掲げているのは、『うつほ物語』が琴の演奏の秘伝をめぐる音楽物語だからである。

ただし、細井貞雄の試みが実を結んだのは、百年以上も後のことだった。戦後の一九五九～六二年、河野多麻の校注で、「日本古典文学大系」（岩波書店）から『宇津保物語』全三巻が刊行された。ここから、急速に研究が進み、作品の主題論に分け入った精緻な研究がなされるようになった。

3. 後期物語の研究史

＊『狭衣物語』の研究史

『狭衣物語』は、鎌倉時代の初期には、「源氏・狭衣」と並び称されるほどの人気を誇った。たとえば、藤原定家に『源氏狭衣百番歌合』がある。『源氏物語』と『狭衣物語』から、それぞれ百首を選び、左右に番えて、歌合のようにしたのである。一番から四十三番までが「恋部」、四十四番から四十七番までが「別部」、四十八番から五十三番までが「旅部」、五十四番から六十八番までが「哀傷部」、六十九番から百番までが「雑部」という構成である。

定家は、恋歌や離別、羈旅、哀傷などのテーマで、歌人が和歌を詠む際の手本を、まず『源氏物語』から挙げ、ついで同趣向の歌を『狭衣物語』から挙げている。左右の歌の勝ち負けは、記されていないが、最初に「左」として『源氏物語』の和歌が示されていることから、『源氏物語』の秀歌と類似する和歌を『狭衣物語』から選んで、対置させたものと見るのが自然だろう。三番の左（『源氏物語』の朧月夜の歌）と右（『狭衣物語』の主人公「狭衣の君」の歌）を鑑賞してみよう。

憂き身世にやがて消えなば尋ねても草の原をば訪はじとや思ふ（『源氏物語』）
尋ぬべき草の原さへ霜枯れて誰に問はまし道芝の露（『狭衣物語』）

どちらの歌も「草の原」という言葉を含んでいる。そして、どちらも「墓＝墓所」という意味である。朧月夜は女の立場から、「こんなにつらい恋の思いのために私が死んでも、あなたは私の名前がわからないからといって、私のお墓も捜してはくれないのですか」と恨み、狭衣の君は男の立場から、「露のように消えた愛するあなたを捜したいのだが、草の生えているお墓は霜枯れてしまい、どこにあるかもわからず、誰に聞けば教えてくれるのかもわからない」と歌っている。『源氏物語』と『狭衣物語』が、いかに酷似するボキャブラリー、場面設定、人間関係に支えられているかがわかる。ちなみに、第五章で述べたように、定家の父・藤原俊成が、「源氏見ざる歌詠みは遺恨のことなり」と述べたのは、「見し秋を何に残さむ草の原一つに変はる野辺の景色に」という藤原良経の歌の「草の原」という言葉に関してであった（『六百番歌合』の判詞）。

このように『狭衣物語』は中世の初頭に、『源氏物語』と並んで歌人に重視されたのだが、その後、影響力は急速に低下してゆく。ただし、室町時代後期に、『狭衣物語』の一部を切り出して簡略化した『狭衣』という御伽草子が作られている。

出版文化が盛んになった江戸時代において、『狭衣物語』が最初に刊行されたのは、一六五四年のことだった。挿絵が付いている。この時、『狭衣物語』の本文だけでなく、目録、系図、そして『狭衣下紐』という注釈書もセットで刊行されている。

この『狭衣下紐』は、一五九一年頃に、連歌師の里村紹巴によって書かれ、その後、弟子たちが増補していったものだと考えられる。紹巴は、三条西家の公条に古典を学んだとされ、「古今伝授」の流れにも連なっている。江戸時代前期に旧注を集大成した北村季吟の師である松永貞徳も、紹巴から連歌を学んでいる。紹巴には、『源氏物語』の注釈書である『紹巴抄』もあるが、これも三条西公条の講義をまとめたものである。

＊連歌師紹巴の炯眼

紹巴は、『狭衣下紐』の冒頭近くで、なぜ『狭衣物語』が読まれなくなったか、そして、なぜ『狭衣物語』の注釈書が現れなかったかを、簡潔に述べている。「抑も、光源氏の物語の心、見解きなば、此の抄に及ぶべからず。一条禅閤・宗祇などの、翫び給はぬにより、講釈など絶えたるべし」。ここで一条禅閤とあるのは、『源氏物語』の注釈書『花鳥余情』を著した一条兼良のこと。宗祇は、『源氏物語』の帚木巻の注釈書『雨夜談抄』を著している。

中世後期の「知の巨人」である宗祇や一条兼良が、『源氏物語』の心を読み解く作業を第一義に考え、『狭衣物語』の講義をしたり注釈書をまとめたりしなかったことが、『狭衣物語』の研究を途絶えさせた、と紹巴は考えた。それでは、なぜ、一条兼良や宗祇は、『源氏物語』の読解に力を傾注し、『狭衣物語』の研究に踏み込まなかったのか。その理由も、今引用した部分から類推できる。すなわち、「抑も、光源氏の物語の心、見解きなば、此の抄に及ぶべからず」という部分である。つまり、『源氏物語』の本質を会得し、『源氏物語』が読めるようになれば、自分の著した『狭衣下紐』のような注釈書などの力に頼らなくても、読者は『狭衣物語』を読み解くことができると、断言しているのである。

『源氏物語』が読めれば、『狭衣物語』は読める。だから、『狭衣物語』を読みたければ、まず『源氏物語』を読みなさい、ということである。これは、後期物語だけでなく、『源氏物語』以前に書かれた『竹取物語』や『うつほ物語』にも当てはまる。だから、旧注の集大成を試みた北村季吟ですら、『狭衣物語』の注釈書は書かなかった。もしも書いたとしたら、『源氏物語』を読むように『狭衣物語』を読んだことだろう。『湖月抄』を読了した読者ならば、ほとんどの人が自力でどんな古典も読解可能だというのが、季吟たち旧注の人々の考え方だった。

『源氏物語』は、それ以前も、それ以後も含み込んで、物語文学の世界を覆い尽くしている。その『源氏物語』の注釈の蓄積は、その他の物語文学を読解するための回路であった。室町時代後期の連歌師紹巴は、そのことを喝破した。非常に重要な指摘である。

＊『浜松中納言物語』と『夜の寝覚』の研究史

後期物語の代表作として知られているのが、『浜松中納言物語』と『夜の寝覚』である。どちらも、『更級日記』の作者である菅原孝標女が書いたのではないかと推測されている。三島由紀夫のライフワーク「豊饒の海」四部作（一九六九〜七一）は、「輪廻転生」をモチーフとしているが、これは『浜松中納言物語』に想を得たとされている。三島は旧制学習院高校時代に、後期物語の権威である松尾聡に古典を学んでいる。中村真一郎は『浜松中納言物語』に題材を得た戯曲『あまつ空なる…』（一九八七年）を発表し、津島佑子は『夜の寝覚』に発想を得た小説『夜の光に追われて』（一九八六年）を書いた。現代の文学者が注目するこれらの後期物語の研究状況は、どのようなものだったのだろうか。

『浜松中納言物語』については、鎌倉時代初頭の物語評論『無名草子』に言及がある。ところが、古注も旧注も著されることはなかった。現存するのは全五巻であるが、第一巻の以前の部分が欠落しており、「散逸首巻」と呼ばれている。最終巻である第五巻が発見されたのは、昭和の初期のことだった。

『夜の寝覚』（『夜半の寝覚』『寝覚物語』『寝覚』とも）も、完全な形で本文が残っていない。現存するのは、全五巻であるが、第二巻と第三巻の間に大きな欠落があるし、第五巻の後にも欠落がある。作品としての輪郭が固まっていないという、大きな問題があり、旧注も古注も書かれなかったのはうなずける。国立国会図書館に所蔵されている写本『よるのねざめ』には、それを筆写した横山由清の研究『窓のともし火』（一八五三年）が併載されている。横山が『窓のともし火』を著したのは、ペリーの黒船が浦賀に来航した年であり、彼は明治維新をまたいで一八七九年まで生きた。『夜の寝覚』の年立、系図、他書に見られる作中和歌の集成が試みられているが、文学論にまでは届かなかった。

『浜松中納言物語』と『夜の寝覚』の真価を明らかにしたのは、むしろ、フランス文学に精通した文学者・中村真一郎（一九一八〜九七）だったと言える。中村は、これらの後期物語をフランスの精緻な心理小説に比肩しうる古典として高く評価し、文学的価値を明らかにした。彼の評論『王朝文学の世界』（一九六三年）は、その代表作である。

4．擬古物語と御伽草子

＊擬古物語とは

『源氏物語』以後の物語文学は、『源氏物語』の巨大な文学世界に取り込まれ、そこから逃れて、どのような新しい物語世界を作り出すかが課題だった。『狭衣物語』『浜松中納言物語』『夜の寝覚』など、後期物語の代表作と目される作品群は、それに挑んでいる。これらがすべて「長編」であるのも、新しさを模索した結果、詳しい内容となったのだろう。

「後期物語」のさらに後に書かれた物語群を、「擬古物語」と呼ぶ。最近では、「中世王朝物語」と呼ばれることもある。中世に書かれた王朝風の物語が「中世王朝物語」であり、この呼称自体に、『源氏物語』の圧倒的な影響力を受けている事実が込められている。『恋路ゆかしき大将』『八重葎』『松陰中納言物語』『小夜衣』『とりかへばや』などである。これらも古注や旧注は、存在しない。『狭衣物語』に関して里村紹巴が述べたように、『源氏物語』の本質がわかっていれば、これらの擬古物語は十二分に味読できるからであろう。つまり、注釈書は不要と考えられたのである。

近代、それも昭和に入ってから、これらの物語は研究され始め、文芸的な価値が高められた。現在では、『中世王朝物語全集』のようなシリーズも、刊行されている。

＊御伽草子の研究史

「擬古物語」の多くは、『源氏物語』の世界と繋がり、宮廷や貴族社会での恋愛を描いていた。ところが、庶民の生き方や、人間以外の動植物を主人公とする新しい物語も誕生した。それらを「御伽草子」（お伽草子）と呼んでいる。

狭義の御伽草子は、江戸時代の初期に渋川清右衛門が出版した二十三編の短編を指している。『一寸法師』『浦島太郎（浦嶋太郎）』『鉢かづき』『酒呑童子』『蛤の草紙』などである。

ところが、この二十三編以外にも、膨大な数の短編・中編が、この時代には書かれている。それらを、「広義の御伽草子」と呼ぶ。広義の御伽草子の中には、たとえば貴族が主人公であるものなど、「擬古物語（中世王朝物語）」と境界線が不分明なものもある。

横山重・松本隆信の編集になる『室町時代物語大成』（全十三巻＋補遺二巻、一九七三〜八八年）は、広義の御伽草子を網羅したものであり、研究の基礎である。作品のあらすじではなく、本文が写本や版本の通りの表記で翻刻され、新たに句読点が付されているので、漢字交じりの校訂本文ではないけれども、読みやすい。そもそも、擬古物語や御伽草子の文体は、平易・平明である。

また、御伽草子には、絵巻物のように挿絵が付いているものがあり、「奈良絵本」と呼ばれる。一見すると稚拙な画風であるが、素朴な味わいを持っている。これらの奈良絵本は、所蔵先の図書館などのホームページで公開されていることも多い。文学と民俗学、文学と美術の融合した研究が、現在、急速に進展している。

本章で取り上げた物語文学群は、注釈研究がほとんど行われてこなかった作品であるが、近現代になってからは、国文学者のみならず、文学者たちによって、その真価が発見され、新たな作品創造の推進力ともなっている。その点に注目するならば、これらの作品は、現代文学として、今、まさに発見され、今後、古典として読み継がれてゆくことになろう。

《引用本文と、主な参考文献》

・今井源衛「山鹿素行手沢本『大和物語抄』について」(『語文研究16』一九六三年六月)
・今井源衛「古注『大和物語鈔』考」(『九州大学文学部創立四十周年記念論文集』一九六六年)
・雨海博洋『大和物語諸注集成』(桜楓社、一九八三年)
・藤原定家『源氏狭衣百番歌合』(『新編国歌大観5』所収)
・『狭衣下紐』は『狭衣物語古註釈大成』(日本図書センター、一九七九年)、『国文学註釈叢書15』(名著刊行会、一九二九〜三〇年)、などに所収
・中村真一郎『王朝文学の世界』(新潮社、一九六三年)
・『中世王朝物語全集』(笠間書院より一九九九年から刊行中、既刊二十二冊)

《発展学習の手引き》

・本章で触れたように、「『源氏物語』が読めれば、すべての作品が読める」というのは、日本文学史上の大発見であった。しかし、さまざまな作品の注釈研究が進展している現代は、「まずは『源氏物語』を読んでから、すべてが始まる」という黄金律どおりでなくとも、古典全集などにより、注釈や現代語訳付きで、『源氏物語』以外のさまざまな作品を自由に、しかも味わって読める時代である。自分自身の興味と関心によって、いろいろな作品を読んでほしい。

8　『徒然草』の研究史

《目標・ポイント》『源氏物語』の研究史の膨大な蓄積を踏まえて開始した『徒然草』の研究史は、江戸時代に大きく進展した。『壽命院抄』、『なぐさみ草』、『野槌』などの初期の注釈書から、多種多様な注釈書が刊行されるまでの展開をたどる。「注釈書の時代」とも言える江戸の出版文化の中心に位置づけられる『徒然草』の研究史の推移を概観する。
《キーワード》『徒然草』、『壽命院抄』、『野槌』、『なぐさみ草』、注釈書の時代

1．最も新しい「古典」としての『徒然草』

＊江戸時代に「古典」となった『徒然草』

平安時代に成立した『古今和歌集』『伊勢物語』『源氏物語』は、「三大古典」と呼称するにふさわしく、その地位は江戸時代を通しても揺るがなかった。ただし、江戸時代になると、これら以外にも古典文学としての価値が認識され、注釈研究が盛んに行われる作品が出てきた。

江戸時代には、木版印刷技術の発達による大量印刷が可能となり、それ以前には写本で読まれていた書物が、版本（板本）として流通し、読者層が一挙に拡大した。版本では、文字だけでなく、挿絵を載せることも可能だったので、挿絵付きの本文（ほんもん）（注釈は含まずに、本文のみだが、挿絵が入っ

ているもの）や、挿絵付きの注釈書（本文と注釈と挿絵を含むもの）も刊行されて、古典の大衆化に大いに寄与した。なお、ここで「本文」というのは、「原文」のことを指す。この現象を端的に印象付けるのが、江戸時代における『徒然草』人気である。

『徒然草』は、鎌倉時代の末から南北朝時代にかけての十四世紀前期に成立したが、その後すぐには、この作品について言及したものがなかった。つまり、読者の存在が、明確には確認できないのである。その後、室町時代から少しずつ『徒然草』への言及が見られるようになり、江戸時代に入ると同時にと言ってよい時期の一六〇四年に、早くも『徒然草』の注釈書が刊行されたことは、その後の『徒然草』ブームの到来を告げる象徴的な出来事だった。これ以後、次々と『徒然草』の注釈書が出版されたからである。本書で繰り返し述べてきたことであるが、「古典」となるための必須条件は、「注釈書が存在すること」である。

＊『徒然草』人気の一翼を担った知識人たち

江戸時代は、儒学の中で朱子学が幕府の官学となって栄えた時代であった。儒学では「四書五経（ししょごきょう）」の経典が重んじられたので、儒学者たちにとって、和歌と和文からなる日本の古典文学を研究して注釈書を著すことは慮外であったろう。だが、江戸時代の儒学者たちの中には、『徒然草』の注釈書を著したり、また、注釈書とまではゆかなくとも、『徒然草』を深く読み込んだ痕跡を残した人々がいた。

『野槌（のづち）』という『徒然草』の注釈書を著した林羅山（はやしらざん）（一五八三～一六五七）は、江戸時代を代表する朱子学者だったし、江戸時代中期の朱子学者である佐藤直方（なおかた）（一六五〇～一七一九）の『辨艸（べんそう）』は、『徒然草』から「心」をテーマとする章段を抜き書きしたものである。江戸時代後期の儒学者・脇蘭室（一七六四〜一八一四）が書いた『歳闌漫語』や『見し世の人の記』は、『徒然草』からの影響が顕著に見られる思索的散文で書かれている。同じく江戸時代後期の儒学者で、教育者としても知られる広瀬淡窓（一七八二〜一八五六）は、『徒然草』を漢詩に詠んでいる。ちなみに、広瀬淡窓の学派は、折衷学派とも古学派とも呼ばれる。朱子学者に限らず、他の学派の儒学者においても、学問としての儒学と、古典としての『徒然草』は、ごく自然につながっていた。

＊『徒然草』の注釈書リスト

次に掲げるのは、江戸時代の最初の百年間に刊行された、『徒然草』の主な注釈書である。注釈書の規模の目安として、それぞれの巻数を示した。巻数と冊数は、たとえば二巻二冊、五巻五冊というように、ほとんどが一致しているので、冊数は省略した。ただし、②は十四巻十三冊、⑥は二巻十三冊、⑱は二巻十五冊であり、巻数と冊数が異なる体裁の版本もある。

①『壽命院抄』（秦宗巴・慶長九年・一六〇四年・二巻）
②『野槌』（林羅山・元和七年・一六二一年・十四巻）
③『鉄槌』（青木宗胡・慶安元年・一六四八年・四巻）
④『なぐさみ草』（松永貞徳・慶安五年・一六五二年・挿絵入り・八巻）
⑤『徒然草古今抄』（大和田気求・万治元年・一六五八年・挿絵入り・八巻）
⑥『徒然草抄（盤斎抄）』（加藤磐斎・寛文元年・一六六一年・二巻）
⑦『徒然草句解』（高階楊順・寛文元年・一六六一年・七巻）
⑧『徒然草文段抄』（北村季吟・寛文七年・一六六七年・七巻）

⑨『増補鉄槌』（山岡元隣・寛文九年・一六六九年・五巻）
⑩『徒然草諺解』（南部草壽・寛文九年・一六六九年・五巻）
⑪『徒然草大全』（高田宗賢・延宝六年・一六七八年・十三巻）
⑫『徒然草参考』（恵空・延宝六年・一六七八年・八巻）
⑬『徒然草直解』（岡西惟中・貞享三年・一六八六年・人名略伝、および器物図の挿絵、十巻）
⑭『徒然草諸抄大成』（浅香山井・貞享五年・一六八八年・二十巻）
⑮『真字寂寞艸』（岡西惟中・元禄二年・一六八九年・二巻）
⑯『徒然草吟和抄』（著者未詳・元禄三年・一六九〇年・挿絵入り・五巻）
⑰『徒然草絵抄』（苗村丈伯・元禄四年・一六九一年・頭注形式で各段の挿絵入り・二巻）
⑱『徒然草集説』（閑壽・元禄十四年・一七〇一年・二巻）
⑲『つれづれ清談抄』（岡西惟中・元禄十四年・一七〇一年・十巻）
⑳『徒然草拾穂抄』（北村季吟・宝永元年・一七〇四年・七巻）

この他にも、『金槌』（一六五八年）、『徒然草摘議』（一六八八年）などがある。一六〇四年から一七〇四年までの百年間で、二十種を超える『徒然草』の注釈書が、相次いで出版されている。『徒然草』の場合、平均して五年ごとに、新たな注釈書が刊行されていたことになる。

＊「教養古典」としての『徒然草』

『徒然草』は江戸時代初めの人々にとって、すでに三百年前の書物であり、江戸時代も末期になると、五百年以上も前の作品である。それにもかかわらず、これほど次々に注釈書が刊行されたことは、江戸時代のベストセラーだったことを意味する。注釈書ではないが、幕末にも近い天保八年（一八三七）に、『兼好法師伝記考証』という評論書も出ている。

『徒然草』は注釈書や評論書が書かれたことで、「古典」として定位されたが、これほどまでに持続する人気は、江戸時代の人々にとって、一種の「現代文学」だったからだろう。『徒然草』は、わかりやすく、含蓄に富む人生教訓書として人気を博し、ユーモラスな章段は川柳にも好んで詠まれた。『徒然草』ほど幅広い階層に愛され、受け入れられた古典も珍しい。

知識人だけでなく、一般人にも幅広く受け入れられ、多くの人々に共有されて、社会に浸透した点に着目すれば、『徒然草』はまさに「教養古典」「共有古典」と呼ぶにふさわしい。江戸時代には、『太平記』の「講釈」が人々に大いに親しまれたというが、『徒然草』人気の根底には、数々の「注釈書」があった。『徒然草』は江戸時代の人々にとって、本文と注釈・解説、さらには挿絵なども含めて、総合的にその作品世界に親しむことができる、誰にも開かれた古典文学だった。

2.『徒然草』研究の前史

＊『徒然草』の成立

古典文学の中には、著者の名前が不明なものも多いが、『徒然草』の著者は、兼好（けんこう）である。ただし、生没年や詳しい経歴は不明である。俗名は、卜部兼好（うらべかねよし）。二条為世（ためよ）に師事した歌人であり、頓阿（とんあ）たちと「和歌四天王」と称された。頓阿の家集『草庵集（そうあんしゅう）』は、江戸時代に愛読され、平明な和歌のお手本とされた。ちなみに、本居宣長は『草庵集玉箒（たまははき）』という注釈書を著している。頓阿が「誰にでも詠める和歌」を確立したとすれば、兼好の『徒然草』は「誰にでも書ける散文スタイル」を確立したと言えるだろう。けれども、頓阿が生前から歌人として、社会的に高い評価を得て、勅撰和歌集である『新拾遺和歌集』の完成を補佐するほどであり、生没年もわかっているのに比べて、兼好には、生前のエピソードも乏しく、生没年も知られていない。このようなことを勘案すると、兼好と同時代の人々にとっては、兼好の存在自体が人目を引くものではなく、『徒然草』という著作にも関心が持たれなかったのではないかと推測される。

＊読者の獲得

それでも、室町時代になって、正徹（一三八一～一四五九）が、みずからの歌論書『正徹物語』（一四四八～五〇年頃成立）において、『徒然草』の著者は兼好であると書き残しているのは幸いだった。正徹は中世最後の大歌人と称される文化人であり、弟子も多かった。『徒然草』の成立からおよそ百年後のことである。正徹は、『徒然草』第百三十七段の「花は盛りに、月は隈無きをのみ見るものかは」という文章を称賛し、ここに兼好の美学の真髄を読み取った。

正徹の弟子たちの時代になると、文学の世界では、和歌から連歌へと、韻文の潮流が変化し始めた。世の中は、応仁の乱の時代に突入してゆく。そのような戦乱の時代にあって、心敬（一四〇六～七五）たち連歌師は、『徒然草』から「無常観」の思想を読み取った。そして、戦国武将たちや安土桃山時代に勃興してきた豪商たちは、『徒然草』から「現実世界を生き抜く教訓」を読み取った。

このように、正徹を始めとして、彼の弟子たちの歌人や連歌師、さらに時代が経過して、時代を動かすような知識人・文化人・武将たちに『徒然草』が読まれた痕跡自体は、彼らが書き残した、文学書や家訓書などから、明確に窺われる。にもかかわらず、ここまでの時期には、『徒然草』の注釈書は編まれていない。まだこの時点では、注釈研究が行われるほどの古典となっていなかったということであろう。そして、江戸時代に入った。

3．『徒然草』注釈書の生成と展開

＊『壽命院抄』から『野槌』へ

江戸時代に刊行された各種の『徒然草』注釈書の中から、主なものを順に概観しながら、『徒然草』注釈書の生成と展開を考えてみたい。

まず最初に、『壽命院抄（じゅみょういんしょう）』から見てゆこう。『壽命院抄』は、初めての『徒然草』の本格的な注釈書である。『徒然草』の原文から、難解な語句や、固有名詞などを切り出して注釈する。ただし、『徒然草』の原文自体は掲載されておらず、いわば、語句辞典のようなスタイルである。当然、読者はこれとは別に『徒然草』の本文を書き記した写本が必要となる。『壽命院抄』が語句や人名の注釈に使用している主な文献は、順徳院が著した歌学書『八雲御抄（やくもみしょう）』と、四辻善成（よつつじよしなり）による『源氏物語』の注釈書である『河海抄（かかいしょう）』である。このことは、『徒然草』の背景に、和歌と『源氏物語』があることを、強く印象付ける。さらに、『枕草子』との関連を指摘する箇所も多い。『壽命院抄』は、『源氏物語』の研究史の蓄積を利用することによって、『徒然草』の主な語句に対して注釈を付けることができたのである。

なお、『壽命院抄』には、細川幽斎が受け継いだ三条西家の学問も流れ込んでいる。『徒然草』は、江戸時代の人々にとって、第二の『源氏物語』となったのである。

次に、『野槌（のづち）』は、林羅山が『徒然草』と真っ正面から向かい合った注釈書である。『徒然草』に対する厳しい見解も、随所に見られる。だが、それは、儒教を絶対的な真理と疑わない立場から、文学書である『徒然草』を否定するという、単純な性格のものではない。近世を代表する思想家が、自らの知識と思索のすべてを賭けて戦うべき好敵手として、『徒然草』を位置づけたということが、何よりも重要である。『野槌』の注釈態度の特徴は、『徒然草』の章段ごとに、注釈を付ける姿勢が徹底していることである。したがって、『徒然草』の章段の前後関係や、離れた段の相互関連に言及することはない。

＊『なぐさみ草』から『文段抄』へ

松永貞徳の『なぐさみ草』の特徴は、まず第一に、ほとんどの段に挿絵が付いていることである。江戸時代には、思いのほか、『徒然草』に題材を得た美術作品が数多く描かれている。それらの絵を「徒然絵」と総称して研究してきたので、章末の参考文献を参照していただければ幸いである。その過程で、『なぐさみ草』の挿絵が、「徒然絵」の基準作になっていることに気づいた。つまり、『徒然草』を題材にした美術作品があった場合に、その絵柄が『なぐさみ草』の挿絵の系統なのか、あるいは、『なぐさみ草』の系統とは別の絵柄なのか、という視点を立てることが有効なのである。

『なぐさみ草』の第二の特徴として、各段ごとに「大意」という項目が立てられていて、段の内容を簡潔にまとめていることが挙げられる。「大意」には、内容の要約だけでなく、「作品の読み方」、すなわち、その段にどのような含意があるかを読み取り、さらには自分自身の日常生活や、もっと広く、人生全般にわたる教訓や、理想の社会のあり方などにつなげて解説している。

貞徳は細川幽斎の教えを受け継いでおり、「古今伝授」の伝統にも連なっているので、江戸時代以前の『古今和歌集』『伊勢物語』『源氏物語』の注釈書におけるような「政道読み」や「教訓読み」が、『徒然草』にも流れ込んだと考えられる。挿絵が付いていたり、各段の内容を、今を生きる人々の日常と重ね合わせたりする『なぐさみ草』の注釈態度は、読者層を広げ、『徒然草』を「三大古典」にも匹敵する新しい古典に押し上げてゆく推進力として機能した。

　さて、松永貞徳の弟子である北村季吟も、『徒然草』の研究史において、大きな役割を果たした。季吟は、『徒然草』の注釈書を二つ著している。一つは、『徒然草文段抄』で、段に区切って読まれる『徒然草』の各段を、さらに「節」に細分化して、論の展開をたどり、精緻な読み方を示した。もう一つは、『徒然草拾穂抄』で、季吟が江戸に出てきてから、将軍綱吉や側用人の柳沢吉保に古今伝授の学統を伝授するに際してまとめたものだと推測されている。

　この二つのうちの最初の『徒然草文段抄』は広く読まれ、明治二十七年には、『訂正増補　徒然草文段抄』（鈴木弘恭、青山堂）も刊行され、さらに版を重ねた。『文段抄』の特徴は、章段相互の関係性への言及が多いことである。これは『野槌』の注釈態度とは対照的である。また、『徒然草』が執筆に当たってどのような和歌を引用したかという「引歌」の指摘も、ぴたりと一致しなくても、全体の雰囲気が似ている歌なども含めて挙げており、独自性を打ち出している。

　『徒然草拾穂抄』は、『文段抄』から四十年近くも後の著作である。『文段抄』では、段を節に細分化して注釈する点や、引歌の場合も今まで指摘されていない歌を挙げるなど、独自性を強調しているように見受けられるのだが、『拾穂抄』では、先行研究ですでに指摘されてきた歌も引歌として積極的に取り入れて、通説に対する柔軟な態度が見られる。季吟自身の中で、注釈態度が停滞することなく、平易で穏当な説を求めて、さらに深化していたのであろう。ただし、季吟の『徒然草』注釈書の定番が最初の『文段抄』であることには、変わりはない。

＊個性的な注釈書

これまでに取り上げてきた『壽命院抄』『野槌』『なぐさみ草』『文段抄』は、江戸時代における『徒然草』研究史の初期のものであるが、江戸時代を通して概観してみても、最も水準が高い注釈書群である。とりわけ、著者の知名度の高さや、その後の注釈書への影響力のみならず、一般社会への普及という観点から見ると、林羅山の『野槌』、松永貞徳の『なぐさみ草』、北村季吟の『文段抄』は、非常に重要な注釈書である。けれども、『徒然草』には個性的な注釈書がいくつもある。私はこれまでも、それらを個別に研究した成果を『放送大学研究年報』に発表してきた。ここでは、『徒然草句解』『徒然草吟和抄』、『徒然草絵抄』という、三つの注釈書を紹介したい。

高階楊順の『徒然草句解（くげ）』（一六六一年）は、『野槌』の説に拠（よ）ることが多く、儒教的な観点からの注釈書と考えられてきたが、むしろ、『句解』の注釈態度で注目されるのは、『枕草子』と『源氏物語』との関連から『徒然草』を理解しようとしていることである。『徒然草』の注釈に『枕草子』を使うことはすでに『壽命院抄』に見えるし、『野槌』でも踏襲されている。けれども、『句解』では、先行する注釈書では指摘されていない箇所も幅広く挙げており、独自性が感じられる。

たとえば、『徒然草』第十六段に「神楽（かぐら）こそ、艶（なま）めかしく、面白（おもしろ）けれ」とある部分に対して、「愚（ぐ）按（あん）ずるに、枕草紙、『歌は』といふ条に、かぐらうたもをかし、とあり」という注釈を付けている。『壽命院抄』にも『野槌』にもこのような指摘はないが、『徒然草諸抄大成』では『句解』のこの注釈を掲載している。

また、『源氏物語』の場面を『徒然草』と響き合わせてもいる。『徒然草』第五段には、出家せずに静かに暮らす生き方をよしとする兼好の考えが書かれている。『句解』は、「愚按ずるに、此の段、橋姫の巻、引き合はせ見るべし。おそらくは、兼好も、これに根ざして、その面影を写したり、と見えたり」と書いて、「優婆塞」として、出家せずに宇治に隠棲している八の宮や、彼の生き方に心惹かれる薫の存在を示唆している。他の注釈書には見られない「響映読み」である。

さらにもう一点付け加えるならば、『句解』は『徒然草』における章段の照応に注意を払っており、ある段を注釈する際に、「上の段には」と書いて、前段にも言及することが多い。『句解』は、決して儒学一辺倒ではなく、文学的な深い読み方をしている注釈書である。

『徒然草吟和抄』（一六九〇年）は、著者未詳の注釈書であり、『徒然草諸抄大成』（一六八八年）の後に刊行されている。江戸時代初頭から次々に刊行されてきた注釈書を集大成した『徒然草諸抄大成』が世に出て、『徒然草』注釈書ブームも一段落したと思われる時期である。それなのに、さらに新たな注釈書が出版される余地があったのだろうか。

『徒然草吟和抄』は、語釈が詳しいことと、挿絵の点数が多く、合計三十四段にわたっていることに特徴がある。語釈が詳しい注釈書は、言葉の意味を読者に理解させることに力点が置かれ、挿絵は付かないものがほとんどである。一方で、挿絵入りだと、注釈が付いていなくても、本文だけで読者の興味を惹きつける効果が見込まれる。したがって、注釈書のスタイルは、この二つのどちらかに特化するものが多いのだが、『徒然草吟和抄』の場合、その両方を併せ持つのは、新たな方向性を打ち出しているように思われる。しかも、挿絵は『なぐさみ草』を踏襲することなく、独自の絵柄となっていることとも相俟って、それまでにないスタイルの注釈書と言えよう。

苗村丈伯の『徒然草絵抄』（一六九一年）は、本文の上部の欄に挿絵が入っている注釈書である。

他の注釈書と異なり、言葉による解説や説明はない。したがって、この『徒然草絵抄』を注釈書と呼ぶのはふさわしくないという見方もあるかもしれない。けれども、各頁の上欄に、各段の本文の分量の幅で、その段の内容を場面ごとに描いているので、挿絵を見ただけで、本文の内容が理解できる仕組みになっている。注釈書の概念を超えているが、一目瞭然で、『徒然草』の各段を理解できるのは、画期的なことであろう。

『徒然草絵抄』の頁の上欄の挿絵を見てゆくと、まるで、ミニチュアの絵巻を見ているかのように、次々と場面が変わり、先へ先へと興味がつながってゆく。『徒然草』には、宮中に関わる段も多く、昔からのしきたりを書いた有職故実（ゆうそくこじつ）章段もある。それらの段も挿絵が付いていることで、江戸時代の人々にとって、『徒然草』が、一気に身近な古典となったであろう。

4.『徒然草』の研究史における「近世兼好伝」の位相

＊「注釈書時代」から「兼好伝時代」へ

先に挙げた二十種の注釈書リストは、江戸時代初頭から百年間に刊行された注釈書群だった。「注釈書時代」と名付けてもよいほど、注釈書が次々と刊行されたのが、この時期だった。江戸時代の読者たちは、本文付きの注釈書によって、語句の出典や文脈を把握できた。挿絵も入っている注釈書を通して、言葉に拠る説明だけではわかりにくい、有職故実に関わる具体的な情景や、器物などの形態も知ることができた。さまざまな注釈書によって、『徒然草』の扉が大きく開かれた。

その後、「注釈書時代」と入れ替わるかのように、「兼好伝（けんこうでん）時代」が始まる。次第に注釈書の刊行も飽和状態になってくると、今度は兼好の伝記の刊行が増えてくるのである。数多くの注釈書によって、『徒然草』が人々の心に広く浸透したことが、『徒然草』の著者である兼好への関心を高めたのであろう。ただし、注釈書が多い作品の作者が、必ずしも作者の伝記を持つわけではない。『古今和歌集』の撰者の一人であり、なおかつ仮名序も書いた紀貫之の人生に注目が集まって伝記が数多く書かれる、というようなことはなかったし、『源氏物語』の作者である紫式部の伝記が次々と書かれることもなかった。歌人伝説や文学者伝説はあっても、一代記のようなまとまった形で伝記が書かれることは滅多にないことだった。西行や芭蕉は、数少ない例外である。

そのようなことを考え合わせると、江戸時代における兼好伝の多さは、流行と言ってもよいような現象であり、『徒然草』がいかに当時の人々に親しまれ、共感されていたかがわかる。

人々は、兼好伝を待望していた。けれども、兼好に関する肝心の史実がほとんど残っていないのだから、いったいどのようにして、兼好伝が書かれたのだろうか。一言で言うなら、江戸時代に書かれた各種の兼好伝は、「創作」である。文武両道に秀で、宮廷に仕える女性との悲恋が原因で出家し、諸国を経巡り、帰京して双ヶ岡で『徒然草』の前半を書き、最晩年は伊賀国の国見山の麓で過ごし、そこで後半部を書き、当地で亡くなった……。こういった内容が、兼好伝のストーリーである。たとえ荒唐無稽であっても、当時の人々が兼好に託した、ありうべき人物像であるとしたら、創作的な兼好伝にも、大いに意義があろう。そのような観点から、私は、創作的な兼好伝を「近世兼好伝」と命名して研究してきた。注釈研究という学問領域の新たな展開として、「近世兼好伝」を把握したい。

＊林家の人々が見出した兼好像

まとまった形で「兼好伝」が形成されてゆく萌芽は、最初の注釈書である『壽命院抄』の冒頭部に見出(みいだ)せる。ここに兼好の経歴が簡単に書かれていて、兼好伝の基盤となった。すなわち、兼好は神道の家柄の卜部(うらべ)家の出身で、後宇多(ごうだ)天皇に仕えた。二条派の和歌宗匠である二条為世(ためよ)の弟子となり、「和歌四天王」と呼ばれるほどの歌人だった。為世から『古今和歌集』の奥義を授けられた。

また、二番目の注釈書『野槌』には、冒頭の解説の中で、勅撰集に入集(にっしゅう)した兼好の和歌十九首が列挙され、さらに「伝兼好和歌」（兼好が詠んだと伝えられている和歌）として、「世の中を渡り比(くら)べて今ぞ知る阿波(あは)の鳴戸(なると)は波風(なみかぜ)も無(な)し」が挙げられており、この教訓歌的な伝兼好歌が、江戸時代の『徒然草』と兼好イメージの形成に大きく影響した。儒学者である林羅山が、みずからの注釈書に兼好の勅撰集入集和歌を集成し、伝承歌ではあるが教訓歌を掲載したことの影響力は大きかった。

さらに羅山の息子たちも、兼好にかかわっている。寛永三年（一六二六）に、兼好自筆の和歌草稿が残っていたことが、当時の文化人たちによって確認され、それが四十年後に、『兼好法師家集』（一六六四年）として刊行された。その時に、漢文で跋文(ばつぶん)を書いたのが、羅山の三男の林鵞峰(はやしがほう)だった。父の羅山が、『野槌』というすぐれた注釈書を著して、『徒然草』を世間に知らしめたように、息子の鵞峰は、兼好の家集が世間に流布する一翼を担った。また、羅山の四男の林読耕斎(はやしどっこうさい)は、隠遁者たちの略伝を漢文でまとめた『本朝遯史(ほんちょうとんし)』（一六六四年）の中に、兼好のことも掲載している。この頃までに確実に知られている兼好の事跡を、まとめたものである。

『徒然草』の注釈書と、歌人としての兼好の存在の双方が、林家(りんけ)の人々によって世間に紹介されたことは、後年、創作的な兼好伝への貴重な材料を提供したと言えよう。実際、次に掲げる『種生伝』のような、文芸的な兼好伝が書かれるようになり、しかも幕末期になると、その『種生伝』自体を主要な材料として活用する兼好伝記が書かれるようになる。

＊『種生伝』から『先進繍像玉石雑誌』へ

正徳二年（一七一二）に刊行された篠田厚敬の『種生伝』（「しゅせいでん」、「たなおでん」、「たねおでん」などと読まれる）は、「近世兼好伝」の中でも、最も文芸的な兼好伝である。『徒然草』に書かれている章段の内容だけでなく、『兼好法師家集』の和歌を自在に配置して、王朝的で風雅な恋愛物語を枠組みとする、兼好の一代記をまとめ上げている。『種生伝』を絵画化した絵巻も描かれているのは、この作品の文芸性の高さの表れであろう。

この『種生伝』に主な材料を仰いで書き著されたのが、幕末から明治にかけての有職故実家・栗原信充（一七九四〜一八七〇）の人物伝集『先進繍像玉石雑誌』（一八四三年）に掲載されている兼好伝である。

『先進繍像玉石雑誌』には、北畠親房から二条為子まで、南北朝時代の二十四人の人物伝と、肖像、遺愛の品々、関連地図などの絵画資料が掲載されている。南朝と北朝に分裂した時代に、政治的に大きな役割を果たした人々のことをまとめた書物である。したがって、兼好のように、政治的な役割を果たしていないにもかかわらず取り上げられているのは珍しい。しかも、『種生伝』で描かれていた兼好は、恋愛物語の主人公のような人間像であり、このような人物像は、『先進繍像玉石雑誌』に掲載されている他の人々には見出せない。

それだけに、『種生伝』の影響力の強さも感じさせるが、『先進繍像玉石雑誌』の兼好伝には、兼好の事跡の実地調査も書かれており、兼好が詠んだ叙景歌の場所を、推定したりもしている。最後は、兼好の家集のことと、「和歌四天王」のそれぞれの和歌を掲げて締め括っている。歌人としての兼好を印象付けているのは、あるいは、林羅山の『野槌』が兼好の和歌を掲載していることに倣ったのかも知れない。

ところで、栗原信充よりも九十年も前の有職故実家である土肥経平（一七〇七〜八二）の『春湊浪話』には、「兼好南朝忠臣説」が書かれている。この説は、幕末から明治にかけて、兼好の人物像として流布し、かなり支持された。けれども、栗原信充はこの説には深入りせず、兼好伝の最後に『徒然草』の注釈書を列挙した部分で、簡単に紹介するのみである。

『先進繍像玉石雑誌』は、南北朝時代という「政治の季節」を取り上げて、政治的人間群像を論評した人物伝集である。けれども、兼好はそのような枠組みに属さない人物として描かれている。このことは、兼好の存在を、時代の潮流を超えた、普遍性を帯びた人間像として、把握する視点を提示している。さらには、『徒然草』が時代を超えて読み継がれてゆく普遍的な作品であることを示唆している。文学作品が読まれ、研究され、その内容が時代を超えて共有される。そのことを保証する行為が、注釈である。

《引用本文と、主な参考文献》

・島内裕子『徒然草文化圏の生成と展開』（笠間書院、二〇〇九年）

この拙著の「第Ⅱ部　徒然草文化圏としての注釈書と兼好伝」の第一章「徒然草文化圏の始発」、「第Ⅲ部　近世の思想と文化にみる響映」の第一章「佐藤直方と徒然草」、第二章「広瀬淡窓と徒然草」参照。

・島内裕子「脇蘭室と徒然草」（『放送大学研究年報』第二十七号、二〇一〇年）

・吉澤貞人『徒然草古注釈書集成』（勉誠社、平成八年）

ここには、『壽命院抄』『野槌』『なぐさみ草』の三つの注釈書が翻刻されており、『なぐさみ草』の挿絵も付載されているので、有益である。

・島内裕子「『徒然草句解』の注釈態度――巻之一を中心に」(『放送大学研究年報』第三十一号、二〇一三年)
・島内裕子「『徒然草吟和抄』の注釈態度」(『放送大学研究年報』第三十二号、二〇一四年)
・島内裕子「『徒然草絵抄』の注釈態度」(『放送大学研究年報』第三十三号、二〇一五年)
・島内裕子『徒然草の変貌』(ぺりかん社、一九九二年)
「第三章　近世兼好伝――新たなる創造」に収めた拙論は、以下の通りである。
1　近世文芸にみる兼好像　2　兼好伝説とその展開　3　『兼好諸国物語』概説　4　『種生伝』の翻刻と研究　5　『兼好法師伝記考証』概説
なお、その後の兼好伝研究の拙論は、『徒然草文化圏の生成と展開』の第Ⅱ部第二章「隠遁伝から兼好伝へ」に収めた、「近世隠遁伝と兼好伝」、および「伊賀国種生における兼好終焉伝説の展開」がある。
・島内裕子『兼好――露もわが身も置きどころなし』(ミネルヴァ日本評伝選、ミネルヴァ書房、二〇〇五年)
この拙著の第二章・第三章で、兼好の伝記について述べた。参照していただければ幸いである。
・島内裕子「『先進繡像玉石雑誌』の研究――兼好伝の位相を中心に――」(『放送大学研究年報』第三十七号、二〇一九年)

《発展学習の手引き》

日本文学における研究史を考えるにあたって、『徒然草』の研究史をたどることは、王朝文学の注釈研究の蓄積が、新たな作品の注釈研究にどのように作用したかを明らかにすることであり、興味深い。また、注釈書の充実が、兼好伝を生み出したことも、古典の命脈の持続性を考えるうえで、注目に価する。参考文献に挙げた論文は、発展学習へのヒントとして、読んでいただきたい。

9 『枕草子』と『方丈記』の研究史

《目標・ポイント》『枕草子』と『方丈記』の本格的な研究の開始は遅れ、江戸時代の前期から始まった。しかも、その注釈書に記されている本文は、『枕草子』は『春曙抄』、『方丈記』は流布本というように、近現代で読まれている系統の本文ではなかった。そうでありながら、『徒然草』と並んで「三大随筆」と総称されるようになった経緯をたどる。

《キーワード》『枕草子』、『方丈記』、『春曙抄』、流布本、三大随筆

1．「三大随筆」に対する後代の認識

＊「三大随筆」の登場

現在、一般に「三大随筆」と総称されている散文作品がある。『枕草子』『方丈記』『徒然草』の三つの作品である。『枕草子』は、平安時代の中期、西暦で言えば一千年前後の時期に成立した。『源氏物語』に先立っての成立である。『方丈記』は、原文の末尾に成立年が明示されており、鎌倉時代の初めの一二一二年に書き上げられたことがわかる。『徒然草』は十四世紀前半頃に成立した。つまり、三大随筆とされる三つの古典散文作品は、最初に『枕草子』が書かれ、その約二百年後に『方丈記』が書かれ、それからさらに約百年後に『徒然草』が書かれた、という順序である。

前章で見たように、『徒然草』は鎌倉時代末期から南北朝時代にかけて書かれた後、すぐには言及されることもなかったが、江戸時代に入るや、一挙に人気古典へと変貌して、読者層が飛躍的に拡大し、現在に至っている。その『徒然草』ですら、書かれてから一世紀近くは、文学史の流れの中に沈潜していたのだった。

＊『枕草子』の復活

『枕草子』は、成立から二百年後の鎌倉時代になると、教訓説話集の『十訓抄』や、物語評論の『無名草子』などで言及されることはあった。『源氏物語』研究で言えば、「古注」の時代である。だが、この間に『枕草子』の「注釈書」が書かれることはなかった。

『枕草子』もその成立自体は、日本文化を活性化し続けてきた『古今和歌集』『伊勢物語』『源氏物語』の「三大古典」と同じ平安時代なのだが、「三大古典」が注釈書と共に読み継がれてきたのとは違って、明確な享受が遅れた。その原因は、どこにあるのだろうか。

鎌倉時代の初期に、三大古典のみならず、主要な古典文学の本文校訂を行った藤原定家は、『枕草子』の本文校訂と注釈研究を行わなかった。このことが『枕草子』の文学的な享受が遅れた要因であろう。ちなみに、鴨長明の『方丈記』は定家にとって、同時代人による現代文学であり、当然のことながら、その本文校訂を行っていないし、『徒然草』の成立も定家の時代から百年後である。

なお、安貞二年（一二二八）という年号を持つ『枕草子』の写本の奥書が伝えられており、それを書写した人物は、「耄及愚翁」という仮名を用いている。国文学者の池田亀鑑は、この「耄及愚翁」が藤原定家ではないかと推測しているが、その確証はない。また、「耄及愚翁」が筆写した『枕草子』が、中世や近世で広く読まれたとも言えない。

中世において「歌聖」とまで仰がれた「定家の権威」から考えて、定家にとっての『枕草子』評価は、『古今和歌集』や『伊勢物語』や『源氏物語』より格段に低かったということだろう。『枕草子』の本格的な注釈書が書かれたのは、ようやく江戸時代の初期になってからで、奇しくも同じ年に、二種類が成立した。加藤磐斎（「盤斎」とも）の『清少納言枕双紙抄』（延宝二年・一六七四年五月刊行）と、北村季吟の『枕草子春曙抄』（『春曙抄』、延宝二年・一六七四年七月成立）である。磐斎と季吟は、共に松永貞徳の弟子であり、「古今伝授」の学統に連なっている。磐斎の『清少納言枕双紙抄』は大部で、しかも精緻であるが、江戸時代のみならず、明治・大正・昭和前半に至るまで、圧倒的に広く読まれ続けたのは、季吟の『春曙抄』であった。『春曙抄』は、『枕草子』の復活と再評価に大きく寄与した。

　加藤磐斎は、『枕草子』だけでなく、『伊勢物語』『徒然草』『土佐日記』などに関しても、優れた注釈書を刊行している。これらの古典作品については、「同門のライバル」と言うべき北村季吟も注釈書を書いているが、季吟が注釈していない『方丈記』の注釈書を、磐斎は著しているのが注目される。ただし、磐斎は『源氏物語』の注釈書を残していない。

　このようにして、江戸時代の初期に、『枕草子』は六五〇年以上もの歳月を経て文学史に浮上し、その価値が認定されて、復活したのである。そして、『源氏物語』の最高の注釈書である『湖月抄』を著した季吟の『春曙抄』によって、『枕草子』は江戸時代の人々に広く浸透していった。

　なお、本書は作品の成立順ではなく、注釈書の出現順に力点を置く方針で、章立てしている。したがって、『枕草子』と『方丈記』を取り上げる本章も、注釈書の成立順にすると、『方丈記』の方が早いのであるが、ここでは先に『枕草子』の研究史から始めたい。

2．『枕草子』の研究史

＊加藤磐斎の注釈態度

加藤磐斎の『清少納言枕双紙抄』は、記念すべき『枕草子』の注釈書のスタートとなった。その注釈態度は、文脈に即した解釈を志す点と、仏教に基づく教訓的な主題解釈を志す点にある。

『清少納言枕双紙抄』の冒頭には、この注釈書の基本姿勢として、七つの観点を挙げている。その第一は「本の差異」（『枕草子』は写本ごとに表現が大きく違っていること）、第二は「先達の褒美（ほうび）」（これまで清少納言の知恵や、『枕草子』という作品が誉められてきたこと）、第三は「大意」（『枕草子』は「教諭」が眼目であること）、第四以下は「作者」（清少納言の家系・血筋）、「題目」（『枕草子』という作品名）、「本文」（各段ごとの原文）、「難問口決（くけつ）」（特に解釈が困難である箇所の師説）の七つである。

磐斎は、『枕草子』の本文を解釈するに当たって、『源氏物語』の注釈書である『河海抄』（四辻善成）、『花鳥余情』（一条兼良）などの諸説を利用している。また、第五章では言及しなかったけれども、室町時代後期から江戸時代初期にかけては、連歌師たちの『源氏物語』注釈書も盛んにまとめられていた。磐斎は、『枕草子』の注釈に当たって、宗祇の孫弟子に当たる連歌師・能登永閑（のとえいかん）の『万水一露（ばんすいいちろ）』（一五七五年頃成立か）という『源氏物語』の注釈書も利用している。この『万水一露』は、磐斎の師である松永貞徳も高く評価しており、一般人が入手困難な『河海抄』『花鳥余情』『弄花抄』『細流抄』に次ぐ、有益な注釈書である、と述べている。

また、磐斎は、『枕草子』に用いられている言葉や事物に関連して、仏典や漢籍からも縦横に典拠を指摘しており、その博識ぶりには驚かされる。それが仏教色を強めることにもなっているのだが、ここでは、人生教訓書として『枕草子』を読む磐斎の姿勢が顕著な箇所を、紹介してみよう。
『枕草子』の「憎き物」という段に、「軋めく車に、乗りて、歩く者。耳も、聞かぬにや有らむと、いと、憎し。我乗りたるは、其の車の主さへ、憎し」という文章がある。「手入れが悪く、油も注さないので、車輪がぎしぎしと大きな音を立てる牛車に、平気で乗っている者は、憎らしい。その音が聞こえないのだろうかと、たいそう憎い」という意味である。

この箇所で磐斎は、次のように自分の見解を述べている。「前車の覆るを見て、後車の戒めとする心も、通ひて聞こゆ」。これは『漢書』に見える故事で、前人の失敗は後人の戒めとなる、という意味である。磐斎は、清少納言が「憎き物」の数々を列挙しながら、自分自身や読者に対して、「こういう憎たらしい振る舞いをしてはいけない」と教え戒めているのだ、と解釈したのである。

なお、俳人で古典学者でもあった岡西惟中が著した『清少納言旁註』（一六八一年）は、磐斎の影響が強いとされている。ただし、惟中は、磐斎の師であった松永貞徳の「貞門俳諧」と対立する、「談林俳諧」の西山宗因の弟子である。

＊北村季吟の『春曙抄』

加藤磐斎の『清少納言枕双紙抄』と同じ年に成立した北村季吟の『春曙抄』は、磐斎と同じように、「能因本」と呼ばれる系統の『枕草子』の本文を採用している。現代では、『枕草子』と言えば「三巻本」と呼ばれる系統の本文が主流となったが、それは昭和も戦後になってからで、『枕草子』は昭和の戦前まで、「能因本」と呼ばれる本文で読まれ続け、読者に感動と共感を与えてきたのである。

『春曙抄』がどれほど愛読されたかは、俳句（俳諧）や短歌に、その書名が詠まれていることからもわかる。蕪村の俳句では、春風が吹いて、女性の着物の裾の褄が翻ったという軽やかな情景を詠みかけておいて、実は、『春曙抄』の頁の端が春風に吹かれて捲れた、というのである。晶子の短歌は、一冊ずつは薄い版本を重ねて、うたたねの枕としたという情景が、『春曙抄』と『伊勢物語』の書名を出すことで、華やかな王朝時代を彷彿させる。

春風のつまかへしたり春曙抄　　与謝蕪村

春曙抄に伊勢を重ねてかさたらぬ枕はやがてくづれけるかな　　与謝野晶子

これほど読まれた『春曙抄』とは、どのような注釈書だったのだろうか。章末に挙げた拙稿「『枕草子春曙抄』の注釈態度と、その影響力」で述べたことであるが、ここで略述してみよう。

まず、『枕草子』の宮廷章段に対しては各種の有職故実書によって注釈し、歌枕については、順徳院がまとめた歌学書『八雲御抄』によることが多いことなどから、信頼の置ける先行研究書を十分に活用して注釈を付ける姿勢が見られる。また、「憎き物」の段に対する注釈では、「この一段、清少の筆にまかせたる遊びながら、自他の心づかひになるべき事おほし。心つけて見るべし」と書いている。すなわち、『枕草子』における清少納言の自由で率直な書き方に注目する一方で、教訓的な側面も引き出す読み方が示されている。このことから、季吟が清少納言の物の見方や考え方に共感し、それを読者に伝えるものとして、注釈書を執筆している側面が読み取れるように思う。

『春曙抄』は、簡潔平易で、しかも読者たちを十分に意識した注釈を施すことによって、『枕草子』の世界を誰もが理解できるものとした。『春曙抄』が、読み継がれてきたゆえんであろう。

＊なぜ本居宣長は、『枕草子』の注釈書を書かなかったのか

江戸時代後期の国学者本居宣長は、『枕草子』の注釈書を著さなかった。けれども、宣長が『枕草子』を読んでいた事実は、彼の紀行文『菅笠日記』（一七七二年）で、大和国の「初瀬」（長谷寺）に関して、「昔、清少納言が詣でし時も」と言及していることからも明らかである。宣長は、北村季吟の『湖月抄』に対しては、強い対抗心を燃やし、それを乗り越えようと全力で戦い、名著『玉の小櫛』を著した。宣長の対抗心は、季吟一人ではなく、『湖月抄』に流れ込んだ「古今伝授」の学統の全体に向けられていたからであろう。

『春曙抄』にも、季吟が『源氏物語』の注釈書の記述を援用する姿勢は顕著である。だが、『春曙抄』が古今伝授の学統の総決算であるという印象は与えない。だから、宣長は『枕草子』を読むだけで、『春曙抄』に反発することはなく、自分なりの主題解釈を打ち出す必要性も感じなかったのではないだろうか。心の赴くままに多彩な内容を散文で書き綴った『枕草子』には、宣長が「もののあはれ」で説いたような、「既成の価値観への反逆」というドラマ性に乏しいと感じたのかもしれない。

宣長は『源氏物語』に倣った文体と内容で、『手枕』などの擬古文を書くことができたが、宣長が書いた散文集の『玉勝間』は、読後感がまことに学術的で、文学精神が横溢する『枕草子』との類縁性は薄い。『枕草子』に生き生きと描写されている人間像や、清少納言自身の率直に流露する真情や美意識は、宣長に限らず、後世の文学者たちが散文を書き綴る際の手本とはならなかったのが、不思議と言えば不思議である。

＊『枕草子』の近現代

ただし、近代の扉が開かれた時、文学の世界では和歌から散文へという大きな変化が起こっていた。その流れの中で、散文で書かれた『枕草子』や『方丈記』の真価が、ようやく明らかになってくる。かくて、和歌でもなく、物語でもない、散文の作品として「日本三大随筆」という括り方が成立したのではないだろうか。

近代の『枕草子』の注釈書としては、金子元臣の『枕草子評釈』（一九二一年、上巻刊行）が名高い。「金子評釈」の底本は『春曙抄』の本文である。注釈が詳細であるだけでなく、口語訳も付いていることは、画期的だった。アーサー・ウエーリによる『枕草子』の英語訳も、「金子評釈」を参看書として挙げている。このように、近代になると翻訳の際に、信頼できる注釈書の存在が必須となった。つまり、注釈書が、日本の古典文学を世界文学へと飛翔させる翼だったのである。この点に留意したい。

昨今、日本発の「カワイイ」文化が世界に発信されて、受け容れられている。この「カワイイ」文化の源流にあるのが、『枕草子』の「愛しき物」である。なぜなら、「愛し」すなわち、「カワイイ」に価値を置くという発想自体の原点が、「愛しき物」の段に、「何も何も、小さき物はいと愛し」と、明確に書かれているからである。日本文学史において、『枕草子』の価値は、長い間、それほど注目されてこなかった。けれども現代に至って、『枕草子』の真価が十全に理解される時代が到来した。

『枕草子』の成立時期を思えば、注釈研究が活発化したのは遅かったが、江戸時代以来の注釈書の蓄積があって、人々に読み継がれてきたことが重要であり、そのことなくしては、現代社会の価値観の一端に、『枕草子』の存在が連なることもありえなかった。先に触れた外国語への翻訳の基盤として機能したことも含めて、『枕草子』の注釈史は、まことにドラマティックな様相を帯びている。

3.『方丈記』の研究史

＊明暦の大火と二つの注釈書

『方丈記』には、数々の災害が描かれている。そのうちの「安元の大火」や「福原遷都」の記述は、『平家物語』にも引用されている。また、一四六七年から始まった「応仁の乱」による都の混乱と荒廃ぶりを、当時の連歌師たちは『方丈記』を引用しながら書き記している。ところが、この応仁の乱の時代に、『源氏物語』の優れた注釈書が次々と生み出されたことと対照的に、この時期には『方丈記』の注釈書は書かれなかった。

『方丈記』の注釈書が初めて書かれたのは、明暦四年（一六五八）である。『首書方丈記』（山岡元隣）と『方丈記訵説』（大和田気求）の二書が、この年に相次いで刊行された。戦後の『方丈記』研究を主導してきた簗瀬一雄は、死者十万人を数えたと伝えられる「明暦の大火」が、明暦三年に起きたことと、その翌年に二種の『方丈記』の注釈書が出現していることに注意を喚起している。災害記述に前半を割いている『方丈記』に、人々が注目した可能性はありうるだろう。

山岡元隣は、北村季吟に師事し、『徒然草鉄槌増補』という注釈書も残している。大和田気求には、『徒然草古今抄』という注釈書もある。最初の『方丈記』の注釈書の著者たちが、『徒然草』の注釈書とも深く関わっていたことは興味を引く。

『方丈記』は、「住まい」というテーマ性が顕著であるのに対して、『徒然草』は、テーマを限定しないで、何でも心に浮かんだことを書き綴ってゆくという「筆の遊び」である。対照的なスタイルであるにもかかわらず、和歌でも物語でもない「散文」としての共通性があり、そのことが江戸時代前期になって、人々に意識されるようになったのだろう。

『首書方丈記』で、「朝に死し、夕べに生まるる習ひ」という本文に、「長明は、此の語によりて、世の中の無常を観じたり」と、山岡元隣は注釈を付けている。この時、彼の脳裏には、『徒然草』第七段の、「蜻蛉の、夕べを待ち、夏の蟬の、春・秋を知らぬもあるぞかし」という箇所も響き合っていたことだろう。

また、『方丈記』の「仮の宿り」という本文に関して、山岡元隣は、李白の「夫、天地者万物之逆旅、光陰者百代之過客」という漢文を引用しているが、この注釈部分は、松尾芭蕉の『おくの細道』の有名な冒頭文、「月日は百代の過客にして、行き交ふ年もまた旅人なり」に影響を与えた可能性が大きいのではないかと、私は思う。

大和田気求の『方丈記諺説』は、『源氏物語』『枕草子』『徒然草』、さらには『平家物語』や説話集、漢籍、仏典を幅広く引用しながら、『方丈記』で用いられた言葉の典拠や、『方丈記』の思想的背景を突き止めようとしている。

なお、江戸時代の『方丈記』は、現在、主流となっている「大福光寺本」ではなく、「流布本」という系統で読まれている。「大福光寺本」が紹介されたのは、大正時代の末年である。

＊加藤磐斎の『長明方丈記抄』

『枕草子』の注釈活動の先鞭をつけた加藤磐斎は、『長明方丈記抄』（一六七四年）を著した。磐斎は、書名を『方丈記』ではなく、『長明方丈記』が正しい書名だったという立場から、その注釈書（＝「抄」）を『長明方丈記抄』と名付けた。磐斎が作者名を冠する姿勢は、同年刊行の『清少納言枕双紙抄』でも同じである。ちなみに、この延宝二年（一六七四）は、先に触れた季吟の『春曙抄』も刊行されており、注釈書が多く結実した年であった。

磐斎は、『方丈記』の全体を四つに分けて、その論理構成を説明している。「諸法は空なり」というテーマを設定するのは、彼が『枕草子』のテーマとして「教戒」を読み取っていることとも関連するのだろう。

また、長明の論理構成が、『源氏物語』の帚木巻の「雨夜の品定め」で見られた「三周の説法」と同じだとする箇所は、『源氏物語』の注釈書である一条兼良の『花鳥余情』の説を『方丈記』に応用したものである。抽象的な真理である「法理」、わかりやすい「比喩（譬喩）」、さらには個々人に関連する「因縁」という順序で、真理を説くのが、「三周の説法」である。これは、『法華経』で用いられた論理構成である。

だが、磐斎は、『源氏物語』の研究史を、ただ『方丈記』に当てはめているのではないだろう。私には、『源氏物語』と同じように『方丈記』を読んだのが『長明方丈記抄』ではなくて、『方丈記』のように『源氏物語』は読めるのだということを示したのが、『長明方丈記抄』であるように思われる。磐斎に『源氏物語』の注釈書がないことは惜しまれる。

＊『方丈記諺解』の注釈態度

「諺解」とは、第二章でも触れたように、わかりやすく解説するという意味である。「摂陽散人」の『方丈記諺解』（一六九四）という書名は、南部草壽の『徒然草諺解』（一六六九年）を意識したものだろうか。そうだとすれば、ここでも『徒然草』と『方丈記』の研究が、連動していることになる。

『方丈記諺解』については、章末に掲げた拙稿「『方丈記諺解』の注釈態度」を略述しながら、この注釈書の特徴を紹介したい。

『方丈記諺解』は、上下二巻二冊からなる『方丈記』の注釈書である。上巻の末尾に「鴨長明方丈記諺解　巻世間終」、下巻の末尾に「鴨長明方丈記諺解　巻出世終」とある。すなわち、鴨長明が出家する以前を「世間」、出家後を「出世」として二分割しており、『方丈記』の全体像の把握が示されている。元禄七年二月の刊行である。

紙面構成は、『首書方丈記』や『方丈記諷説』のような頭注形式を採らず、『方丈記』の本文を大きな字で書き、その右横に細字で傍注を書き込む。たとえば、「よどみにうかふうたかたは。」の部分には、最初の「よ」の字の頭部から右に極細の直線を引き、細字で「淀水のたまりをいふ」と、語釈を書き込む。「うかふ」（うかぶ）の字頭から右に線を引き、「浮」という漢字を示す。それに続く「うたかたは」には、「泡の枕言葉也」という説明が入る。「かつきえかつむすひて」には、「且」「消」「且」「結」の漢字を横に宛（あ）て、意味を理解しやすくし、それに続く本文の「ひさしくとまる事なし」の字頭「ひ」の横に「其泡（そのあわ）」という漢字があるのは、文脈の流れの中に、「其泡（そのあわ）」という言葉を主語として補うと意味がわかりやすくなることを示す。

このように、本文の横に傍注が入っているので、言葉の意味と文脈の内容が同時に目に入ってくる。一般の読者にとって、詳細に過ぎず、必要十分なわかりやすい注釈態度が取られている。

また、解説文では、この注釈書を読む同時代の読者層を強く意識した書き方がなされている。すなわち、『方丈記』の大火事の記述の中で、どんなに立派な邸宅でも焼失してしまうのだから、立派な家を建てようと齷齪するのは愚かしいと書かれている部分に対して、解説文は、「ふらふらと、瓢の垣になり次第。とかく憂き世は、軽く住みてこそ、物のさはりも、歎きも、少なからめ。賢こ顔に、巧みなせる業は、何事も、土仏の水なぶり。時ありて、必ず滅す」と、かなり砕けた書き方である。書き出しの部分は、まるで川柳か狂歌のような軽妙な表現であり、執着心を持たずに生きるのがよい。賢げにいろいろ巧んで生きてゆくのは空しい。土の仏が、水遊びをすれば、いっぺんに溶けて消滅してしまうようなものだと書いて、ユーモアにくるんで人生観を述べている。

『方丈記諺解』は、語釈については最初の注釈書である山岡元隣の『首書方丈記』を大いに活用している。けれども、『方丈記諺解』は頭注形式を採らずに、本文を短く区切って、その一区切りごとに解説を書いたので、かなり自由に自分の考えを述べることができた。なぜなら、頭注形式では本文の上部の限られたスペースに書かなくてはならず、難語の説明を短く書き記すことはできても、ある程度まとまった分量の文脈に即して、論述することは困難だったからである。

もっとも、『方丈記諺解』のような一区切りずつの解説スタイルは、加藤磐斎の『長明方丈記抄』でも取られていた。けれども、磐斎の場合は、資料を数多く掲載する学術的なスタイルであって、『方丈記諺解』のように自分の考えを自由に開陳するためではなかった。このような観点から言えば、『方丈記諺解』の著者名は不明とは言え、学者的な人物であるよりも、文筆的な人物と推測されるのである。

＊『方丈記流水抄』と『方丈記宜春抄』

『方丈記流水抄』（一七一九年）は、槇島昭武の著した注釈書である。これまで紹介してきた『方丈記』の刊行された（版本として出版された）注釈書群の最後に位置づけられる。槇島昭武は、有職故実や軍学にも詳しかった。彼の『方丈記流水抄』は、五つの注釈書の中で、最も分量が多い。槇島は、冒頭で、本書が他の注釈書と異なっている点として、「本拠」（＝言葉の典拠・出典）の指摘にとどまらず、「文意の深切」（文章に込められた創作心理）を読み解いたことだ、と述べている。

どういう点に、それが表れているのだろうか。『方丈記』では、閑居の喜びを書き記す部分に、「生涯の望みは、折々の美景に残れり」とある。自分の人生の望みは、閑居の日々の折々に眺めた美しい自然の中に残っている、という意味である。この文章を深く読み込んだ槇島は、『徒然草』第二十段の、「某とかや言ひし世捨人の、『この世の絆、持たらぬ身に、唯、空の名残のみぞ惜しき』と言ひしこそ、真に、然も覚えぬべけれ」という文章との交響を読み取った。そして、兼好が「某とかや言ひし世捨人」と書いたのは、ほかならぬ鴨長明を指しているのだ、と説く。この説の当否は、しばらく措くとしても、このような自分自身の読みの可能性を探究したのが、『方丈記流水抄』なのである。いわば『方丈記流水抄』は、『方丈記諺解』の自由な書き方をさらに一歩進めたとも言えよう。

簗瀬一雄は、『方丈記』の注釈書を網羅した『方丈記諸注集成』の最後に、刊行されずに写本として残っている注釈書として、『方丈記宜春抄』を翻刻・紹介している。一六八一年に初稿が書かれ、一六九六年に完稿したもので、著者は仁木宜春である。加藤磐斎が、仏教に力点を置いて『方丈記』を「思想読み」したのに対して、宜春は儒教を根本において『方丈記』を読んでいるという違いが見られる。

＊『方丈記』の近現代

夏目漱石は、東京帝国大学の学生時代に、外国人教師ディクソンの要請で、『方丈記』を英語に訳している。この体験が、たとえば『草枕』などに影響を及ぼしたことは確かだろう。世間との軋轢を離れて、人生いかに生きるべきかという、自分自身の生き方を模索する、名前を持たない『草枕』の主人公（画工）は、世間の人々の価値観に違和感を感じ、五大災厄の体験を経て、方丈の庵で理想の生活を実現する『方丈記』の世界と、どこか通底するように思われる。

漱石の弟子である芥川龍之介は、関東大震災の後の復興をルポした『本所両国』で、『方丈記』に言及して、もうすでにここにみんな書かれている、という感慨を深くした。同じく漱石の弟子である内田百閒は、東京大空襲後の、たった二畳の住まいでの生活を、『新方丈記』に描いた。芥川龍之介も内田百閒も、『方丈記』前半に書かれている「五大災厄」を実感している。もう一人、東京大空襲の体験と『方丈記』を結びつけた文学者に、『方丈記私記』を著した堀田善衞がいる。関東大震災の災禍と太平洋戦争の戦火が、『方丈記』前半のリアルな災害描写と重なり、新たな文学作品を生み出した。

その一方で、『方丈記』後半の閑居記もまた、江戸時代以来、さまざまな文学作品を生み出している。『方丈記』をどう読むか。それは時代と、そこに生きる一人一人の人間の心の響き合いによって、さまざまな読み方が可能であろう。そのような可能性を秘めた作品が、「古典」となって読み継がれてゆく。『方丈記』に関して言うならば、注釈研究の開始時期は、江戸時代になってからだったので、遅い始まりだった。そして、最初は仏教的な観点からの作品理解があったが、次第に「災害と人間」という観点に比重が置かれてきたのが、近代だった。すなわち、近代になると

『方丈記』は注釈研究の対象としては勿論のことだが、「この生きがたい時代を、どう生きるか」という切実な問題を巡る思索の中で、少なからぬ文学者たちによって『方丈記』が読み込まれてきたこと。その重要性にも着眼したいと思う。読み継がれてきた作品は、その成立が何百年前であっても、そのまま「現代文学」である、という文学史の真実を、顕著に示すのが『方丈記』である。

《引用本文と、主な参考文献》

・『枕草子』上・下（島内裕子校訂・訳、ちくま学芸文庫、二〇一七年）
・『清少納言枕双紙抄』（加藤磐斎古注釈集成2、有吉保編修・杉山重行解説、新典社、一九八五年）
・島内裕子「『枕草子春曙抄』の注釈態度と、その影響力」（『放送大学研究年報』第三十四号、二〇一六年）
・『枕草子　徒然草』（増補国語国文学研究史大成6、斎藤清衛・岸上慎二・冨倉徳次郎編著、三省堂、一九七七年）
・本居宣長『菅笠日記』（新日本古典文学大系『近世歌文集』下、岩波書店、一九九七年）
・本居宣長『玉勝間』（上下、岩波文庫、一九三四年）
・金子元臣『枕草子評釈』（大正十年上巻・大正十三年下巻、大正十四年訂正合本、昭和十四年改正版、昭和二十七年増訂版、明治書院）
「金子評釈」が上下二巻本から合本へ、さらに改正から増訂へと進化してきたことを示すために、各版の出版年を元号で入れた。三十年以上の長期にわたり、『枕草子』の注釈書として、読み継がれてきたことがわかる。
・簗瀬一雄編『方丈記諸注集成』（豊島書房、一九六九年）
ここには、本章で取り上げた、『首書方丈記』『方丈記諺説』『長明方丈記抄』『方丈記諺解』『方丈記流水抄』『方丈記宜春抄』の六種が翻刻されている。
・簗瀬一雄『方丈記全注釈』（角川書店、一九七一年）
・島内裕子「『方丈記諺解』の注釈態度」（『放送大学研究年報』第三十五号、二〇一七年）
この拙稿では、『方丈記諺解』以前の三種の注釈書（『首書方丈記』『方丈記諺説』『長明方丈記抄』）についても概観し、それらと比較しながら『方丈記諺解』の特徴を論じた。

・島内裕子「alone in this world ――若き日の漱石と『方丈記』」（第二次刊行『漱石全集』第二十六巻月報、二〇〇四年五月、岩波書店。『私の漱石――『漱石全集』月報精選』軽装版所収、岩波書店、二〇一八年）

・島内裕子「in this unreal world ――内田百閒『新方丈記』の位相」（文藝別冊『内田百閒』、河出書房新社、二〇〇三年）

・堀田善衞『方丈記私記』（ちくま文庫、一九八八年）

・島内裕子「堀田善衞『方丈記私記』の圏域」（『放送大学研究年報』第二十六号、二〇〇八年）

・島内裕子『方丈記と住まいの文学』（放送大学叢書、左右社、二〇一六年）

《発展学習の手引き》

・近現代の文学者たちは、みずからの問題意識を織り交ぜながら、『枕草子』や『方丈記』を論じているので、それらを、近代以前の研究史と読み比べてみると、作品の読み方が、時代によってどのように変化しているかを、垣間見られる。たとえば、白洲正子（しらすまさこ）の評論「清少納言」（『芸術新潮』一九九九年十二月号）や、中野孝次『すらすら読める方丈記』（講談社文庫、島内裕子解説、二〇一二年）などは、これらの古典文学と著者たちの個性が、生き生きと響映して、読み応え（ごた）がある。

10 『万葉集』の研究史

《目標・ポイント》『万葉集』は奈良時代に成立し、万葉仮名の解読作業は平安時代から始まっていたが、研究が本格化したのは、契沖を源流とする江戸時代中期の国学の成立以降だった。そして、近代以降では、『古今和歌集』の影響力を凌いでいった。その背景を、文学史的に考察する。
《キーワード》『万葉集』、『古今和歌集』仮名序、仙覚、契沖、賀茂真淵、正岡子規

1．『万葉集』の成立

＊概要

奈良時代に成立した『万葉集』は、現存する中では我が国で最古の歌集である。長い時間をかけて編纂されたと考えられるが、現在の形態として完成させたのは大伴家持（おおとものやかもち）（七一七?～七八五）だと考えられている。桓武（かんむ）天皇が平城京に替わる長岡京を造営したのが、家持の没する前年の七八四年であるから、奈良時代から平安時代への変動期に、『万葉集』は成立したことになる。

収録歌数は、約四千五百首。「五七五七七」の短歌形式だけでなく、「五七」を何回も繰り返して最後を「七七」で結ぶ長歌形式も多数含まれる。

＊万葉仮名の訓みにくさ

『万葉集』の最大の特徴は、「万葉仮名」で表記されていることである。平仮名と片仮名の発明は平安時代のことだったので、奈良時代には「漢字」だけで、大和言葉で詠まれた和歌を書き記すしか方法がなかった。だから、表記された漢字から、元の「大和言葉」を復元する試みは、難航を極める。この作業を、「訓読」と言う。

たとえば、現在では、「ひむがしののにかぎろひのたつみえてかへりみすればつきかたぶきぬ」（二句目は「のにはかぎろひ」とも）と訓まれる柿本人麻呂（「人麿」とも、中世では「人丸」とも）の歌は、次のような万葉仮名で表記されている。

東野炎立所見而反見為者月西渡

この漢字表記は、たとえば、「あづまのの（あづまのに）けぶりのたてるところみてかへりみすればつきかたぶきぬ」とも、訓みうる。「東」という漢字一字で「ひむがしの」と訓むか、「東野」の漢字二字を「あづまのの」「あづまのに」と訓むか。また、「炎」という漢字を、「かぎろひ」と訓むか、「けぶり」と訓むか。『万葉集』に収められた、すべての万葉仮名を視野に納めたうえでの訓読作業が必要となる。

ここに、『万葉集』の解読が困難である最大の理由がある。そして、『万葉集』が、後の時代に及ぼした影響力が限定されてしまった理由も、ここにある。

2．『古今和歌集』の仮名序の影響力

＊人麻呂と赤人

『万葉集』への言及は、紀貫之が書いた『古今和歌集』の仮名序にも見られる。それによると、『万葉集』は「ならの帝（みかど）」の命（めい）で撰ばれたもので、勅撰和歌集の性格を帯びている、と言う。この「ならの帝」は「平城天皇（へいぜい）」（在位八〇六～八〇九）と取るのが、現在では有力である。平城天皇の勅撰を、「柿本人麻呂」と「山部赤人」の二人が協力した、ともされている。人麻呂は、「歌の聖（ひじり）」とまで称えられている。平城天皇は、長岡京の次に平安京を定めた桓武天皇の子で、都を再び奈良に戻そうとして失敗した。即位したのは平安時代に入っていた。在原業平（ありわらのなりひら）の祖父としても知られる。

ただし、江戸時代に広く読まれた北村季吟の『八代集抄』では、「ならの帝」に関して、奈良時代の天皇は何人かいるが、藤原公任（きんとう）や藤原定家の解釈を参考にして、「文武天皇（もんむ）」を指すと述べている。けれども、季吟は、『万葉集』が完成したのは、平城天皇の御代（みよ）であることには疑いがない、とも述べている。

＊六義園の人麻呂と赤人

北村季吟が受け継いだ「古今伝授」の教えは、柳沢吉保（やなぎさわよしやす）へと伝えられ、江戸の駒込（こまごめ）に造営された六義園（りくぎえん）の基本設計にも取り入れられた。『六義園記』には、庭園の中に設けられた八十八の名所（「八十八境（はちじゅうはっきょう）」）の由来が書かれているが、門を入ってすぐの「見山石」（けんさんせき・やまみるいし）という名所は、柿本人麻呂（人丸）が、この石に座って庭園の中央に作られている妹背山（いもせやま）を眺めている、という見立てである。また、「覧古石（らんこせき）」という名所は、『万葉集』のシンボルである「楢（なら）の

木」の近くにあり（「楢」と「奈良」を掛詞にしている）、『万葉集』が編纂された「ならの帝」の昔を偲ぶ場所であるとされる。

そして、庭園の中央は大きな池があり、池の中の島には、山部赤人(やまべのあかひと)が「和歌の浦に潮満(しほみ)ち来(く)れば潟(かた)を無(な)み蘆辺(あしべ)を指(さ)して鶴(たづ)鳴き渡る」という歌を詠んだことに因(ちな)んで、「詠和歌石(えいかせき)」「片男波(かたおなみ)」「蘆辺(あしべ)」などの名所が設けられている。

紀州の和歌の浦に鎮座する「玉津島神社(たまつしま)」は、和歌の女神である「玉津島姫(たまつしまひめ)＝衣通姫(そとおりひめ)」を祀(まつ)っている。六義園で、池の中の島を巡る水の流れは、「紀」貫之の名前を含んでいる「紀の川」が、『万葉集』で愛された土地である吉野を源流として、和歌の浦の近くで海に注ぐまでを表しており、それがそのまま『万葉集』から『古今和歌集』、さらには『新古今和歌集』へという和歌の悠久の歴史を表している。

このように、『万葉集』は『古今和歌集』の仮名序を媒介とすることで、「古今伝授」を重視する日本文化の「源流」として尊重されてきた、と結論づけられるだろう。

なお、中世における『古今和歌集』の古注釈書の一つ『玉伝深秘巻(ぎょくでんしんぴのまき)』などでは、人麻呂と赤人が同一人物であるとする説まで提出された。『古今和歌集』の仮名序で、「人麻呂(ひとまろ)は、赤人(あかひと)が上(かみ)に立たむ事難(ことかた)く、赤人は、人麻呂が下(しも)に立たむ事難(ことかた)くなむありける」と書かれているのは、二人が実際には同一人物だったからだ、というのである。人麻呂が天皇の后と過(あやま)ちを犯して東国へ流され、都に戻ってくる際に「赤人」と改名した、というのである。これは、『伊勢物語』に書かれている在原業平の「東下り」が、二条の后との過ちゆえとする解釈とも深く関わっている。

＊人麻呂影供

中世や近世において、『万葉集』を代表する「歌の聖＝歌聖」とされた柿本人麻呂は「人丸」とも表記された。「いい景色人丸今に筆を持ち」という江戸時代の川柳がある。有名な歌人を描いた肖像画を「歌仙絵」と言うが、柿本人麻呂の絵や彫刻は、手に筆を持っていることが多い。「ほのぼのとは年若にてよめぬとこ」という川柳は、描かれる人麻呂が長い髭を伸ばした老人の姿であることを面白がっている。この川柳に、「ほのぼのと」とあるのは、『古今和歌集』の仮名序で人麻呂の代表歌とされた、次の歌を指している。

ほのぼのと明石の浦の朝霧に島隠れ行く舟をしぞ思ふ

この歌は『古今和歌集』の仮名序では、人麻呂の歌とされているが、同じ『古今和歌集』の巻九（羇旅）では、作者名が「読み人知らず」で、左注には、「この歌は、或る人の曰く、柿本人麻呂がなり」とある。人麻呂の肖像画には、この和歌が描き添えられていることが多い。

一一一八年、藤原顕季は、人麻呂の肖像画を掲げ、人麻呂に和歌を献じることで、歌道の隆盛を図ろうとした。これを、「人麻呂影供」という。これによって、人麻呂は「歌の聖」から「歌の神」へと昇格した。「和歌三神」（ワカサンジンとも）には、「住吉明神・玉津島明神・柿本人麻呂」や「柿本人麻呂・山部赤人・衣通姫」などの組み合わせがあるが、いずれにしても柿本人麻呂が含まれている。

なお、「ほのぼのと」の歌は、江戸時代には早起きの「おまじない」としても使われた。翌朝、早く起きねばならない時には、寝る前に「ほのぼのと明石の浦の朝霧に」という「上の句」を唱えればよいと言う。そして、早起きできたら、「下の句」を唱えるのだと言う。川柳に、「人麻呂は枕時計を世に残し」、「重宝なものを明石で詠ぜられ」とあるのは、このことを詠んでいる。

＊「三十六人集」と万葉歌

藤原公任の『三十六人撰』に撰ばれた歌人を、「三十六歌仙」と言う。それぞれの家集を集めたものが、「三十六人集」（「三十六人家集」）である。「三十六人集」の中には、『万葉集』の歌人である柿本人麻呂・山部赤人・大伴家持の家集があり、広く読まれた。

ただし、それらは、『万葉集』の訓読の結果ではなく、伝承歌として掲載された歌が多い。たとえば、『新古今和歌集』には、「赤人」の歌として、「ももしきの大宮人は暇あれや桜かざして今日も暮らしつ」とある。「三十六人集」の『赤人集』（西本願寺本）では、第四句が「梅をかざしみ」とある。『和漢朗詠集』では、『新古今和歌集』と同じ本文である。『古今和歌六帖』では、下の句が「梅を（「さくら」と傍記）かざしてここに集へる」となっている。そもそも『万葉集』では、「作者未詳」の歌であり、「梅をかざしてここに集へる」という本文である。

ちなみに、『源氏物語』須磨巻には、光源氏が須磨の地で、都のことを懐かしむ場面がある。

いつとなく大宮人の恋しきに桜かざしし今日も来にけり

この歌は「梅」ではなくて「桜」なので、『万葉集』経由でないことが明らかである。『源氏物語』の古注釈書のほとんどが、「桜かざして」の和歌が踏まえられていることを指摘している。なおかつ、光源氏が懐古しているのは、花宴巻で、頭中将と二人で、宮中の桜の花の下で舞を披露した思い出である。紫式部は、『万葉集』ではなく、「桜かざして」の歌で、花宴巻と須磨巻の二つの巻を構想している。

＊『源氏物語』の万葉歌

『万葉集』に収録されている歌が、直接に『源氏物語』などの王朝文学に影響を与えた可能性は低いと思われる。『源氏物語』の空蝉巻に、「夕闇の道たどたどしげなる紛れに」という表現がある。『源氏物語』の古注釈書の多くは、『古今和歌六帖』の歌の影響を指摘している。『古今和歌六帖』は、『源氏物語』以前に成立した私撰集である。

　夕闇は道たどたどし月待ちて帰れ我が背子その間にも見む

この歌の原歌は『万葉集』にあり、「夕闇は道たづたづし月待ちて行ませ我が背子その間にも見む」である。紫式部は、ここでも『万葉集』から直接ではなく、『古今和歌六帖』経由で、古歌を引用している。

ちなみに、『万葉集』が広く読まれるようになると、たとえば現代の松本清張の短編『たづたづし』のように、直接に万葉歌から構想を得た小説が書かれるようになる。近代まで時代を進めなくとも、十二世紀初頭の歌論書『俊頼髄脳』には、「夕されば道たづたづし月待てば帰れ我が背子その間にも見む」とあるし、万葉調の歌人として正岡子規が絶賛した源実朝の『金槐和歌集』にも、「夕闇のたづたづしきに時鳥声うらがなし道や惑へる」という歌がある。

ただし、実朝に和歌を指導した藤原定家は、自らが撰者を務めた『新勅撰和歌集』に、「夕されば道たどたどし月待ちて帰れ我が背子その間にも見む」という本文で採用している。『源氏物語』の影響が強ければ、「たどたどし」になるのだろうか。

3．訓読の始まりから北村季吟まで

＊梨壺の五人

『万葉集』の訓読は、平安時代の初期から試みられていた。特に有名なのは、「梨壺の五人」と呼ばれる人々である。天暦五年（九五一）、村上天皇に命じられた五人の歌人たちは、二番目の勅撰和歌集である『後撰和歌集』を撰び、また、『万葉集』の解読作業も行った。この時、和歌所が置かれていたのが昭陽舎（梨壺）だったので、彼らを「梨壺の五人」と呼び慣わしている。

大中臣能宣・源順・清原元輔・坂上望城・紀時文の五人である。源順は、『うつほ物語』や『竹取物語』の作者とする説もあるほどの知識人である。清原元輔は、『枕草子』を書いた清少納言の父。紀時文は、紀貫之の子である。このような最高の知識人たちが、『万葉集』に挑んだ。

この時に、彼らが訓点を施したものを「古点」と言う。その後、鎌倉時代に仙覚が訓点を施すまでの間に試みられたのが「次点」である。そして、仙覚が施したのが「新点」である。

残念なことに、梨壺の五人が試みた古点を伝える写本は、現存しない。なお、『万葉集』の全巻が揃った最古の写本は、「西本願寺本万葉集」であるが、その中に、部分的に古点の訓みを伝えるものがある。次点を伝えるものには「桂本万葉集」があり、現存する最古の『万葉集』の写本であるが、『万葉集』の全巻が揃った完本ではない。

＊仙覚の『万葉集註釈』

『万葉集』の訓読は、仙覚の「新点」をもって新しい段階に入った。仙覚（一二〇三〜一二七二以降?）は、鎌倉時代前期の学僧で、常陸国の生まれ。武蔵国の比企郡（現在の埼玉県小川町）で、『万葉集』の研究に励んだという。その成果は、『万葉集註釈』（一二六九年）に結実した。

仙覚は、自らの『万葉集』研究の成果を後嵯峨上皇に献上している。後嵯峨上皇は、鎌倉幕府将軍として和歌に情熱を注いだことで知られる宗尊親王の父親である。

『万葉集註釈』は、「古点」を参照しながら、自らの研究成果を加味している。具体例を挙げておこう。額田王の「熟田津尓船乗世武登月待者潮毛可奈比沼今者許芸乞菜」に関して、仙覚は、「古点では『熟田津』を『ムマタツ』とか『ナリタツ』などと訓んでいるが、『ニギタツ』が正しい。なぜなら、『ニギタツ』は渡海の安穏を祈るという意味が付加されているからである。『ニギ』には、祈禱をして、神慮を和らげるという意味がある」と、述べている。ちなみに、神話には、「ニギハヤヒノミコト」が登場する。それとも、動詞の「禰ぐ」と「にぎ」とを関連づけて解釈しているのだろうか。

また、本章の冒頭で、万葉仮名の例として挙げた柿本人麻呂の「東野炎立所見而」を、「アヅマノ、ケブリノタテルトコロミテ」と訓んだうえで、「東野」は本来「東国の野」を意味しているので、大和の国の「安騎の野」で詠まれた歌に「東国の野」を意味する「東野」という言葉が使われているのは不自然であるが、「都にてあらざる、鄙しき野」である、という意味で用いたのだろうか、と推論している。

＊北村季吟の『万葉拾穂抄』

江戸時代前期から中期にかけて、『源氏物語』『古今和歌集』『伊勢物語』などの王朝文学の「旧注」を集大成した北村季吟は、『万葉集』の注釈書も残している。彼の『万葉拾穂抄』（一六八六年）は、最古の『万葉集』全釈であるとされる。

額田王の「熟田津」の歌に関しては、「なりたつにふなのりせんと月まてばしほもかなひぬいまはこぎこな」と訓んでいる。その上で、仙覚と、六条家の顕昭の『袖中抄』は「にきたつ」と訓んでいる、と傍記している。季吟は、『源氏物語』研究では、藤原定家以来の研究史を網羅しているが、『万葉集』研究に際しては、仙覚の研究成果と、『袖中抄』『八雲御抄』などの歌学書で万葉歌を論じた箇所を網羅して、自らの『万葉拾穂抄』を書き綴っている。季吟はさまざまな説を紹介したうえで、下の句の意味を、「月の出潮を待ち得て、よく成りたれば、今は漕ぎ行かんとの心なるべし」という、自分自身の考察を書き記している。「来」と「行く」は同じ意味である。『袖中抄』には「漕げ来な」とも訓んでいるが、それだと「今は漕げ」と、舟子たちに命じていることになる、とも述べている。

人麻呂の歌については、「あづまの、けぶりのたてるところみてかへり見すれば月かたぶきぬ」と訓んでいる。今川了俊の歌学書『言塵集』の説を引きつつ、「あづま野」は大和の国の吉野の安騎野の中にある名所である、と述べている。また、宗祇の説を引きつつ、「あづま野」は、吉野にあり、現在は「あづま坂」と言っている、とも注釈している。また、「けぶりのたてる」とは、春野を焼く煙のことだろうと、とする。

季吟は、加えて、この人麻呂の歌を本歌取りした和歌を一首、紹介している。十一番目の勅撰和歌集である『続古今和歌集』に撰ばれた歌である。

野外月といふことを　　法印実伊
雲こそは空に無からめあづまののけぶりも見えぬ夜半の月かな

なお、十四番目の勅撰和歌集である『玉葉和歌集』には、「人麻呂」の作として、「あづまののけぶりのたてる所みてかへりみすれば月かたぶきぬ」という歌そのものが、入集している。季吟の本歌取りの指摘に導かれて、さらに本歌取りを捜してみよう。中世を代表する歌人として知られる正徹に、この歌の本歌取りが、少なくとも四首存在する。

うち靡く繁みぞ高き東野の草や夕べの煙なるらむ
憂き名立つ身をあづまのの煙にて又かへりみぬ後朝の月
宿訪はむしるべやそれとあづま野のけぶりを見れば松風ぞ吹く
かへり見る煙の末もあづまのの草葉にかかる露の下道

江戸時代に入っても、この歌の本歌取りが試みられている。下河辺長流編の『林葉累塵集』（一六七〇年）には、「あづま野の煙も霧も空晴れてかたぶく月に秋風ぞ吹く」（信常）とある。『新明題和歌集』（編者未詳、一七一〇年）には、「春煙」という題で詠まれた、「煙さへそこともわかず霞む夜は誰がかへり見む東野の月」（道寛）がある。

現在では、「ひむがしの野にかぎろひの立つ見えて」と訓まれているこの歌は、「あづまのの（に）けぶりのたてるところ見て」という訓み方で、中世や近世の和歌に、大きな影響を与えている。『万葉集』の訓詁註釈の困難さがもたらした興味深い現象であるので、ここで詳しく紹介した。

4．国学の隆盛による『万葉集』評価の急上昇

＊契沖の『万葉代匠記』

国学の源流とされる契沖は、『万葉代匠記（まんようだいしょうき）』を著した。このことが、『万葉集』研究に大きな転換点となった。『源氏物語』研究では、北村季吟が旧注を集大成し、それを乗り越えた「新注」の代表が本居宣長の『玉の小櫛（たまのおぐし）』だった。宣長に至る新注の助走として、契沖の『源註拾遺（げんちゅうしゅうい）』と、賀茂真淵の『源氏物語新釈』があった。

『万葉集』研究においては、鎌倉時代初期に仙覚が「新点」を施したのが一つの到達点で、その次の到達点が契沖や真淵の研究である。先ほど概観したように、北村季吟も『万葉集』の注釈書、しかも全注釈を成し遂げているが、それによって新たな文化的胎動は起きなかった。『万葉集』を核心に据えて、新しい日本文化を創造する試みは、実に、国学から始まったのである。

すなわち、季吟の『万葉集』研究は、『源氏物語』や『伊勢物語』の研究を発展させて、「政道読み」という方法論を『万葉集』という古代の作品にも適用しようとしたのだと思われる。それに対して、国学者たちは、『源氏物語』と断絶した別の文化を『万葉集』の中から発見しようとした。

契沖の『万葉代匠記』には、初稿本（しょこうぼん）（一六八八年頃）と精撰本（せいせんぼん）（一六九〇年）とがある。季吟の『万葉拾穂抄』のわずか数年後の成立である。契沖の注釈を、具体的に見てみよう。

額田王の歌については、初稿本・精撰本のどちらも、「にぎたつにふなのりせむとつきまてばしほもかなひぬいまはこぎこな」と訓んでいる。契沖は、『日本書紀』や歌論書を引用しつつ、持論を展開してゆく。注目すべきは、『文選』や『礼記』などの漢詩文を多く引用している点である。なお、これまで紹介してきたほとんどの注釈書は、第五句の結びを「こきこな」（＝漕ぎ来な）と訓んでいた。それは、この歌の万葉仮名が「許芸乞菜」だからであり、「乞」という漢字は「こ」と訓むのが自然だからであろう。

人麻呂の歌についても、初稿本・精撰本のどちらも、「あづまののけぶりのたてるところみてかへりみすればつきかたぶきぬ」と訓んでいる。そのうえで、「東野」は、「阿騎野」（安騎野）に近い野であろうか、阿騎野は都から見て東の方角に当たるから「東野」なのだろう、と推測している。ここまでは、仙覚や季吟とほぼ同じ解釈である。

けれども、精撰本で、契沖は新しい解釈の可能性を模索している。万葉仮名の「東野」と「西渡」という表記は、対応・対照関係にある。ならば、「東野」は「あづまのの」ではなく、「ひむがしの」と訓むべきかもしれない、というのだ。なおかつ、『万葉集』の巻六で、「炎」という万葉仮名で「かげろふ」（陽炎）を表している用例がある。なお、陰陽五行思想では、「東」という方角は、「春」という季節と対応している。そこで、「東野炎立」は「はるののかげろふたてる」と訓むべきかもしれない、と契沖は言っている。この時、契沖によって、人麻呂の歌の解釈は、大きく動き始めた。

＊賀茂真淵の『万葉考』

賀茂真淵（一六九七〜一七六九）の『万葉考』は、彼が亡くなる前年の一七六八年から、没後の一八三五年まで刊行された。全二十巻から成るが、第七巻以降は弟子の狛諸成が、師の説を書き足している。

　真淵は、額田王の歌を、「にぎたつにふなのりせんとつきまてばしほもかなひぬいまはこぎこそな」と訓む。「漕ぎこそ」の「こそ」は、他への希望を表す終助詞であると、真淵は考えた。「舟を漕ぎ出でよ」と乞う心が、「漕ぎこそな」だというのである。

　そして、人麻呂の歌は、真淵によって、「ひむがしののにかぎろひのたつみえてかへりみすればつきかたぶきぬ」と訓まれるに至った。契沖の説を、さらに一歩、前へと推し進めたのである。真淵は、「あづまののけぶりのたてるところみて」という従来の訓みを否定し、「あづまの」という地名があるという説などは、誤った訓みに基づく無駄な考察だと批判している。

　真淵の研究の本質は、『万葉集』の本質として「ますらをぶり」を抽出したことだった。古代の日本の詩歌は、「ますらを」（＝益荒男）の雄叫びであった。それが、時代が下るにつれて、女性的な「た弱き」ことばかりが表に出てしまったと、真淵は嘆く。

　ここに、『源氏物語』以後の日本文化を「たわやめぶり」（手弱女振り）として批判し、『源氏物語』以前の『万葉集』を「ますらをぶり」（益荒男振り）として称揚する、新しい文化史観が確立した。それが、近世後期から近代にかけて、新たに大きな潮流を生みだすことになる。

　これまで永く、『古今和歌集』『伊勢物語』『源氏物語』の三点セットで構築されていた「日本文化」の土台が大きく揺らぎ、『万葉集』を根幹に据えた、逞しい文化の確立が目指されるようになった。

＊正岡子規と『アララギ』

明治時代には、ヨーロッパ文明が怒濤のように我が国に流入してきた。科学技術、軍事、経済、政治などだけではなく、文化・芸術の面でも、ヨーロッパ文明は圧倒的な優位を誇っていた。この時にあって、正岡子規は、日本文化がヨーロッパ文明に併呑されることのないように、新しい文化創造の必要性を唱えた。それが、『古今和歌集』の完全な否定であり、『万葉集』の復活だったのである。

子規の主張は、島木赤彦・斎藤茂吉・土屋文明などに受け継がれ、『アララギ』の主要歌人は『万葉集』の研究に打ち込んだ。そして、『古今和歌集』や『源氏物語』で用いられていた「大和言葉」のみの歌を「旧派」だとして攻撃した。子規の戦略は、近代短歌に『万葉集』の古代語だけでなく、漢語や洋語、俗語、時には雅な大和言葉をも総動員することで、ヨーロッパ文明と対決しようとする点にあった。『源氏物語』や『古今和歌集』の言葉では近代化することはできない、たとえ、できたとしても、それは基盤が脆弱な文化に過ぎないというのが、子規の本音だったのだろう。それは、古代的で力強い「ますらをぶり」を求める賀茂真淵の文化観の延長線上にあった。

《引用本文と、主な参考文献》

・『玉伝深秘巻』（『中世古今集注釈書解題　二』、片桐洋一、赤尾照文堂、一九七三年）
・藤原公任『三十六人撰』（『新編国歌大観５』）
・『古今和歌六帖』（『新編国歌大観２』）
・『俊頼髄脳』（日本古典文学全集『歌論集』所収）

・仙覚『万葉集註釈』(『国文註釈全書5』、国学院大学出版部、一九〇八〜一〇年。『万葉集叢書8』臨川書店、一九七二年)
・北村季吟『万葉拾穂抄』(新典社、一九七五〜七六年)
・『袖中抄』(『日本歌学大系 別巻2』久曾神昇・樋口芳麻呂、風間書房、一九五八年)
・『八雲御抄』(『日本歌学大系 別巻3』)
・今川了俊『言塵集』(荒木尚『言塵集 本文と研究』汲古書院、二〇〇九年)
・下河辺長流『林葉累塵集』(『新編国歌大観6』)
・『新明題和歌集』(『新編国歌大観6』)
・契沖『万葉代匠記』(『契沖全集』1〜7、岩波書店)
・賀茂真淵『万葉考』(『賀茂真淵全集』1〜5、続群書類従完成会)

《発展学習の手引き》

・『万葉集』の研究は、契沖や賀茂真淵が有名だが、それ以前の研究も、たとえば『源氏物語』の注釈研究史の中で、引用され活用されてきた経緯があった。仙覚や北村季吟が果たした『万葉集』の全歌註釈も重要である。これらの蓄積のうえに契沖・真淵の研究もある、という連続性を俯瞰(ふかん)すると、現在進行形の万葉研究が目指す方向性にも関心を持てるであろう。

なお、本章では触れなかったが、第十二章の『土佐日記』の注釈書の箇所に登場する鹿持雅澄(かもちまさずみ)は、『万葉集古義』をまとめた国学者である。

11 『古事記』と『日本書紀』の研究史

《目標・ポイント》『日本書紀』が歴史書として平安時代から重視されてきたのとは異なり、文学書である『古事記』の研究は遅れて開始した。『日本書紀』の影響力を考えた後に、『古事記』を称揚して、近代人の古代観の方向性を決定づけた本居宣長の『古事記伝』の文化史的意義を考える。
《キーワード》『古事記』、『日本書紀』、『古事記伝』

1．『古事記』と『日本書紀』の成立

＊最古の文学書と、最古の歴史書

奈良時代の初頭に成立した『古事記』（七一二年）は、現存する我が国最古の文学作品である。また、『日本書紀』（七二〇年）は、現存する最古の歴史書である。二つの書物を合わせて、「記紀（きき）」と呼び慣わしている。

両書は「神話」という概念で一括されることもあるが、厳密に言えば、『日本書紀』は歴史書であり、『古事記』は文学書である。『日本書紀』は、正統的な漢文で表記されているが、『古事記』は、日本語の表現を可能な限り残そうと努力している。だから、知識人たちにとって、『日本書紀』は読みやすく、理解しやすい。『古事記』は、解読がむずかしく、理解も困難であった。

＊『日本書紀』と江戸川柳

江戸時代の川柳に、次のような句がある。

鶏の玉子開けて蜻蛉成り
鶏卵は割れて六十六と成り

これは、『日本書紀』の冒頭部で、天と地がまだ二つに分かれておらず、混沌としていた状態を、「鶏子の如し」と喩えている場面を踏まえている。鶏の玉子（卵）のような混沌の中から、「蜻蛉島＝日本国」が生成されたことをユーモラスに表現している。日本には、畿内と七道（東海・東山・北陸・山陰・山陽・南海・西海の七つの道）を合わせると六十六の国があり、それに壱岐と対馬を合わせて「六十余州」と言う。「六十六と成り」は、日本の全土が誕生したという意味である。『古事記』の冒頭部分には「鶏卵」の比喩はないので、江戸時代の人々は『日本書紀』に由来する古代観を身近に持っていたことがわかる。

また、スサノオが、ヤマタノオロチを退治する場面で、スサノオに命を助けられる女神の名前は、『日本書紀』では「奇稲田姫」、『古事記』では「櫛名田比売」とある。川柳では、「くしいなだ」、あるいは「稲田姫」と詠まれることが圧倒的に多い。これも、『日本書紀』の影響力だと考えられる。

＊「記」と「紀」の違い

「紀」という漢字には、「記す・書く」という意味のほかに、「歴史書の帝王に関する記述」という意味がある。中国では、『史記』や『漢書』などの歴史書は、帝王の治世下に起きた大事件を年代順に書き記す「本紀」と、重要な人物の伝記を記した「列伝」を中心として編纂されている。この叙述スタイルを、「紀伝体」と呼ぶ。

『日本書紀』は、神々の時代である「神代」から始まり、初代天皇である神武天皇から、第四十一代の持統天皇までを描いている。これに続いて、「六国史」と総称される五つの歴史書が編纂された。『続日本紀』『日本後紀』『続日本後紀』『日本文徳天皇実録』『日本三代実録』であり、「紀」という漢字を含むものが多い。江戸幕府の公式歴史書は『徳川実紀』（御実紀）であり、明治天皇の実紀である『明治天皇紀』もある。

『日本書紀』は、『日本紀』と呼ばれることもある。また、『日本紀』という言葉は、『日本書紀』から始まる「六国史」、すなわち漢文で書かれた歴史書である「六国史」の総体を意味することもある。

『古事記』の「記」にも、「記す・書く」のほかに、「叙事的な文体で書かれた文章」とか「事実をありのままに記した文章」などの意味があり、『方丈記』『海道記』など、「記」という文字を含む一連の文学作品がある。

「紀」と「記」のほかに、歴史に関する作品には、「鏡」（＝鑑）という文字を含むものもある。「四鏡」と総称される『大鏡』『今鏡』『水鏡』『増鏡』が有名である。鎌倉幕府の公的記録である『吾妻鏡』（東鑑）にも、「鏡（鑑）」という漢字が含まれている。

2.『日本書紀』と日本文化

＊宮中で読まれた『日本書紀』

嵯峨天皇の八一二年、宮中で『日本書紀』の講読が行われた。以後、ほぼ三十年の間隔で『日本書紀』は講読され、その終了時に詠まれた和歌を集めたものが、『日本紀竟宴和歌』である。その中に、大江朝綱の和歌がある。

父母は哀れと見ずや蛭の子は三年になりぬ足立たずして

『和漢朗詠集』では、第二句と第三句が「いかに哀れと思ふらむ」となっている。この歌は、イザナギ・イザナミの両親から捨てられ、海の上をさすらったヒルコの苦難を詠んでいる。『源氏物語』では、明石巻で光源氏の須磨・明石への流離の喩えとして引用され、玉鬘巻では、玉鬘の筑紫（九州）への流離の喩えとして引用されている。『源氏物語』の古注釈書の多くが、この歌の影響を指摘している。特に、光源氏の須磨・明石への流離は、足かけ三年にわたっているので、朝綱の歌と深く結びついている。

＊『源氏物語』と『日本書紀』

『源氏物語』の作者である紫式部は、日記を書き残している。その『紫式部日記』に、『源氏物語』に関わる記述も書かれている。一条天皇が、ある時、『源氏物語』を人に読ませてお聞きになっておられたが、「この物語の作者は、『日本紀』を読んでいるようだね」という感想を洩らされた。その噂(うわさ)を、ふだんから紫式部を快からず思っている女房が聞き付けて、紫式部に「日本紀の御(み)局(つぼね)」という渾名(あだな)を付けた、というのである。

平仮名で書かれた『源氏物語』の成立には、漢文で書かれた『日本紀』が深く関わっている。「漢字」や「歴史」という、男性官僚に必要とされる知識量にも負けない深い教養を、紫式部は持っていた。さらに、歴史や文化に対するたぐいまれな理解力・咀嚼(そしゃく)力を持っていた。そのことに同僚の女房は嫉妬し、反発して、このような渾名を付けたのであろう。それほど『源氏物語』は、『日本書紀』などの公(おおやけ)の正統な歴史書と深く結びついていた。

もしも、一条天皇が、「この作者は、『古事記』を読んでいるようだね」とおっしゃったとしても、「古事記の御局(みつぼね)」という渾名は付かなかったろう。『古事記』は公の歴史書ではないので、「昔のことをよく知っている人」くらいのニュアンスしか込められず、辛辣で否定的な人物評にはならないからである。

『源氏物語』須磨巻の末尾で、「海(うみ)の中(なか)の竜王(りうわう)」が光源氏を召(め)している、という一節がある。この箇所について、『河海抄』は、『日本書紀』の中から、ヒコホホデミノミコト（山幸彦(やまさちひこ)）が海神宮(わたつみのいろこのみや)を訪れる場面と、ヤマトタケルが東征(とうせい)中に乗っていた舟が海神に沈められそうになる場面とを指摘している。つまり、『河海抄』の著者である四辻善成(よつつじよしなり)は、須磨・明石巻の構想に、『日本書紀』の山幸彦やヤマトタケルの記述が影響を与えた可能性を指摘しているのである。

また、一条兼良の『花鳥余情(かちょうよせい)』でも、光源氏が結ばれた明石の君は、ヒコホホデミノミコトが結ばれたトヨタマヒメ（豊玉姫）と重なる、と指摘している。

漢籍や和歌だけでなく、確かに『日本紀』（広義の歴史）もまた『源氏物語』の基盤となっている。

玉上琢彌（たまがみたくや）編『紫明抄　河海抄』に「付録」として掲載されている「河海抄引用書名索引」を見ると、「日本紀」からの引用箇所は膨大で、「古今」（『古今和歌集』）に次いで、二番目に引用回数が多い。それほど、紫式部は、『日本書紀』を咀嚼・吸収しているのである。

＊卜部兼方の『釈日本紀』

『日本書紀』の研究としては、鎌倉時代中期に成立した『釈（しゃく）日本紀』がある。『日本書紀』の全巻にわたる注釈である。神道の家柄である卜部兼方（うらべかねかた）（懐賢（かねかた）とも書く）の著作とされ、後の吉田神道に大きな影響を与えた。記述スタイルとしては、『日本書紀』に関する質問に対して回答するという「問答体」が採用されている。

本章の冒頭で紹介した江戸川柳の題材となっていた「鶏子（とりのこ）の如（ごと）し」については、『礼記月令正義（らいきがつりょうせいぎ）』に曰（いわ）く、として、「天地混沌、如鶏卵」という典拠を示している。

また、「水ノ神」の語注として、「罔象女（みづはのめ）」（ハウシヤウ）として、『史記』を引用している。「罔象」の音読みは、濁点を付ければ「バウシヤウ」で、現代ならば「ぼうしょう」と音読みするのだろうか。水の神を「罔象」と言い、人を食うともされている、と述べる。別名は「沐腫」と言う、とも書かれている。

『源氏物語』の夕顔（ゆうがお）巻で、光源氏の乳兄弟（ちきょうだい）である惟光（これみつ）の父親の乳母（めのと）が、東山に「みづはぐみて」住んでいる、という文章がある。その東山に、急死した夕顔の亡骸（なきがら）を運ぶという緊迫した場面である。この「みづは」に関して、『河海抄』は、「日本紀に曰（いは）く」として、「水神、罔象女、罔象。此（これ）を美都波（みづは）と云ふ」と注釈している。

＊一条兼良の『日本書紀纂疏』

一条兼良は、『源氏物語』に関しては『花鳥余情』、『伊勢物語』に関しては『愚見抄』という、文学史に残る画期的な注釈書を著した。二十一番目の勅撰歌集である『新続古今和歌集』には、仮名序と真名序の両方を書いている。その真名序は、「天成地定」から始まるが、『日本書紀』の「天先成而地後定」（天、先ず成りて、地、後に定まる）を踏まえている。『日本書紀』の注釈書である一条兼良の『日本書紀纂疏』も本格的な漢文で書かれている。兼良が漢文の名手であることは、漢学に熟達していたことを示している。そのような兼良であったので、『日本書紀』の注釈書も、神道のみならず、儒学書や仏典を何度も引用している。そして、神道と仏教と儒教の融合した文化論・文明論を展開している。

一条兼良の文化論の本質は、「和」という一字に凝縮している。日本文化・中国文化・インド文化のすべてを調和し、秩序立てるのが「和」の思想である。そして、「和」の思想の実践を、政治の世界で追い求めるのが、『古今和歌集』や『伊勢物語』や『源氏物語』の本質であるとするのが、一条兼良の基本姿勢だった。その精神は、見事な漢文で書かれた『日本書紀纂疏』にも、貫かれている。

『釈日本紀』で紹介した「水神」に関して、兼良は『史記』だけでなく、古代中国の妖怪を載せた『白沢図』を引用している。ただし、兼良は『花鳥余情』の夕顔巻では、「みづは」に関する注釈を施していない。また、夕顔巻の「昔ありけむ、物の変化めきて」という箇所について、『河海抄』は『日本紀』に典拠があるとして、大物主の神に関する三輪山伝承を詳しく引用するが、兼良の『花鳥余情』では「『河海』に載せ侍り」（『河海抄』に詳しく書いてあるので、詳細はそれに譲る）

として、簡単な言及だけで済ませている。

このように、一条兼良は『日本書紀』に載る古代伝承に対して、冷淡な注釈姿勢である。これには、『源氏物語』螢巻の物語論が参考になるかもしれない。螢巻で、光源氏は玉鬘と「物語とは何か」について語り合う。『源氏物語』五十四帖の中では、帚木巻の「雨夜の品定め」と共に、『源氏物語』の批評性を照らし出す重要な場面である。

螢巻で展開される「物語論」には、読者を驚かせる一言がある。

『日本紀』などは、唯、片傍ぞかし。

『日本書紀』を筆頭とする歴史書は、人間の世界の真実の「一端＝一部分」しか書き著していない、というのだ。この衝撃的な文章の直前には、「神代より、世に有ることを記し置きけるなンなり」とある。現在では、この部分は「物語」の定義を述べたものだと理解されている。ただし、一条兼良の『花鳥余情』では、この部分はまさに『日本紀』の定義を述べたものと解釈している。なぜならば、『日本書紀』にも『古事記』にも、人間の世界の記述に先立って、神々の時代の出来事（「神代」）が記されていることを兼良は熟知しているからである。

兼良の解釈では、この「片傍」発言の直後からが、「物語」の長所を述べていることになる。すなわち、「これらにこそ、道々しく、詳しきことはあらめ」とある部分である。「これら」が、物語文学を指している。紫式部は光源氏の口を借りて、「『日本書紀』が記述できる領域よりも、物語の表現できる領域の方が格段に広い」と宣言する。「道々し」という形容詞は、政道の役に立つという意味である。歴史よりも物語の方が、世の中を動かす政治の世界で役に立つ、というのだ。

兼良は、光源氏が冗談で言ったことを玉鬘が真（ま）に受けているのを、光源氏はおかしがっている、と解釈している。そのうえで兼良は「真しき空言（まことしきそらごと）」という言い方をする。そして、この「真しき空言（まことしきそらごと）」にこそ、『源氏物語』全編の本質が凝縮している、とも述べている。

物語は、虚構である。だが、虚構であることと、「世の中の真実」を表現できることは矛盾しない。真実のみを記述する歴史書とは別に、「真しき空言（まことしきそらごと）」を通して世界と人間の真実に迫ろうとする物語があると、兼良は考えた。

『花鳥余情』には、このあとで、仏教の「三界唯一心（さんがいゆいいっしん）」などの教義を用いて、物語と仏教との親近性を語っている。兼良の『日本書紀纂疏』が、日本文化（神道・和歌）と中国文化（漢詩・儒教・道教）とインド文化（禅宗を含む仏教）を融和させようとしていることは、すでに述べた。それは、そのまま物語というジャンルが担ってきた「道々（みちみち）しき」役割なのだった。

ここまで、一条兼良の『花鳥余情』における螢巻の読解をたどってきた。ひるがえって、『花鳥余情』が夕顔巻で『日本書紀』に関していささか淡泊な言及だった理由を推測すれば、「『日本紀（にほんぎ）』などは、唯（ただ）、片傍（かたそば）ぞかし」という螢巻の言葉にあったのではないだろうか。

物語は、政道に有益である。この一点を拡大して、中世の「古今伝授」に連なる文化人たちが、『源氏物語』の政道読みを深めていったことは、第五章で見た。そして、そのような『源氏物語』の読み方に本居宣長が猛反発したことも、第六章で見た。それならば宣長は、どのような新しい思想を、どのような作品から、引き出そうとしたのか。

3.『古事記』と日本文化

＊物語の原型としての「古事」

『古事記』の「古事」を訓読みすれば、「ふること」ないし「ふるごと」である。「古事」は「古言」とも書くが、昔の言葉、昔の和歌や漢詩、昔からある言い伝え、昔からある物語書や歴史書、昔の思い出話など、多義的な意味がある。

昔あったとされることの多くは、現在まで残存している。つまり、「古事」は「今の事」の起源譚なのである。たとえば、『竹取物語』を例に取ってみよう。かぐや姫は月の世界に戻る際に、形見として、帝に「不死の薬」を残した。ところが、帝は、かぐや姫のいない地上で自分一人が長生きしても無意味だと考えて、富士山の頂上で燃やした。その時、「士ども」を「あまた」（たくさん、豊富に）引き連れて山に登らせたので、この山の名前を「士に富む山」という意味で「富士の山」と呼ぶようになった。そして、「不死」の薬を焼いた煙が、今も絶えずに立ち上っている、と結ばれる。

つまり、『竹取物語』の末尾では、「富士山」（富士の山）という固有名詞の起源（言葉の始まり）と、富士山がいつから火山となって今に至っているのかという起源（今に続いている噴煙の最初の一回）とが語られている。これが、「古事」を「今」に語り伝えることの意味である。

『竹取物語』は、『源氏物語』の絵合巻で、「物語の出で来始めの祖」と言われている。つまり『竹取物語』は、物語文学というジャンルにとっての「始まり＝古事」でもあるのだ。

目を『伊勢物語』に転じると、『古今和歌集』の「六歌仙」を代表する歌人で、情熱的な恋の歌と、寂寥感あふれる旅の歌を詠み続けた在原業平をめぐって、現在も人々が口ずさみ、愛好している名歌（すなわち、古言）が、いつ、どこで、どのような状況で一回きりの誕生をしたのか、その生誕の瞬間を語るのが、『伊勢物語』の各段だった。

『源氏物語』は、どうだろうか。この物語は、その後の日本文化の歩みを見渡してみると、まさに「古事」そのものへと成長を遂げた。『源氏物語』で使われている雅な言葉は、その場面で用いられた「最初の一回」の魅力のゆえに、中世や近世の和歌で何度も本歌取りされ続けた。『源氏物語』に登場する個性的な登場人物たち、たとえば末摘花なども、後の時代の散文作品に影響を与え続けた。紫式部は、歴史ではなく「物語＝文学」を「古事」とすることで、その後の日本文化を絶えず活性化させることに成功したのである。

＊中世の『日本記』

ここで、『古事記』に話題を移すと、『古事記』は、この書物が編纂された当時、我が国の支配権を掌握していた「天皇家」の起源を「古事」として語ることに、最大の意義があった。そして、天皇に仕え、天皇を支える氏族たちの始まりもまた、「古事」として語られた。

ただし、『古事記』は、大和言葉を漢文で表記しようとした部分が多く、解読が困難だった。室町時代中期になると、吉田神道（唯一神道）を唱えた吉田兼倶（一四三五〜一五一一）たちが、『古事記』の重要性を認識している。江戸時代に入ると、『古事記』の版本（一六四四年）も刊行された。そして、ようやく本居宣長の登場となる。

なお、中世では、『日本書紀』（日本紀）と『古事記』を混同して、『日本記』という書物名が現れることがある。たとえば、鎌倉時代に著された『源氏物語』の注釈書である『紫明抄』には、『日本記』という書物名が、四十回近くも見られる。また、第一章で紹介した『古今和歌集』の「古注」の中には、しばしば『日本記』に書かれている内容だと前置きして、『古事記』にも『日本書紀』にも書かれていない「古事（ふること）」が語り出されることがある。

『紫明抄』の『日本記』は、単純な漢字の書き間違いの可能性が高いが、『古今和歌集』の古注における『日本記』は、意図的に「古事（ふること）」を創作したものだろう。

4．本居宣長の『古事記伝』

＊『古事記伝』の完成

本居宣長は、『源氏物語』の研究に力を注いで、『玉の小櫛』を著した。詳しくは第六章を参照されたい。宣長の生きた時代は、江戸時代後期である。それ以前にすでに、日本文化を作り替え、動かし続けるエネルギー源になっていた「古注」と「旧注」の膨大な蓄積があった。けれども、宣長の『玉の小櫛』は、そのような文学的・学問的・文化的な現状に対して、まったくひるむことなく、それらをまるごと否定してのけたのだった。ここに、日本文化の新たな胎動が生じた。

宣長は『古事記』の研究にも力を注ぎ、『古事記伝（でん）』を著した。この場合には、ほとんど注釈の蓄積のない、未開の沃野に挑んだ、という形容がふさわしい。

同じような状況にあった前例として、北村季吟の『春曙抄』が挙げられる。季吟以前には、同時代に成立した加藤磐斎（ばんさい）の注釈書を除いて、『枕草子』の本格的な注釈は存在しなかった。そこで、季吟は、『源氏物語』研究を集大成した『湖月抄』で用いた方法と文学観を「援用（えんよう）」して、『枕草子』の解釈を深め、『春曙抄』を著したのだった。それは、『源氏物語』と『枕草子』がほぼ同じ時代に書かれており、共通するボキャブラリーが多く、また宮廷文化の中で生まれたという点でも共通していたからこそ可能な「援用」だったのである。

ところが、『源氏物語』と『古事記』は、王朝語と古代語という、まったく異なる言語で書かれているので、『源氏物語』の研究成果を『古事記』研究に「援用」することは不可能である。本居宣長の『古事記伝』の執筆は、まことに困難な知的事業だった。

宣長は、『源氏物語』の主題を読み替えて「もののあはれ」という日本文化論を提唱し、近代日本を誕生させる「始まり＝古事（ふること）」として『源氏物語』を位置づけ直した。そして、『源氏物語』のはるか以前に成立していた『古事記』研究を通して、日本人の心性（しんせい）の「始まり＝古事（ふること）」を発見しようとした。

『古事記伝』の執筆は、一七六四年頃から始まり、一七九八年に完成した。刊行は、一七九〇年から開始し、一八〇一年に宣長が没した後の、一八二二年になって完了した。これを画期として、「日本の古代」と言えば、『日本書紀』ではなく、『古事記』を意味するようになった。近代人にとっての「古代」とは、まず『古事記』になったのである。

＊「真実」と「古道」

宣長の『古事記伝』にかける執筆姿勢を、一条兼良の『日本書紀纂疏』と比較してみよう。兼良は、日本・中国・インドの異文化を統合して、中世にふさわしい日本文化を創造しようとした。現在でも、書院造りの建築や、茶道・華道などの隆盛によって、現代に至るまで続いている日本文化は、室町時代に完成した、と説明されることが多い。その室町時代の「日本文化」では、神道・仏教・儒教・道教が融和し、見事に秩序立てられていた。

それに対して、宣長は、仏教や儒教、さらには道教が日本に流入してくる以前の、日本文化の本来の姿を発見し、取り戻そうとする。それを「古道（こどう）」と、宣長は呼んだ。「漢籍意（からぶみごころ）」に染（そ）まる以前の「大御国（おほみくに）の古意（いにしへごころ）」を明らかにしたい、と言うのである。

先ほど見たように、一条兼良は、螢巻の物語論を分析して、「真（まこと）しき空言（そらごと）」という見解を提唱していた。複数の異文化が立体化しているように、物語は「真実」と「虚構」とが重層し、立体化していると見るのである。その先蹤（せんしょう）は、四辻善成が『河海抄』で提唱した「准拠（じゅんきょ）」という考え方である。『源氏物語』は虚構の物語ではあるが、実在する人名や地名が重ね合わされている、というのである。たとえば、桐壺巻冒頭の「いづれの御時（おほんとき）にか」は、「醍醐（だいご）天皇の御代（みよ）」のことである、と読まれてきた。これは、北村季吟まで踏襲された物語観である。

ところが、宣長は、『玉の小櫛』で、「此（こ）の物語は、すべて作り物語にて、今の世にいはゆる昔ばなしなり」と、素っ気なく述べる。『源氏物語』は虚構の作品であるのだから、実在する固有名詞を当てはめる必要はない、と准拠論を全否定するのである。宣長にとっては、真実と虚構は別次元のものであり、『源氏物語』に書かれている内容はすべて虚構なのである。

その一方で、宣長は、『古事記』に書かれていることは、すべて「真実」であると考える。『古事記』には、「古（いにしへ）の実（まこと）のありさま」が「古言（ふること）」（＝古代語）で書き記されている。仮名づかいにしても、中世や近世の文化人たちが用いてきたのは「定家仮名（ていかかな）づかい」であるが、「古（いにしへ）の定（さだ）まり」である「歴史的仮名づかい」とは大きく異なっている。だから、日本語の仮名づかいからして、本来の正しいものに戻さなくてはならない。その実証の手続きは、まことに合理的であり、帰納法（きのうほう）に基づいており、説得力に富む。言葉の持っている本来の意味の探究も、実証的である。

宣長が「作り物語」と決めつけていた『源氏物語』の語釈や文脈を読み解く作業は、見事なまでに実証的であり、近代的と言ってもよい。ただし、宣長は、『源氏物語』の実証的な研究を踏まえて、「もののあはれ」という主題論を打ち出す際には、かなりの論理の飛躍をしている。

宣長は『古事記伝』において、真実の「記」であると認定した『古事記』の実証的な語彙・文法の研究を、諄々（じゅんじゅん）と書き記す。研究と言っても、決して堅苦しくはない。まるで、わかりやすい講義を直接語りかけているかのような雰囲気で、書かれている。古代語に関して、世間では、ややもすれば奇矯な語源説を振りかざす人もいるが、宣長はわからない語源についてはわからないと率直に表明している。

そのわかりやすい本文解釈の果てに、「古道（こどう）」という主題論を提唱する。これが、「もののあはれ」と同じように、必ずしも実証的に提出されたものではないように、私には思われる。宣長の言う「古道」は、外来思想が説く抽象的な概念ではなく、個々の人間の心に思い浮かぶありのままの感情のことを指している。それが、たとえば人間の「真心」である。

「真心」とはどのようなものかを明らかにするために、『古事記』の全文が、詳細に解説される。宣長が古代研究で明らかにした「真心」と、彼が『源氏物語』研究で唱えた「もののあはれ」とが、同じであるのか、微妙に異なっているのか、検証する必要があるだろう。

「もののあはれ」を感じ取る心が、「真心」なのだろうか。宣長の心の中で、一体何が最も大切なのか。宣長にとって、『源氏物語』と『古事記』は、別個のものなのか、それとも統合されているのか。

そのような問題意識をもって、宣長の学問と対峙（たいじ）する時、日本文学の注釈史上で「新注」の最高峰を形成し、近代日本の扉を開いた宣長が、日本文学、ひいては日本文化の最重要な基盤として設定していたのが、『古事記』と『源氏物語』のどちらだったのかが、明らかになるだろう。宣長が激しく批判した『徒然草』の位置づけも含めて、私自身、これからの研究の大きな課題であると考えている。解答は見つからないかもしれないが、この問題を考え続けたい。

《引用本文と、主な参考文献》

・玉上琢彌編『紫明抄　河海抄』（角川書店、一九六八年）
・『釈日本紀』（『神道大系　釈日本紀』、神道大系編纂会、一九八六年）
・卜部兼方『釈日本紀』（神道大系『古典註釈編5』神道大系編纂会、一九八六年）
・一条兼良『日本書紀纂疏』（神道大系『古典註釈編3』神道大系編纂会、一九八五年）
・本居宣長『古事記伝』（『本居宣長全集9〜12』大野晋解題、筑摩書房、一九六八〜一九七四年）

《発展学習の手引き》

・現代において、『日本書紀』は歴史書というイメージゆえに、文学との関わりは、あまり感じられないかもしれないが、本章で述べたように、『源氏物語』の注釈書に、数多くの用例が挙げられているなど、文学との関わりも大きいので、訳文付きの「新編日本古典文学全集」などで一読を勧めたい。また、本居宣長については、『源氏物語』と『古事記』の双方を究めた点が重要であるので、そのことに留意してほしい。

12 日記文学の研究史

《目標・ポイント》 平安時代に書かれた最初の仮名日記である『土佐日記』の研究も、活発化したのは江戸時代の中期以降だった。その背景を、一連の古代研究の流れの中で考える。また、『蜻蛉日記』『紫式部日記』『十六夜日記』など、他の日記文学や紀行文学の研究史にも触れる。

《キーワード》 『土佐日記』、『蜻蛉日記』、『紫式部日記』、『十六夜日記』

1.『土佐日記』の研究史

＊散文作者としての紀貫之

紀貫之(きのつらゆき)（八六八頃～九四五頃）は、「歌聖」と呼ばれる優れた歌人である。その後の日本文学の中心の一つとなった『古今和歌集』の撰者の一人である。また、『古今和歌集』の仮名序(かなじょ)を書き、優れた散文の書き手でもあった。その貫之が著した仮名(かな)散文の日記が、『土佐日記』（『土左日記』とも）である。彼が土佐の国司の任を終えてから帰京するまで、すなわち、承平(じょうへい)四年（九三四）十二月二十一日から、翌年二月十六日まで、五十五日間の舟旅を書き綴っている。

「男(をとこ)もすなる日記(にき)と言(い)ふ物(もの)を、女(をんな)もしてみむとて、するなり」という冒頭の文章は、書き手を女性だと設定して開始するので、『土佐日記』は王朝女性日記文学の祖とされる。けれども、研究史には乏しい。小学館の「新編日本古典文学全集」の解説（菊地靖彦執筆）には、「今日なお参看するに足る江戸時代の研究」としたうえで、次のような順序で、六種の注釈書を挙げている。ここでは、それぞれの注釈書の翻刻が所収されている書籍を併記した。

・『土佐日記地理弁』（鹿持雅澄）／（『国文学註釈叢書1』）
・『土佐日記抄』（北村季吟）／（『北村季吟古註釈集成1』）
・『土佐日記考証』（岸本由豆流）／（『国文学註釈叢書1』）
・『土佐日記燈』（富士谷御杖）／（『土佐日記燈』国光社、一八九八年）
・『土佐日記解』（田中大秀）／（『国文学註釈叢書1』）
・『土佐日記創見』（香川景樹）／（『国文学註釈叢書1』）

なお、『土佐日記抄』と『土佐日記燈』以外の四作は、『土佐日記古註釈大成』（日本図書センター、一九七九年）にも収録されている。『土佐日記燈』は、国立国会図書館デジタルコレクションに、国光社版がある。

最初に挙げられている鹿持雅澄（一七九一〜一八五八）は、幕末期の国学者だが、『土佐日記』の舞台となった土佐の藩士であり、その強み（地の利）を活かして『土佐日記地理弁』を著した。時代的には、北村季吟よりも下るが、地誌的研究の内容の高さから最初に挙げられたのだろう。

次の『土佐日記抄』は一六六一年の刊行で、『土佐日記』の実質的な注釈の始まりである。著者は、北村季吟。季吟が著した最初の古典注釈書は『大和物語抄』であるが、その八年後のことである。北村季吟による古典注釈書の多さは、群を抜いている。

三番目に名前の出る岸本由豆流の『土佐日記考証』に、「この日記の注釈ども、いと多かるが中（なか）に、世にあまねくもて扱ふは、季吟の抄のみになん有（あ）りける」と書かれている通り、江戸時代の人々は季吟の『土佐日記抄』を最高の参考書として、紀貫之の『土佐日記』を読んだのである。ただし、「この日記の注釈ども、いと多かる」とあるのが、やや不審ではある。季吟の注釈書以外には、刊行された注釈書はないからである。

その岸本由豆流（一七八八～一八四六）は、伊勢出身だが、晩年は江戸浅草に住んだ国学者である。蔵書家としても知られる。『土佐日記』のみならず、『後撰和歌集』や『和泉式部家集』などの注釈書も残した。

富士谷御杖（一七六八～一八二三）は、国語学者である富士谷成章（なりあきら）の子で、言霊（ことだま）説に依拠して、独自の文学観を打ち立てた。『百人一首燈（ともしび）』『古事記燈』『万葉集燈』『伊勢物語燈』など、「燈」の字を含む一連の著書を残した。『土佐日記燈』（一八一六年）も、その系列に属する。ちなみに、上田秋成や円山応挙たちとも交流があった儒学者の皆川淇園（みながわきえん）（一七三四～一八〇七）は、伯父に当たる。

田中大秀（一七七七～一八四七）は、第七章で紹介した『竹取物語解』の著者である。

香川景樹（一七六八～一八四三）は、「桂園派（けいえんは）」の総師として知られる歌人である。彼が『土佐日記』の注釈を残しているのは、紀貫之が『古今和歌集』を代表する歌人であり、仮名序を書いた理論家だったからだろう。

このように、「新編日本古典文学全集」が挙げている六種類の『土佐日記』の注釈を一覧してみると、旧注の集大成者である北村季吟の著作が最も古い。平安時代から江戸時代前期までには、『土佐日記』の注釈書は書かれなかったのである。新注の時代になって『土佐日記』の注釈研究が本格的に開始したが、賀茂真淵や本居宣長などの注釈史上の「知の巨人」たちは『土佐日記』の注釈研究書を残していない。ただし、現代でもその名前がよく知られている香川景樹が、注釈書を書いているのは注目される。

＊北村季吟の『土佐日記抄』

『土佐日記』の注釈研究に実質的な先鞭をつけた名誉は、北村季吟にある。それでは、なぜ季吟は『土佐日記』に関心を持ったのだろうか。それはおそらく、「古今伝授」という和歌伝達システムに結晶してゆく『古今和歌集』解釈の原点が、貫之の仮名序であるという認識を、季吟が持っていたからだろう。『土佐日記抄』の巻末に、季吟は『土佐日記』への思いを、次のような一首の和歌に託している。

汲(く)みみても底(そこ)ひやは知る朝(あさ)もよひ紀(き)の川上(かはかみ)の遠(とほ)き流れは

「底ひ」は、深い奥底という意味。「朝もよひ」は、万葉語の「あさもよし」の転じた形で、「紀(き)」に掛かる枕詞(まくらことば)。この歌では、「紀の川」が紀貫之の心を象徴している。奈良県に源流を発する紀の川が海に注ぐあたりには、和歌の女神である玉津島姫(たまつしまひめ)（衣通姫(そとおりひめ)）を祀(まつ)る玉津島神社がある。季吟の歌には、「自分の浅い解釈では、どんなに汲み取ったとしても、紀の川のはるかな源から流れてきた紀貫之の深遠な和歌の教えの真意にはたどりつけないだろう。けれども、少しでも紀貫之の心に近づきたいと思って、この『土佐日記抄』を著した」という執筆意図が表明されている。

第七章や第十章にも書いたが、後年、季吟は江戸に出て、徳川綱吉の側用人である柳沢吉保の知遇を得た。季吟から古今伝授を受けた吉保は、駒込に六義園を造営した。八十八の名勝が次々と現れる天下の名園には、「紀の川上」も存在する。そこから流れる水の流れが、「紀の川」であり、和歌の長い歴史を象徴している。季吟にとって、紀貫之はそれほど大きな存在だった。

その他にも、季吟が『土佐日記』の注釈を志した要因の一つとして、藤原定家への尊崇の念があったことが挙げられよう。『土佐日記』は、藤原定家が書写した「定家本」の本文で読まれてきたが、その定家の子孫である二条家の学問が、「古今伝授」となっている。

定家は、後白河院が収集した貴重な古典籍を収蔵していた蓮華王院（れんげおういん）で、貫之自筆の原本を見て、それを文暦（ぶんりゃく）二年（一二四一）に書き写した。しかも、巻末には、貫之自筆の原本の書体をそのまま臨書（りんしょ）（模写）しているので、貴重である。貫之自筆の『土佐日記』は、室町時代の応仁の乱の前後までは存在していたが、その後は所在不明となっている。この貫之自筆の『土佐日記』から直接に書写した写本が、定家本以外にも、現在まで何種類か存在している。

季吟は、定家本を用いて注釈しているので、冒頭は次のようになっている。季吟の表記のままで、引用してみよう。

おとこもすといふ日記といふものををんなもしてこゝろみんとてするなり
妙寿本　おとこもすなる日記云々

「妙寿本＝妙壽本」は、「妙壽院本」とも呼ばれる。江戸時代初期の儒学者で、林羅山の師として知られる藤原惺窩（一五六一～一六一九）の住まいが、「妙壽院」であった。藤原惺窩は、藤原定家の子孫である冷泉家の血を引いている。つまり、妙壽本とは、藤原惺窩が筆写した『土佐日記』の本文である。片仮名で書かれているのが特徴である。

さて、『土佐日記』の冒頭は、現在は、次のような本文で読まれている。

　　をとこもすなる日記といふものををんなもしてみむとてするなり

「をとこ」と「おとこ」は、定家仮名づかい（「おとこ」）と、歴史的仮名づかい（「をとこ」）の相違であるが、「すといふ日記」と「すなる日記」、「をんなもしてこゝろみん」と「をんなもしてみむ」とは、かなり違っている。先ほど、定家の筆写した写本以外にも、貫之自筆本を筆写した写本が複数存在すると述べたが、その本文と比較することで、定家の書写が貫之自筆本と異なっていた、しかもそれが冒頭文においてであった、という事実が判明したのである。このことは、藤原定家が本文校訂した『古今和歌集』や『源氏物語』、さらには『伊勢物語』などにも関わる重要な問題である。

なお、定家本も、その他の写本も、タイトルはすべて「土左日記」と表記されている。それで、季吟の注釈書も、江戸時代の版本では『土左日記抄』と印刷されている。

季吟は、冒頭の一文を、「この日記は紀貫之が自ら書き著した文章なのであるが、女が書いたように見せるために、こう書いたのである」と解釈し、「ある説に、男文字（漢字）で書くのが本当の日記であるが、ここでは女文字（平仮名）で書くことにしたと解釈する向きもあるが、それは誤りであろう」と述べている。つまり、季吟の『土佐日記抄』以前にも、『土佐日記』に関する学説は存在していたのである。先に触れた岸本由豆流が書いていた、『土佐日記』の注釈書が数多くあるという言葉は、あながち大袈裟な表現であるとも、言えないようである。

ところで、「未刊国文古註釈大系」第十三巻には、池田正式の『土佐日記講註』が収められている。これは慶安元年（一六四八）の講義録の写本で、刊行はされていない。池田正式は、松永貞徳に学んでおり、北村季吟とは同門の先輩に当たる。この『土佐日記講註』に、「男のする真名の日録を、女に替はりて仮名にて書きてみんとてするなり」とある。このような説に、季吟は反対していたのである。

発端に引き続いて、『土佐日記』には、「其の年の師走の二十日余り一日の日の、戌の時に門出す」と記す（これは、定家本の表記そのままではなく、漢字を多く宛てた校訂本文を用いる）。季吟は、「これは、朱雀天皇の御代、承平四年の十二月二十一日のことなのだが、女が書いた文章なので、ぼんやりと『其の年』（ある年）と書き始めたのである。『伊勢集』の冒頭に『いづれの御時にかありけむ』とあり、紫式部の『源氏物語』にも『いづれの御時にか』と書き始められているのと同じで、女性の文体である」と説明している。これは、『源氏物語』桐壺巻の注釈史を踏まえている。

また、『土佐日記』の、「有るものと忘れつつ猶亡き人を何処と問ふぞ哀れなりける」という歌は、子を失った母の嘆きを表しているが、季吟は、「桐壺巻で、桐壺更衣の母北の方が、娘の死を嘆いて、『空しき御骸を見る見る、猶、御座するものと思ふが、いと甲斐無ければ』とある箇所と通じ合う心理である」、と注している。

季吟は、『土佐日記』に影響を受けて『源氏物語』が書かれたと言っているのではなく、『源氏物語』の注釈史の分厚い蓄積を踏まえて、先行注釈書のほとんどない『土佐日記』の注釈に挑んだのであろう。

任期を終えた国司が都に戻るに際して、上下関係が消滅したことで、もはやご機嫌取りをする必要のない国の者たちが、去りゆく国司を慕うのは、日頃の慈悲の結果である、と季吟は書き記している。この時、宗祇（そうぎ）以来、『源氏物語』で試みられてきた「政道読み」（『源氏物語』を通して、正しい政治家の心構えを身に付ける）が、『土佐日記』の読解にも適用されていることに気づかされる。

＊岸本由豆流の『土佐日記考証』

岸本由豆流の『土佐日記考証』の巻頭には、この『土佐日記』が我が国における「紀行」という文学ジャンルの始まりであり、それが『更級日記（さらしなにっき）』や『十六夜日記（いざよいにっき）』につながったと書かれている。現在では、『更級日記』と『十六夜日記』は「日記」という文学ジャンルに含められるけれども、どちらも東海道の旅を含んでいるので、「紀行」という側面もある。つまり、『土佐日記』は、王朝の日記文学のみならず、紀行文学の祖でもある、という認識である。

岸本は、「紀行文学」の系譜をたどり、『土佐日記』の源流の一つは、中国の紀行にあると示唆している。「螢雪の功」などの典拠として知られるエピソード集『蒙求（もうぎゅう）』の作者である李翰（りかん）に、『来南録（らいなんろく）』という舟旅の記録があり、それが『土佐日記』のはるかな源流である、という指摘である。このように大きな文学史観が、岸本の特徴である。

岸本は、さらに、「古（いにしへ）より今に至（いた）るまで、文書（ふみか）かん本（ほん）にすべきは、この日記に如（し）くはあらじかし」と述べる。「文（ふみ）＝文章」、特に「仮名散文」を書きたいと志す人にとって、「本（ほん）＝お手本」にすべき作品としては、この『土佐日記』が最高である、という意味である。その理由として、『土佐日記』は、軽く読み飛ばせば何げない文章であっても、深く味わうと、えもいわれぬ味わいが読み取れるからだ、と岸本は言う。作品の冒頭からして、男性である紀貫之が、女性の立場で「裏表(うらうへ)＝反対」に文章を書いている。そこに、平明な文章でありながら、深い含蓄が生まれてくる。

また、この日記の中には和歌がたくさん詠まれているけれども、すべて「紀貫之」本人の気持ちを詠んだものではなく、別の人の立場から詠まれている点にも、「一つの趣意」(趣向、理由、意図)が込められている、と指摘している。

＊橘守部の『土佐日記舟の直路』

先に挙げた六種の注釈書の一覧には入っていないが、ここで、橘守部(たちばなもりべ)が著した注釈書を付け加えたい。橘守部が、『伊勢物語』に関して独自の「口語訳」を確立していたことは、第四章でも述べた。守部は、この訳の方法を『土佐日記舟(ふね)の直路(ただじ)』にも適用している。それが、『土佐日記舟の直路』である。「直路」は、「早道」という意味のほかに、正しい「道筋」という意味もある。守部は、『土佐日記』が舟の旅であったことを踏まえ、古典の正しい読み方にして、最も簡明な読み方を提示しているのである。それが、古典の原文を残しつつ、読者の生きている時代の言葉を追加するという訳出スタイルだった。その実例を引用しておこう。

【昔ヨリ日記ト云(い)ヘバ、篁日記、平仲日記ナドヤウニ、漢文ノ】男も【じして】すといふ日記といふものを、【コタビハ、仮名文ノ】女も【じ】してこころみんとてするなり。

【】の中が守部が挿入した部分であり、それを飛ばして続けて読めば、「男もすといふ日記といふものを、女もしてこころみんとてするなり」という、『土佐日記』の本文となる。ただし、濁点の打ち方は、解釈によって変わってくる。「男文字＝漢字」と「女文字＝平仮名」という、季吟が採用しなかった解釈で、守部は訳している。

さらに、もう一箇所具体例を挙げて、守部の訳法が面目躍如としている部分を、読んでみよう。

廿二日、【先ヅ畿内ノ】和泉の国まで【何トゾ海上ナニ事ナク】平らかに【舟ハテヨカシ】と願ひたつ。【此ノ日、後任ノ属官】藤原のときざね【ト云フ人来テ】、舟路なれど、馬の餞す【馬ノハナムケトハ、旅行人ニ別レヲ告グルニハ、ノリタル馬ノ鼻ヲ、ソナタヘ向ケシメテ、別レヲ惜シミ、恙ナクナド云ヒ語ラヒ、又、物ナドヲモ贈ル故ニ、云ヒナラヘリ。コ、ハ、船ト馬トヲ取リ合ハセテ、戯レソメタル口合ゴト也。何ト、時ニトリテ、奇妙ジヤナイカ】。

「口合ひごと」は、冗談・洒落という意味である。原文の間に言葉を補うだけでなく、文末に、かなり長い鑑賞を書き足して、「馬の餞」の意味と、船旅なのに馬という言葉になっている面白さを解説している。北村季吟が『湖月抄』で確立した『源氏物語』の読解スタイルは、「原文・傍注・頭注」の三点セットだった。守部は、『湖月抄』で本文の右側（行間）に書き込まれていた「傍注」を、本文の間・間に挿入し、「頭注」に書かれていた詳細な解釈や鑑賞を、本文の文末に書き込んだ。その結果、実質的に『湖月抄』スタイルを踏襲することに成功したのであるが、傍注が本文の中に流し込まれていることによって、文章を前から後へ、そのまま読んでゆくだけで、意味内容が自然と嚙み砕かれた形で理解されてゆくのは、画期的な翻訳方法ではないだろうか。
また、末尾の一言は、「何ト、時ニトリテ、奇妙ジヤナイカ」となっているが、第一章で紹介した本居宣長の『古今集遠鏡』で、大胆な口語や俗語で和歌を訳した方法とも通じている。橘守部の古典注釈は、北村季吟と本居宣長の古典解釈の方法論を統合した側面を持つと言えよう。

＊紀貫之を批判した人々

明治時代に短歌革新を唱え、「旧派和歌」を攻撃した正岡子規（一八六七〜一九〇二）は、『古今和歌集』と紀貫之に対して、全否定の姿勢を示した。『歌よみに与ふる書』には、「貫之は下手な歌よみにて『古今集』はくだらぬ集に有之候」とある。『古今和歌集』『伊勢物語』『源氏物語』の「三大古典」が作り上げた日本文化ではなく、『万葉集』を基軸に据えた近代文学・近代文化を樹立しようとした子規にとっては、『古今和歌集』と紀貫之は、乗り越えるべき最大の障壁だったのである。ところが、明治維新の直前からすでに、紀貫之に対する批判は始まっており、正岡子規が最初の批判者というわけではなかった。

近藤芳樹（一八〇一〜八〇）は、長州の国学者で、江戸時代には名文家として知られ、維新後は宮内省の歌道御用掛（後の御歌所の寄人）を務めた。

近藤芳樹の散文を収めた『寄居文集』に、「歌を和歌と書き、大和歌と言ふまじき論」がある。このタイトルは、「歌を和歌と書くまじく、大和歌と言ふまじき論」という意味である。「和歌」という言葉は、「漢詩」に対する概念であるので、日本の文学を考える際には「歌」というだけで十分である。つまり、「和歌」の「和」は、「日本」という意味なので、わざわざ「日本の歌」と言う必要はない、というのだ。同様に、「大和歌」の「大和」も「日本」という意味であり、漢詩と比較する時にしか意味を持たないので、単に「歌」と言うだけで十分だというのが、近藤芳樹の考えである。

近藤芳樹は、維新後に明治天皇に『古今和歌集』をご進講する機会があった。その時、近藤は、『古今和歌集』を「コキンワカシュウ」ではなく、「コキンカシュウ」と発音したと言う。なおかつ、『古今和歌集』の仮名序の有名な書き出しである、「大和歌は、人の心を種として、万の言の葉とぞ成れりける」を、「歌は、人の心を種として……」と読み上げた。近藤は国学者なので、古代を重視し、紀貫之の『古今和歌集』を軽視しているのだろう。

近藤は、維新後に、明治天皇の各地への巡幸に同行し、その記録を書き残した。明治九年の東北巡幸に供奉した『十符之菅薦』、明治十一年の北陸巡幸に供奉した『くぬがちの記』などである。近藤は、それらを「紀行」というジャンルとして位置づける。そして、紀行に書くべき内容として、さまざまなことがあると述べた後で、世間では紀貫之の書いた『土佐日記』を紀行文の「親」と崇め、散文を書こうとする人は『土佐日記』を模範としているようだが、それは大きな誤りであると批判する。『古今和歌集』の代表歌人としても、『土佐日記』を書いた散文家としても、近藤芳樹は紀貫之を評価していない。

近藤芳樹たちの属した御歌所の寄人たちは、正岡子規からは「旧派和歌」を体現した旧弊として、弾劾された。その近藤芳樹たちにして、すでに紀貫之に対する信頼感が失われていた。時代は、近代の歌と、近代の散文を求めていたのである。

2. 日記文学の研究史

＊『蜻蛉日記』の研究史

『土佐日記』以外の王朝日記の研究史を眺めてみよう。やはり、「新注」の時代、すなわち江戸時代後期になってからの注釈しか存在していないことに気づかされる。

『蜻蛉日記』は、現存する最も古い写本でさえ江戸時代のものである。作者である藤原道綱母（藤原倫寧女）によって書かれてから、六百年以上の時間が経過している。現代における『蜻蛉日記』の知名度からすると、意外な感じがするが、この六百年間に書き写された写本が残っていないというのはどういうことなのだろうか。『蜻蛉日記』の存在に注目する人々がいなかった、と断言はできないまでも、ほとんど読まれてこなかったのであろう。

したがって、江戸時代の研究は、まず、本文の校訂に全力を注ぐことから始まったが、古写本がないので困難を極めた。「新注」のさきがけを成した契沖も、『蜻蛉日記』の本文に「書き入れ」のかたちで、本文校訂を志している。また、坂徴（サカ・チョウとも）は、『蜻蛉日記』に関する最初の本格的な注釈書である『かげろふの日記解環』（一七八五年）で、本文の改訂案を示している。その後も、本文の推定作業が続けられた。

注目すべきは、『かげろふの日記解環』の段階で、この作品に「紀行」の要素がある点が指摘されていることである。それを受けて、田中大秀は、『かげろふの日記解環補遺』を著すと同時に、『蜻蛉日記紀行解』（『遊絲日記紀行解』とも、一八三〇年成立）で、一度の初瀬詣で、唐崎（辛崎）祓え、石山詣での「紀行」の部分に、みずから注解を加えている。

現在では、『蜻蛉日記』は、藤原氏の「氏の長者」まで務めた最高権力者・藤原兼家の妻（側室）となった女性の、起伏に富んだ家庭生活の記録として捉えられているが、江戸時代には「紀行」の要素に関心が寄せられていたことが、この二人の注釈態度を通してわかるのである。

『蜻蛉日記』の著者から見て「姪」（異母姉妹の娘）に当たる菅原孝標女は、『更級日記』を著した。その『更級日記』には、少女時代に東海道を旅した部分と、晩年に物詣でを繰り返す部分とがある。『蜻蛉日記』に対する江戸時代の見方を『更級日記』に適用すれば、『更級日記』は「旅」と「物詣で」という、「二種類の紀行」を書き綴った作品だったことになるだろう。

＊『紫式部日記』の研究史

『紫式部日記』に関する最古の評論は、第六章でも紹介した安藤為章の『紫家七論』（一七〇四年成立）であるが、これは、紫式部の人物論なので、厳密な意味での『紫式部日記』の注釈書とは言いがたい。これに対して、最初の注釈書と言えるのは、壺井義知の『紫式部日記傍註』（一七二九年）である。

壺井の『紫式部日記傍註』は、平仮名で書かれた本文の横に漢字を宛てて、意味を理解しやすくしたり、人物の名前を書いたりしている。書名に「傍註（傍注）」とある通りである。なおかつ、数は少ないけれども、「頭註（頭注）」もある。壺井は、有職故実に詳しく、室町時代の連歌師で宗祇の弟子である宗碩の著した『源氏男女装束抄』を増補し、江戸時代には広く読まれた。ちなみに、壺井には、『清少納言枕草紙装束撮要抄』という著書もある。

田中大秀の『紫式部日記解』（一八三五年）は、弟子の足立稲直が著した同じタイトルの『紫式部日記解』（一八一九年）を補訂したものである。稲直の同門の友人であり、大秀の高弟である山崎弘泰も補訂作業に加わっているので、共同研究と言える。このような、複数の研究者による古典注釈書は、現代でも多くなされている。

『紫式部日記』には、紫式部が和泉式部を批判し、赤染衛門を誉め、さらに清少納言を批判する部分がある。紫式部は、赤染衛門の和歌の詠みぶりを称賛した後で、「世間では、そうではなくて、自分は上手に詠んだと得意になっている人がいるが、気の毒である」という意味の一文が入る。この直後が、清少納言に対する酷評となる。『紫式部日記解』は、「此の条は、次の清少納言の事を書き出だすべき発語なり」と指摘する。赤染衛門を持ち上げた返す刀で、清少納言を切る。その筆さばきを、『紫式部日記解』は読み取っているのである。

3.『十六夜日記』の研究史

＊『十六夜日記』の成立

これまで、平安時代の女性によって書かれた日記文学に対する研究注釈を概観してきた。中世の日記文学ではあるが、『十六夜日記』は、とりわけさまざまな研究注釈が行われてきたので、ここで『十六夜日記』の研究史を概観してみたい。

『十六夜日記』は、『海道記』や『東関紀行』と並んで、東海道を下る旅を描いている。『海道記』については、作者を『方丈記』を書いた鴨長明であるという説もあり、また、『源氏物語』の河内本を本文校訂した源光行を作者とする説もあったが、現在は、作者不明とされている。

文体から推測して、『海道記』と『東関紀行』は男性知識人の著作と考えられるのに対して、『十六夜日記』は阿仏尼（?～一二八三）という女性が作者である。阿仏尼は、藤原定家の子である為家の妻となり、「二条・京極・冷泉」の中の冷泉家の祖となる冷泉為相を生んだ。為家の没後、播磨の国の細川の庄の相続権をめぐる裁判を起こすために、鎌倉に下った。その旅の記録が、『十六夜日記』である。ちなみに、冷泉家の血筋を引く江戸時代初期の儒学者・藤原惺窩のことは、本章の第一節の『土佐日記』研究の中で触れたが、彼はこの細川の庄で、冷泉為純を父として生まれている。

＊『十六夜日記』の注釈書

『十六夜日記』には、多数の和歌が含まれ、都に残った子どもたちへの和歌の手本という意味合いもあったと考えられている。書名は、旅立ちが十月十六日だったことによる。この日記は広く読まれたが、やはり、注釈書は江戸時代後期まで待たなければならなかった。『十六夜日記残月抄』（一八二四年）は、小山田与清（高田与清）と北条時隣の手になるもので、鍬形紹真（鍬形蕙斎。別名、北尾政美）の挿絵が付いている。小山田与清は、豪商の養子となり、蔵書家として知られた。北条時隣は、与清の弟子である。明治の政治家・教育者で、早稲田大学の創立にも関わった高田早苗は、与清の子孫である。

『十六夜日記残月抄』は、本文の右横に、漢字などを「傍注」として記し、詳しい「頭注」が付いている。「本文・傍注・頭注」のスタイルは、北村季吟の『湖月抄』を連想させるが、『湖月抄』の場合は、分厚い注釈史の蓄積をどのように整理するかが腕の見せ所であった。一方の『十六夜日記残月抄』は、注釈史の伝統がないところで、どのように注釈するかが眼目となっている。

『十六夜日記残月抄』は、語釈などでわずかに『源氏物語』や『伊勢物語』の注釈を利用しているが、それらは「古注」や「旧注」ではなく、「新注」を用いている。また、語釈や語源に関しては、自説を提出した箇所もある。具体的に見てみよう。

『十六夜日記』に、小野の宿（しゅく）（現在の滋賀県彦根市）で、月の光が明るく射したので、山の峰に立ち並んでいる松の木の間の「けぢめ」が見えた、という表現がある。ここでの「けぢめ」は、区別、境目という意味である。与清は、『源氏物語』『伊勢物語』『浜松中納言物語』などの「けぢめ」に関する賀茂真淵（かものまぶち）・荷田在満（かだのありまろ）などの説を紹介しながら、「異筋隔」（ケスヂベ）（異なる筋に分かれ隔たっていること）が本来の意味で、「べ」が「め」へと通音で変化した、と考えている。そして、「けぢめ」の「ぢ」を濁音でなく「ち」と清音で読むべきだという、在満の説に反論している。

また、『十六夜日記』の「心苦し」という言葉の解釈に関しては、宣長説に反論している。江戸時代の俗語の「気の毒」に対応するのが古語の「心苦し」であり、心が苦しいという意味で用いるのは間違いである、というのが宣長説である。与清は、「気の毒」という意味だけではなく、「心が苦しい」という意味の用例も古典には多い、と結論している。

与清は、国学の大家である本居宣長や荷田在満の説に、無批判に従っているわけではない。むろん、季吟が大成した旧注の学問体系とも、ほとんど無関係である。ここから、近代の国文学研究への道が開かれた。

《引用本文と、主な参考文献》

・『土佐日記』『蜻蛉日記』（新編日本古典文学全集『土佐日記・蜻蛉日記』）
・橘守部『土佐日記舟の直路』（『土佐日記古註釈大成』日本図書センター、一九七九年、『新訂増補 橘守部全集7』、東京美術、一九二一年）
・近藤芳樹の『寄居文集』『十符之菅薦』『くぬがぢの記』は、国立国会図書館のホームページ「デジタルコレクション」で閲覧できる。
・坂徴『かげろふの日記解環』（『国文註釈全書9』皇学書院、一九一三〜一四年、『国文学註釈叢書6』名著刊行会、一九二九〜三〇年）
・田中大秀『蜻蛉日記紀行解』（『未刊国文古註釈大系13』）
・安藤為章『紫家七論』（日本思想大系『近世神道論・前期国学』、岩波書店、一九七二年）
・『紫式部日記』（新編日本古典文学全集『和泉式部日記・紫式部日記・更級日記・讃岐典侍日記』）
・安達稲直『紫式部日記解』・壺井義知『紫式部日記傍註』（『紫式部日記古註釈大成』、日本図書センター、一九七九年）
・『十六夜日記』（新日本古典文学大系『中世日記紀行集』、新編日本古典文学全集『中世日記紀行集』）
・『十六夜日記残月抄』（『日記文学研究叢書 復刻 14』クレス出版、二〇〇七年）

《発展学習の手引き》

・本章で取り上げることのできた日記文学は、このジャンルに分類される作品群の一部であったが、「日記文学」という名称で一括りにできない多様性があることに留意することはできたと思う。『土佐日記』は紀行文学でもあり、『更級日記』も紀行文学的な内容を含んでいることは現代ではよく知られていることだと思うが、早くも江戸時代に、『蜻蛉日記』もそのような観点から理解されていた。

また、本章では取り上げなかった作品ではあるが、『和泉式部日記』は和歌が数多く含まれているので、私家集を思わせるし、『和泉式部物語』と称されることもある。そうなれば、『伊勢集』や『建礼門院右京大夫集』なども、日記文学と私家集と物語が渾然一体となった多様性を持つことになる。

このような広がりを持つのが日記文学であることを踏まえ、現代の研究書や国文学の叢書などによって、いろいろな作品に触れていただきたい。

13 軍記物語の研究史

《目標・ポイント》 軍記物語の代表作として、江戸時代に大きな人気を博した『平家物語』と『太平記』の注釈史をたどる。あわせて、『義経記』も取り上げて、軍記物語研究のさまざまなスタイルに触れたい。
《キーワード》 軍記、『平家物語』、『義経記』、『太平記』

1. 『平家物語』の人気

＊江戸時代の出版史

王朝の末期に院政の基盤が揺らぎ始めてから、中世の始めに武家政権が樹立されるまでの激動の時代を描いたのが『平家物語』である。『平家物語』は、琵琶(びわ)法師の語りによって人々に愛好された。次々に登場する平家（平氏）や源氏の武将たちの栄枯盛衰、上皇・皇族・公家たちの政治的な動き、男性の栄枯盛衰に翻弄される女性たちの悲恋。『平家物語』は、聞き所が無数に存在する、波瀾万丈の「語り物」であった。琵琶法師の語りのテキストを文字にしたのが、「語り本(かたりぼん)」と呼ばれる系統の写本である。「覚一本(かくいちぼん)」と呼ばれる系統が、語りの台本の形態を残しているとされる。

いつしか、『平家物語』は「語り」としてではなく、文字で読まれる機会も増えてきた。『平家物語』から派生した『源平盛衰記(げんぺいじょうすいき)』は、「読み本(よみほん)」系統の代表とされている。

江戸時代には、何度も『平家物語』が版本として出版されている。『国書総目録』を見ると、慶長古活字版、元和古活字版、寛永元年古活字版、寛永五年古活字版、寛永古活字版、元和七年版、寛永七年版、万治二年版、寛文十二年版、天和二年版、貞享三年版、元禄四年版、元禄十一年版、元禄十二年版、宝永七年版、享保十二年版、安永七年版が存在することがわかる。これ以外に、刊年不明の版本もある。これらは広く読まれたので、「流布本」と呼ばれる。本文は、覚一本の系統に属している。私は何種類かの『平家物語』の版本を手に取って読んだことがあるが、挿絵付きのものもあった。

なお、「古活字版」というのは、一文字ずつの単体活字、あるいは何文字かを続けた連綿活字を組んで印刷刊行された本である。それ以外の版本は、一枚の版木に多くの文字を彫って印刷したものである。

『平家物語』に先立つ軍記物語である『保元物語』の版本にも、慶長古活字版、元和四年古活字版、元和寛永古活字版、寛永元年版、寛永三年版、明暦三年版、貞享二年版があり、そのほかに刊年不明の版本もある。挿絵付きのものもある。

『平治物語』の版本にも、慶長古活字版を始めとして、宝永年間版まで、十一種類の版本が知られており、それ以外に刊年不明のものもある。挿絵付きの版本もある。

＊江戸川柳に見る『平家物語』

これらの軍記物語の人気の高さは、江戸時代の川柳からもうかがわれる。

「駄々つ子のやうに俊寛愚痴を言ひ」。平家打倒を話し合った「鹿ヶ谷の陰謀」が露顕して、南海の鬼界ヶ島に流された三人のうち、二人は赦免されて都に戻り、俊寛だけが取り残される。この時、俊寛が嘆く「足摺」の名場面は、歌舞伎の『平家女護島』でも有名である。

「さがされぬ所に小督隠れてる」、「恋を捨てたり尋ねたり嵯峨の奥」。高倉天皇に愛されながら、平清盛の怒りに触れて嵯峨に逃れた小督を、源仲国が探し求める名場面は、「嶺の嵐か松風か、尋ぬる人の琴の音か」という、七五調の名文と共に有名である。初句「さがされぬ」は、「捜されぬ」（見つからぬ）に「嵯峨」という地名を掛詞にしていて、巧みである。「恋を捨てたり尋ねたり」は、清盛に飽きられて出家して嵯峨に隠栖した祇王・祇女、さらには仏御前たちの白拍子たちのことを、嵯峨に恋を捨てた、と表現し、嵯峨で小督を捜す仲国のことを、恋を尋ねる、と表現している。『平家物語』の異なる名場面をつなぎあわせて、これも巧みである。

「熊谷は不承不承の手柄なり」、「花やかな蕾も凋む一ノ谷」。一ノ谷の合戦で、熊谷直実は、泣く泣く、花のように美しい若武者・平敦盛を斬った。能『敦盛』の題材となったり、歌舞伎の『一谷嫩軍記』などに脚色されたり、美術作品にも好んで描かれたりした名場面を、川柳の題材としている。

2. 『平家物語』の研究史

＊原文で味読できた江戸の読者

『平家物語』は、本来、琵琶法師の語りを聞くものだった。その語りが文字で書かれても、語りを聞くような感じで、読者は読んでいたのだろう。鎌倉時代初期の成立とは言え、中世の人々は当然のこととして、武家政権が続いた江戸時代の人々にも、「武士道」の原型としての『平家物語』は身近な作品だった。

現代人が読むと、源氏や平家の武将たちが身に纏っている鎧や兜などの武具の詳細がよくわからないが、中世や近世の人々には親しかったのだろう。そういうこともあって、本格的な注釈書の出現は江戸時代まで持ち越された。

＊『平家物語評判秘伝抄』

作者未詳の『平家物語評判秘伝抄』は、慶安三年（一六五〇）以前の成立だとされる。『平家物語』の注釈を中心とした「評」と、関連する説話を載せる「伝」から成る。ただし、『平家物語』の本文は印刷されていない。戦いに関する評言が詳しく、作者を軍学者の由井正雪（一六〇五〜五一）に擬する説などもある。

平忠度が都落ちに際して、和歌の師であった藤原俊成を訪ねて、自分の歌を勅撰和歌集に入れてほしいと頼む場面は、有名である。『平家物語』では、忠度の歌の中から、「さざなみや志賀の都は荒れにしを昔ながらの山桜かな」が、「読み人知らず」として『千載和歌集』に撰ばれた、と語っている。

『平家物語評判秘伝抄』は、このエピソードを評して、「こういう差し迫った時には、ふだん翫んでいる道を忘れてしまう人が多い中で、後世に名前を残すために勅撰集に撰ばれたいと思った忠度の心は、『名を貪る罪』があるとはいえ、立派な心がけと言える。そもそも、忠度の求めた『名＝名利』と、凡人が求める『名利』（名誉欲）とは、別次元のものである。ただし、忠度が『歌道』だけでなく、『武門の大事』にも心をかけていたならば、この都落ちの場面にあっても、数万人の平家軍の大将となり、源氏を破ることはできないまでも、勢いに乗る源氏勢を悩ませることは可能であり、和歌が勅撰集に撰ばれるよりも、そして数多くの秀歌を詠み遺すよりも、彼の武門の名誉は大きかったであろう」と述べている。

また、宇治川の合戦で、源範頼（のりより）と源義経（よしつね）の鎌倉側に敗北した木曾義仲（きそよしなか）が、「こんな結果になるとわかっているのであれば、腹心の今井兼平（かねひら）を瀬田に向かわせるのではなかった」と悔やむ場面がある。『平家物語評判秘伝抄』の「評」は、義仲が「愚将」であることがこの言葉でわかる、と断定する。そもそも、義仲が鎌倉側との戦いに勝利する可能性は、皆無だった。その根拠の数々を、『平家物語評判秘伝抄』の「評」は列挙する。それを悟らずに敗軍の将となり、なおかつ、そのことを悔やむのは愚かだ、というのだ。

『平家物語評判秘伝抄』は、『平家物語』の文学的な価値を考察するというよりは、『平家物語』に描かれた内容を基にして、武士の生き方の基本を説くことに力を注いでいる。

＊『平家物語抄』

『平家物語評判秘伝抄』と関連すると思われる注釈書に、『平家物語抄』がある。レイアウトが二段組みになっていて、下段が『平家物語』の本文で、上段が「評」である。忠度の都落ちの箇所では、『平家物語評判秘伝抄』と同じように、歌道に寄せる心ざしの深く哀れなることを称える一方で、武家に生まれたならば、朝夕に「軍法」を心がけ、「陣（じん）」の取り方や「城」の築き方をもっぱらにして、その暇に芸能に心を置くようにすべきだ、と批判している。

また、宇治川の合戦で敗れた木曾義仲が後悔する場面では、義仲を「愚かなり」と批判している。その論拠は『平家物語評判秘伝抄』とは少し違っている。「義仲が一年前に、後白河法皇を信濃の国にお連れして、飛騨の国を要害にして守りを固めたならば、鎌倉勢としても容易には義仲を打ち破れなかっただろう。にもかかわらず、義仲は都に留まり、『女色』と『金銀宝物』に溺れてしまった。これでは、『亡(ほろ)ぶる事(こと)、歴然(れきぜん)たりと、知るべきなり』」と、厳しく断じている。

＊野宮定基の『平家物語考証』

野宮定基(ののみやさだもと)（一六六九〜一七一一）は、公家である。古典と有職故実(ゆうそくこじつ)に詳しかった。新井白石(あらいはくせき)の質問に答えた『黄白問答(こうはくもんどう)』も遺している。

定基は、忠度の都落ちでは、「五条の三位俊成の卿」「撰集の御沙汰」「鎧の引き合はせ」「前途程遠し」「千載集」の五箇所について、事実を指摘する簡略な注を付けている。

木曾義仲が後悔する場面では、定基にとっては注釈すべき人名や有職故実が見当たらなかったのだろうか、注は付けられていない。

＊『平家物語集解』

『未刊国文古註釈大系』の第十五巻には、『平家物語集解』という注釈書が翻刻されている。『国書総目録』では、「へいけものがたりしゅうげ」と読んでいる。

忠度の都落ちの場面では、藤原俊成の家が都のどこにあったかが考証されており、「五条の京極(きょうごく)」にあったとする説と、「五条の室町(むろまち)」にあったとする説を紹介し、歌論書の『正徹物語(しょうてつ)』は「五条室町」説である、とされている。また、俊成が『千載和歌集』に撰んだ忠度の歌は、「さざなみや」の歌だけでなく、もう一首「いかにせむみやぎが原に摘(つ)む芹(せり)のねのみなけども知る人の無(な)き」という歌も忠度の歌であるという伝承を紹介している。そのうえで、二首も入ることがあるだろうか、といぶかしんでいる。

『新編国歌大観』では、「いかにせむみかきが原に摘む芹(せり)のねにのみなけど知る人の無(な)き」という本文である。『治承(じしょう)三十六人歌合(うたあわせ)』によれば、この歌の作者は、平経盛(つねもり)の作である。なお、『忠度集』には、「いかにせむしばしはさこそいとはめどおもひしほどにやがてつれなき」という、類似する表現の歌が載っている。

ちなみに、第三章で紹介した北村季吟の『八代集抄』では、「さざなみや」の歌については、「昔ながら」と「長良（長等）の山」の掛詞であると指摘するほか、『平家物語』にも言及している。「いかにせむ」の歌については、その本歌を指摘しているが、『平家物語』には触れていない。

＊平道樹の『平家物語標註』

平道樹は、幕府の医官であったとされる。彼が江戸時代後期に著した注釈書が、『平家物語標註』である。

忠度の都落ちの場面では、俊成の家が、「今の新玉津島」（「ニイタマツシマ」とも）である、と書かれている。和歌の女神を祀る新玉津島神社は、紀州の玉津島神社を都の中に勧請したもので、和歌の聖地とされた。二条為世門下の「和歌四天王」の筆頭である頓阿や、江戸時代に古典学を集大成した北村季吟が、この地に住んでいた。

木曾義仲が後悔する場面については、言及はない。

＊『参考源平盛衰記』

水戸光圀の命によって編纂が開始した『大日本史』の資料とするため編纂されたのが、『参考源平盛衰記』『参考太平記』『参考保元物語』『参考平治物語』である。

『参考源平盛衰記』の「平家の一門、都落ちの事」では、忠度が俊成を訪ねたエピソードを記したあとに、「かかる次第なれば、平家の一門、勇める者は一人もなく、ただ、源軍の威に懼れて、当座の難を避けむとのみ思ふ人々ばかりなりしに」とある。この文脈は、『平家物語評判秘伝抄』

や『平家物語抄』の「評」と近い。文雅の価値を認める一方で、やはり武士にとっては「武門」を忘れてはならないというニュアンスである。

木曾義仲が「後悔」する場面は、『参考源平盛衰記』にはない。鎌倉勢と木曾勢との死闘が繰り広げられていて、壮絶である。

＊近代の『平家物語』研究

武士の時代が開幕した鎌倉時代に成立した『平家物語』は、武士の時代が終焉(しゅうえん)を迎える江戸時代まで、おそらく「同時代文学」として読み続けられたのだろう。「士農工商」から「四民平等」の明治時代に入って、『平家物語』は古典として研究対象となった。

現在、『平家物語』の研究に志す国文学者は、「語り本」系統と「読み本」系統が入り乱れる『平家物語』の複雑な諸本について、正しい認識を持つことが必要とされる。すなわち、『平家物語』研究の最初の扉は、「諸本論(しょほんろん)」である。

次に、『平家物語』が、それぞれの場面で題材として用いた典拠を確定する「出典研究」がある。さらには、『平家物語』で用いられている言葉の意味の確定がある。戦場での合戦の場面では、テンポの良い、中世の口語が繰り出される。その一方で、戦いが一段落した後で、愛する人を失った女たちの悲しみを叙述する際には、『源氏物語』を思わせるような王朝語が用いられている。ここでは、『源氏物語』の注釈書でなされている語釈が、大いに参考になるだろう。

そして最後に、『平家物語』がなぜ語られ続け、語り続けられたかとを探究する「主題論」が、最後の関門となる。折口信夫(おりくちしのぶ)は、「鎮魂」というテーマを発見した。それは、『平家物語』に題材を得た謡曲が、生前に合戦で人の命を奪った武将が往生できない苦悩を語ることと響き合う。

ただし、太平洋戦争の終局後に、吉川英治が執筆した『新・平家物語』が、未曾有の大混乱の最中で、逞しく生き抜こうとする男たちの強さと、戦いによって引き裂かれそうになる「母と子」の絆をどこまでも守り抜きたいと願った人々の姿を描いたことも、忘れてはならないだろう。『平家物語』は、軍記物語というジャンルの最高傑作である。その傑作たるゆえんは、平和な時代にこそ深い魅力を放つ。

3.『義経記』の研究史

*『義経記』の成立

『平家物語』では、源義経の活躍が詳しく語られている。『徒然草』の第二百二十六段には、後鳥羽院の時代に、「信濃の前司行長」という人物が『平家物語』を作ったこと、そして、「九郎判官の事は、詳しく知りて、書き載せたり。蒲の冠者の事は、良く知らざりけるにや、多くの事どもを、記し漏らせり」と記している。「九郎判官」が義経であり、「蒲の冠者」が範頼である。

『平家物語』でも脚光を浴びていた悲劇の貴公子・源義経の人気を「判官贔屓」と言われるまでに決定づけたのが、『義経記』である。室町時代の成立と見られる。義経が、静御前と吉野の山中を彷徨する場面は、歌舞伎の『義経千本桜』などに脚色されている。

*『義経記大全』と、『謡曲拾葉抄』

『義経記』の注釈書に『義経記大全』がある。著者は「松風庵」と称しているが、本名は未詳である。元禄十六年（一七〇三）の刊行である。『義経記』の本文に、頭注が付けられている。捕縛された静御前が鎌倉に移送される場面では、「白拍子」と「静」、さらには静御前の母親である

「磯の禅師」について、注釈が付いている。磯の禅師（「前師」とも）と静御前の母子に関して、どのような注が付いているか、見てみよう。

　磯の前師は、阿波の国「磯」と言ふ所の者ゆゑに、磯の前師と言へり。「禅師」と書くは、誤りなり。今は、其の所をば「磯崎」と言へり。静は、淡路の志津賀と言ふ所にて出生しければ、斯く言へり。今は、所の者、誤りて「志津木」と言へり。

静御前とその母親の出身地が、具体的な地名を挙げて説明されている。先ほど引用した『徒然草』の第二百二十六段の直前に位置する第二百二十五段には、磯の禅師と静御前のことが、次のように書かれている。

　多久助が申しけるは、「通憲の入道、舞の手の中に、興有る事どもを選びて、磯の禅師と言ひける女に教へて、舞はせけり。白き水干に、鞘巻を差させ、烏帽子を引き入れたりければ、男舞とぞ言ひける。禅師が娘、静と言ひける、この芸を継げり。これ、白拍子の根元なり。（以下略）

江戸時代には、多数の『徒然草』注釈書が出版されたことを、第八章で述べた。そこで、『徒然草』の注釈書で、第二百二十五段を調べてみれば、「磯の禅師」と、「禅師が娘、静」という二人の女性についての経歴など、何か記述があり、それを取り入れる形で『義経記大全』の頭注が付けられたかどうかがわかるのではないかと推測した。

ここから先は、私自身が行った調査の順序を細かく書き記すことになるが、注釈書を研究するとはどういうことなのか、具体例に即して説明する良い機会であるので、こういう書き方を採用することとした。

結果を先に述べるならば、江戸時代の数ある『徒然草』の注釈書には、管見に入った範囲で『義経記大全』と同じ記述は発見できなかった。けれども、『徒然草』の第二百二十五段には、磯の禅師と静御前の二人が登場するのだから、『徒然草』の注釈書の中に、『義経記大全』の注釈の出典を突き止める手がかりがあるのではないかと考え、範囲を広げて近現代の『徒然草』注釈書も調べてみた。

すると、田辺爵『徒然草諸注集成』に、「磯の禅師」に関する、次の記述が見つかった。

> 磯ノ前司とも書く。謡曲拾葉抄に、阿波国磯の生れといい、その他、讃岐とも伊勢とも説があるが、確かな証拠はない（佐野）。

「佐野」とあるのは、田辺が参照した佐野保太郎『徒然草講義』のことである。「阿波国磯」という地名が明記されており、『謡曲拾葉抄』という書名も書かれているので、『謡曲拾葉抄』を調べてみると、『謡曲拾葉抄』は、犬井（乾）貞恕の著作で、一七七二年の刊行である。ただし、犬井貞恕の没年は、一七〇二年で、『義経記大全』の刊行（一七〇三年）は、その後である。『謡曲拾葉抄』は、謡曲の名作に注を付けたものである。静御前が登場する謡曲には『吉野静』や『二人静』がある。『謡曲拾葉抄』には、このうち、『二人静』が収められている。その注釈の中に、次のような一節を見つけた。

前司は、阿波国「磯」と云ふ所の者故に「磯の前司」といへり。今は、其の所を「磯崎」と云ふ。静は、淡路の「志津賀」と云ふ所にて出生したる故、名とす。今は、所の者、誤りて「志津木」といへり云々。

これは、『義経記大全』の頭注と、ほぼ同文である。刊行年で比べると、『義経記大全』（一七〇三年）を、『謡曲拾葉抄』（一七七二年）が参照したかと思われるが、著者の貞恕は、すでに一七〇二年に没しているので、詳細は不明である。いずれにしても、『義経記大全』と『謡曲拾葉抄』の双方がほとんど同じ内容の注を書くほど、磯の禅師と静御前の出身地に関する考証が流布していた、ということになろう。

ちなみに、犬井貞恕について調べてみると、江戸時代初期の俳諧師・安原貞室の弟子であることがわかる。貞室は、松永貞徳が興した「貞門俳諧」の高弟である。『湖月抄』や『春曙抄』などの古典注釈書の数々を表した北村季吟は、当初は安原貞室の弟子であったが、後に松永貞徳の直接の弟子になったとされる。松永貞徳の門弟からは、北村季吟や加藤磐斎など、すぐれた古典注釈書が生まれた。犬井貞恕もその文化圏の一人だった。貞門の俳諧師たちは、古典学にも精通しており、その研究範囲は、謡曲の文学性の解明にも向けられたのだった。

4.『太平記』の研究史

＊『太平記』の成立

『太平記』は、『平家物語』と並ぶ軍記物語の代表作であり、鎌倉幕府の滅亡、建武の新政の挫折、足利幕府の樹立、南北朝の対立を描いている。一三一八年から一三六七年までの激動と混乱が活写されている。作者は「小島法師（こじまほうし）」と伝えられるが、未詳である。十四世紀の後半に成立した。江戸時代には、「太平記読み」と呼ばれる人々が講釈し、広く庶民に愛好された。

＊『太平記大全』の注釈

水戸光圀の命によって編纂が始まった『大日本史』の資料とするために、『参考太平記』（一六九一年刊）が編集されたことは、『平家物語』の注釈史でも触れた。ここでは、『太平記大全（たいぜん）』（一六五九年刊）という注釈書を取り上げよう。

『太平記大全』は、『太平記』の本文と、江戸時代の初期に大運院陽翁（だいうんいんようおう）という僧がまとめたとされる『太平記評判秘伝理尽鈔（ひょうばんひでんりじんしょう）』を全文収録し、なおかつ補足したものである。挿絵も入っている。『太平記大全』は、「評」と「伝」によって、『太平記』の内容を解説している。これは、『平家物語評判秘伝抄』と同じスタイルである。

『太平記大全』の冒頭には、『太平記』というタイトルについての伝承が記されている。それによれば、この作品は四度、名称が変更されたという。それが、『安危来由記（あんきらいゆうき）』、『国家治乱記』、『国家太平記』、『天下太平記』である。

また、「序」では、「『太平記』ハ、異国・本朝、往昔ノ是非ヲ顕（あらは）シテ、後昆（こうこん）ノ誡（いましめ）トセリ」と書き始められている。「後昆」は、子孫・末裔という意味である。「上代」は「文」を基として「道」を行い、自らを修めようとした。だから、「道」にはずれた行いをすることは、それを「恥」とした。ところが、「この頃」（『太平記』の時代）の人は、「道」の基盤となる「文」を忘れ、「邪」と「正」の区別もできなくなった。「国ヲ領スルノ人」ですら、「斯クノ如ク、何ゾ卑シキ」ありさまに陥った。そこで、『太平記』を著し、この書を読む人が一人でも正しい「道」を取り戻せば、「大海ノ一滴」や「九牛ガ一毛」（九牛の一毛）であるとはいえ、「道」の回復につながるだろう。それが、『太平記』全編の趣旨である、とされる。

　つまり、『太平記大全』のこのような「教訓読み」、さらには「政道読み」は、中世の「古今伝授」につながる文化人たちが、『源氏物語』や『伊勢物語』の注釈書を通して説き続けた「平和への祈り」と一致してくる。その点が、重要であろう。

『源氏物語』や『伊勢物語』を通して「理想の政治家の心がけ」を説いた宗祇や細川幽斎の注釈書にかける願いが、江戸時代の『太平記』注釈書にも流れ込んでいると把握するならば、注釈書が『太平記』を「新古典」に押し上げたということになるだろう。それは、『徒然草』よりもさらに新しい作品であっても、「新古典」となりうる事例として、江戸時代の人々に提供されたのであった。

『大日本史』の資料とするために編纂された『参考太平記』では、『太平記大全』に引用されている『太平記評判秘伝理尽鈔』を、歴史資料としての価値は低いと批判している。それは、「古今伝授」のことを、些末な知識を「秘伝」にして権威づけている、と批判する近代人の姿勢とも共通している。けれども、『太平記』は、聞いて面白く、読んで面白い読み物である。その面白さを通して、「道」について学ぶところがあると考えた『太平記評判秘伝理尽鈔』や『太平記大全』の姿勢には、歴史学的な観点からの批判は成り立っても、文学的な観点から見れば、別の評価がなされるべきだろう。日本文学を貫く「古今伝授」という、文学メッセージの伝達回路を共有する大きな流れが見えてくる。

《引用本文と、主な参考文献》

・『平家物語評判秘伝抄』『平家物語抄』『参考源平盛衰記』『太平記大全』（国立公文書館のデジタルアーカイブで全画像が公開されている）
・『平家物語集解』・平道樹『平家物語標註』（『未刊国文古註釈大系15』清文堂出版、一九六九年）
・『治承三十六人歌合』（『未刊中世歌合集上』古典文庫、谷山茂・樋口芳麻呂編、一九五九年）
・『義経記大全』（『未刊国文古註釈大系14』清文堂出版、一九六九年）
・『謡曲拾葉抄』（『日本文学古註釈大成』日本図書センター、一九七九年）
・『太平記評判秘伝理尽鈔』（今井正之助『太平記秘伝理尽鈔』1〜5東洋文庫、平凡社、二〇〇二〜二〇年）

【発展学習の手引き】

・「忘れられた思想家」として、近年、脚光を浴びている安藤昌益（あんどうしょうえき）（一七〇三〜六二）は、『太平記大全』から多くの知識を得て、独創的な思想体系を構築したとされる。「政道読み」と「教訓読み」の真髄が、ここにも見られると思うので、興味があれば、江戸時代の思想家たちの著作にも、読書を広げてみてほしい。

14 注釈書のさまざま

《目標・ポイント》 これまで取り上げてきた注釈書の中から、いくつかを具体的に紹介し、「注釈書を読む」意義と、その楽しさを、わかりやすく説明する。

《キーワード》『源氏物語』の注釈書、『小倉百人一首』の注釈書、『枕草子』の注釈書、『方丈記』の注釈書、『徒然草』の注釈書

1.『源氏物語』の注釈書

＊古注釈書の実物に触れる

現在、古典文学の主要な古注釈書は、出版社から高品位の写真版で刊行されているものがある。また、国会図書館のデジタルコレクション、国文学研究資料館の新日本古典籍総合データベース、早稲田大学の古典籍総合データベースなどで閲覧可能なものもある。

ただし、注釈書の実物を手に取って研究すると、写真や画像で閲覧していた時には気づかなかった、新たな発見をする時がある。本章では、私が所蔵している注釈書の中から、いくつかを紹介しながら、注釈書を読む面白さを述べてみよう。

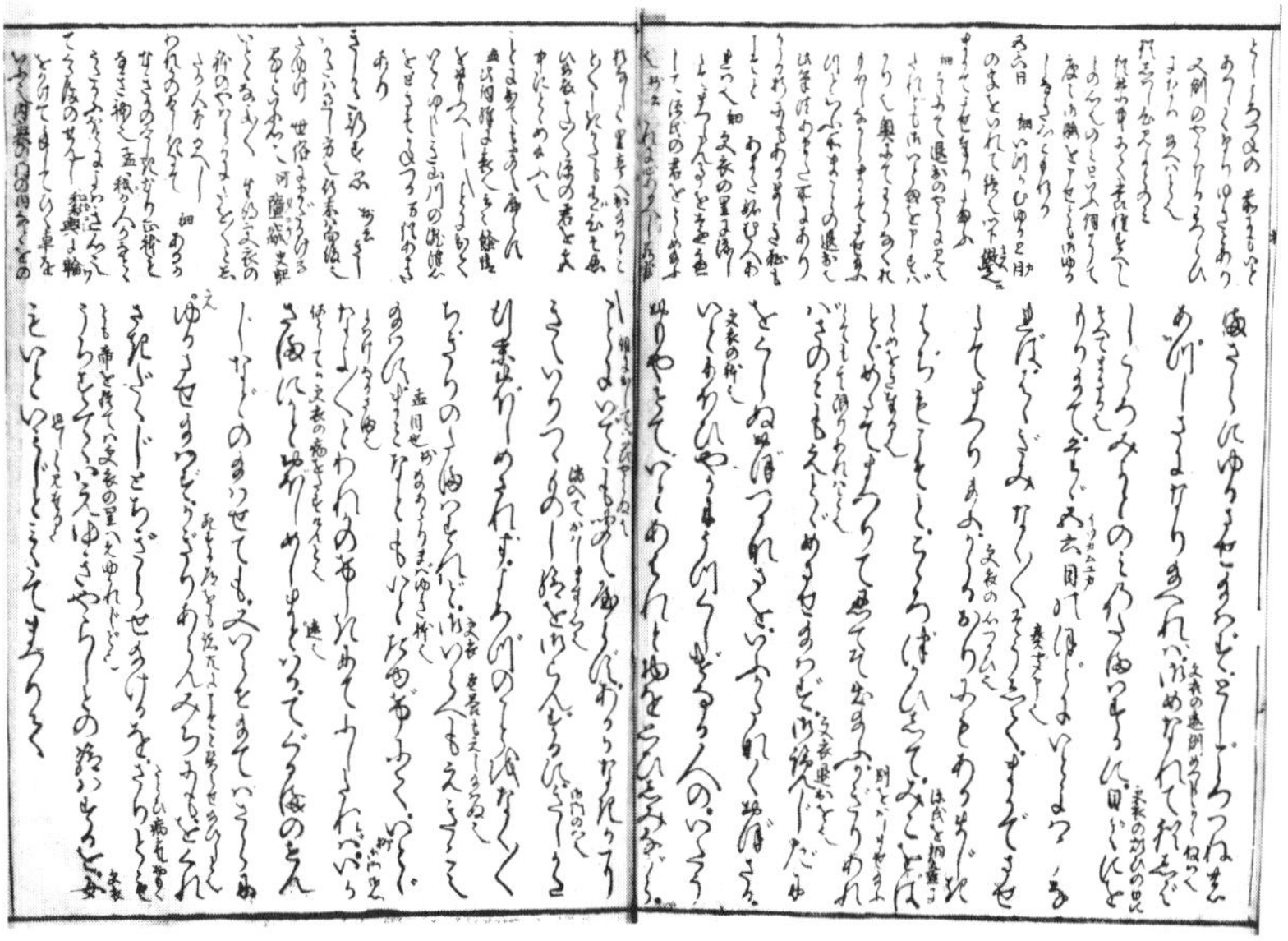

図版1　北村季吟『湖月抄』

＊北村季吟の『湖月抄』

　近現代の国文学研究は、国学が興って以降に書かれた「新注」を基礎としているが、「注釈書」のスタイルを確立したのは、それ以前の「旧注」の時代に出版された、北村季吟の『湖月抄』であった。「本文・傍注・頭注」の三点セットは、視覚的にも見やすく、本文（原文）を残したままで味読でき、深い鑑賞も可能になる画期的なレイアウトだった。その実例を見てみよう。

　図版1は、桐壺巻で、病の重くなった桐壺更衣が宮中を退出する直前の部分である。季吟の注釈書で、版本になっているものの特徴は、見慣れてくると、大変に読みやすい字体であることである。一枚の版木に、文字を彫ってゆくのだが、季吟は、直筆の原稿をそのまま版木に彫らせたと言われている。つまり、季吟の直筆を伝えている。

さて、『湖月抄』の「本文」の横（傍ら）には、小さな文字が書き添えられている。これが「傍注」である。本文の「五六日」（右頁4行目）には、「イツカムユカ」と書いてあるので、季吟は「ごろくにち」でも、「いつかむいか」でもなく、「いつかむゆか」と音読していたことがわかる。「おぼしめしまどはる」（左頁7行目）の「まどはる」の横には、「迷也」と書いてあるので、「まどはる」の意味が「迷う」であることがわかる。

「頭注」を見ると、「細」という字が目立つが、これは『細流抄』のことである。本文の「五六日」と対応する頭注（右頁上欄三つ目の頭注）には、「細」と出典を明示したうえで、「いつかむゆかと、日の字をいれて読也。以下、之に倣へ」とある。つまり、『源氏物語』などの古文を読む際に、「二三日」とあれば「二日三日」のことなので「ふつかみか」と「日」の字を入れて読み、「五六人」とあれば「五人六人」の意味なので「いつたりむたり」と「人」の字を入れて読みなさい、という教えである。

本文の「いとゞなよなよ」と対応する頭注（左頁上欄三つ目の頭注）には、「生得、更衣の体のやはらかに、たを〱としたる人なるべし」とある。出典が明記されていないので、季吟本人の指摘である。

この「本文・傍注・頭注」の『湖月抄』スタイルによって、難解な原文とされる『源氏物語』でさえも、「すらすら読める古典」へと変貌した。それと同時に、表現の出典や、歴史上の出来事との類似性などもわかるので、「深く味わえる古典」ともなったのである。

＊猪熊夏樹の『源氏物語』講義録

私が古書店で購入した『源氏物語』関係の書物の中に、猪熊夏樹（一八三五〜一九一二）の「猪

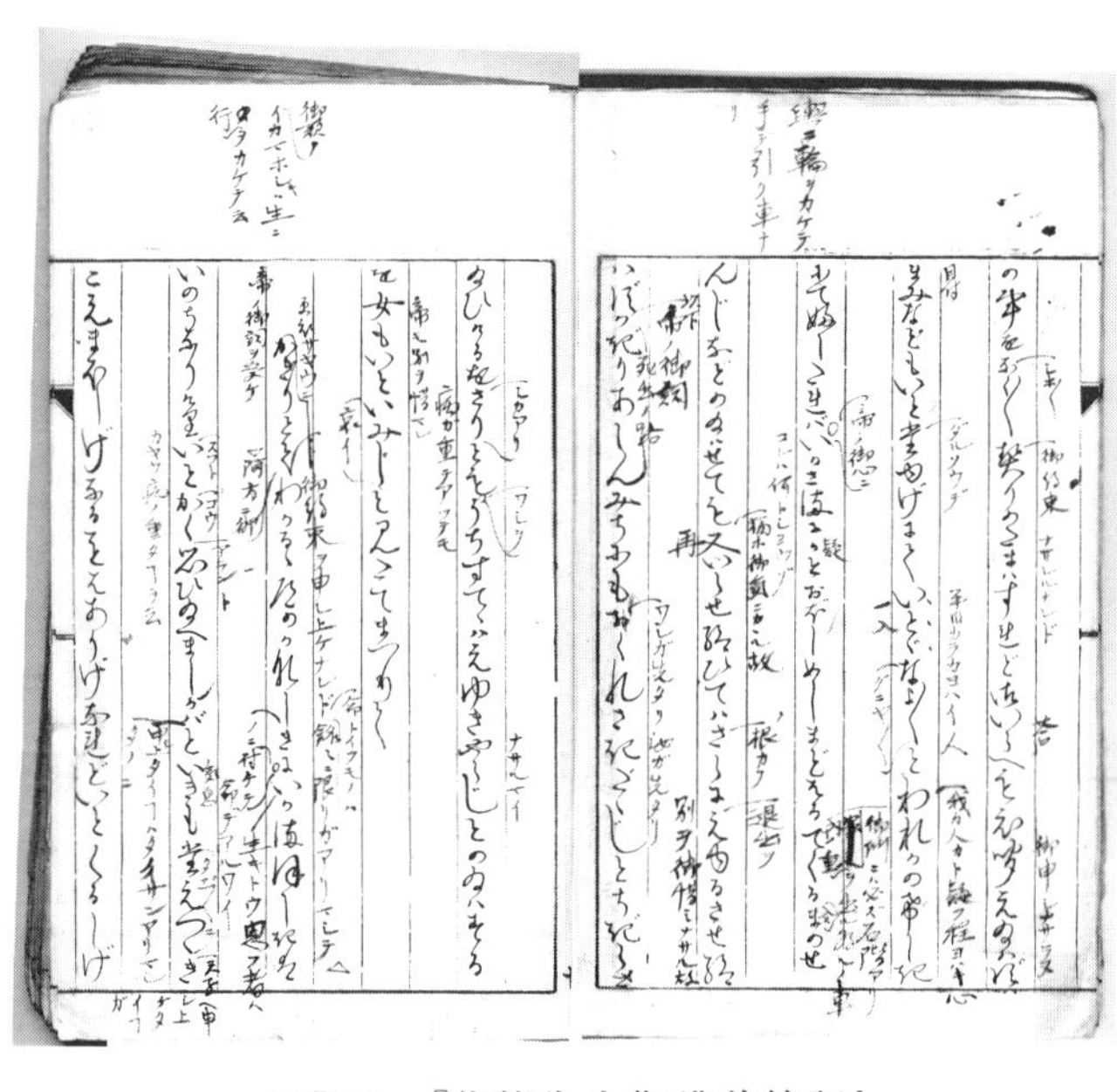

図版2 『猪熊先生御講義筆記』

熊先生御講義筆記」があった。**図版2**のように、これは版本ではなく、手書きのノートである。「御講義筆記」という題名であるが、「猪熊先生の講義を聴いた人物が筆記した」という意味ではなく、本人が講義のためにいろいろと書き入れた、いわゆる「講義ノート」であろう。夏樹は讃岐の白(しら)鳥(とり)神社の家に生まれた国学者。明治三十九年に、宮中に召されて『古事記』を講じている。猪熊には『訂正増註源氏物語湖月抄』という著作があり、季吟の『湖月抄』に、宣長の『玉の小櫛』を増補した、いわゆる『増註湖月抄』の一つである。私が日頃使っている『増註　源氏物語湖月抄』（名著普及会）の扉には、「著者　北村季吟、補註　猪熊夏樹、校訂　有川武彦、増補　三谷栄一」とある。

一行おきに「本文」を書き、一行空いたスペースに、朱字で書き込みがなされている。右頁本文2行目「いとたゆげにて」の横には「ダルソウデ」、「いとゞ」の左側には「一入(ひとしほ)」、「なよ〳〵」の

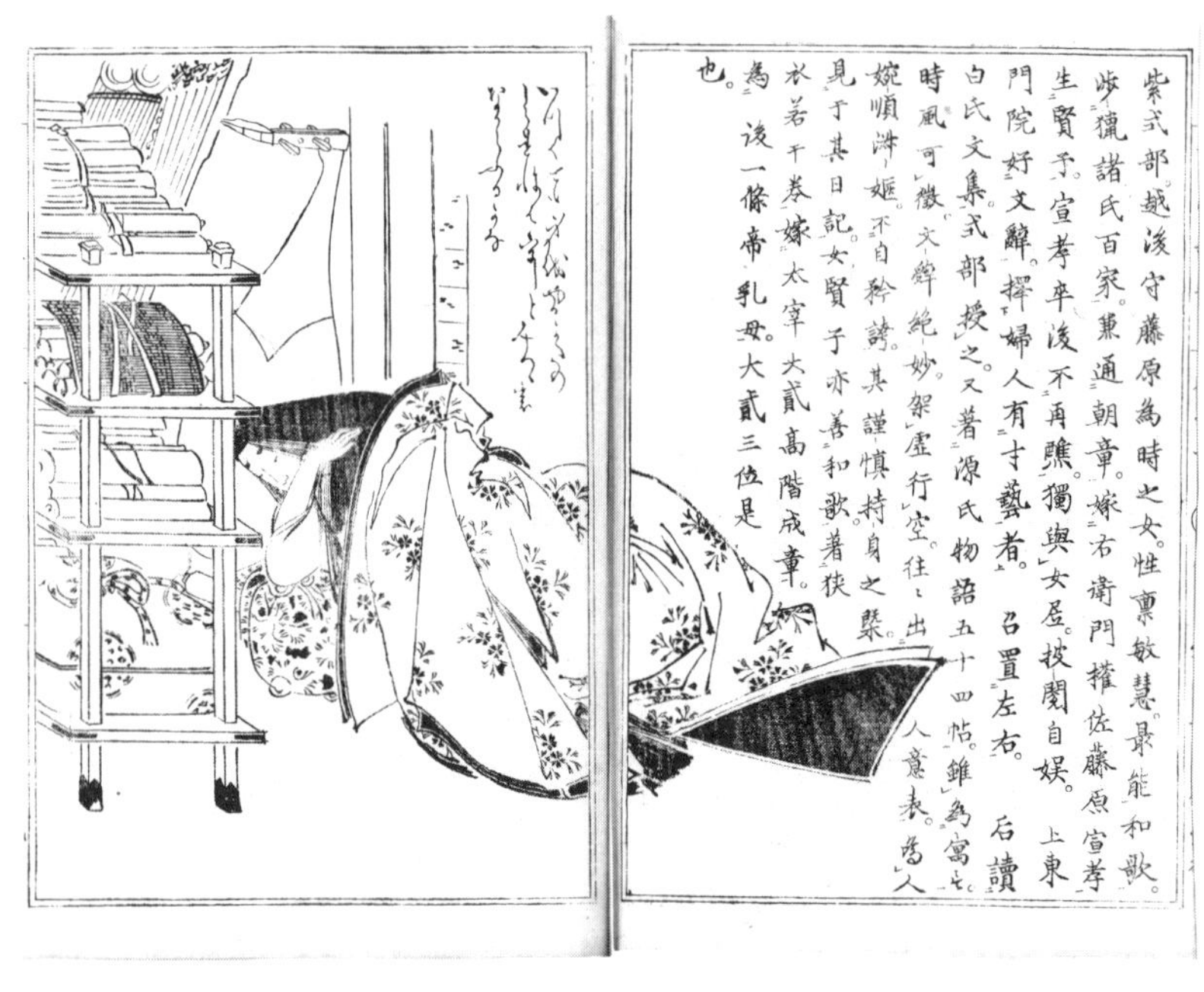
紫式部。越後守藤原為時之女。性稟敏慧。最能和歌。渉獵諸氏百家。兼通朝章。嫁右衛門權佐藤原宣孝生賢子。宣孝卒後不再醮。獨與女兒披閲自娯。上東門院好文辭。擇婦人有才藝者。召置左右。后讀白氏文集。式部授之。又著源氏物語五十四帖。雖為寓言。時風可徵。文辭絶妙。架虚行空。往々出人意表。為人婉順淑姫。不自矜誇。其謹慎持身之槩。見于其日記。女賢子亦善和歌。著狭衣若干巻。嫁太宰大貳高階成章。為後一條帝乳母。大貳三位是也。

図版3　菊池容斎『前賢故実』

左側には「グニヤ〳〵」、そして「いとゞなよ〳〵と」の右側には「平日カラカヨハイ人」とある。猪熊は、明治十八年から京都府師範学校、二十三年からは京都府第一高等女学校で教壇に立ったという。このようなノートに書き込んだ口語訳を織り交ぜながら、講義を進めたのであろう。

＊菊池容斎の『前賢故実』

菊池容斎（一七八八〜一八七八）は、日本画家だが有職故実に詳しく、その著作である『前賢故実』には五百七十一人の歴史上の人物が描かれている。時代考証が巧みである点が高く評価されている。彼は、『源氏物語』の作者である紫式部をどのように描いているだろうか。

図版3には、画面の左奥に、琵琶や琴が見える。たくさんの書物が載って

いる棚の前に座って俯(うつむ)いているのが、紫式部である。この構図は、どこから発想されたのだろうか。『紫式部日記』を読むと、この絵の構図の発想となったと思われる箇所がある。清少納言への辛辣な批判が終わった直後に、わが身を省みる場面である。菊池容斎の『前賢故実』に描かれている紫式部の肖像画は、『紫式部日記』の一場面をかなり忠実に描いており、情景がよくわかる。「視覚化された注釈」と言ってもよいと思う。ちなみに、この場面の本文は、第六章で紹介した賀茂真淵『源氏物語新釈』の「物考(そうこう)」でも引用されている。

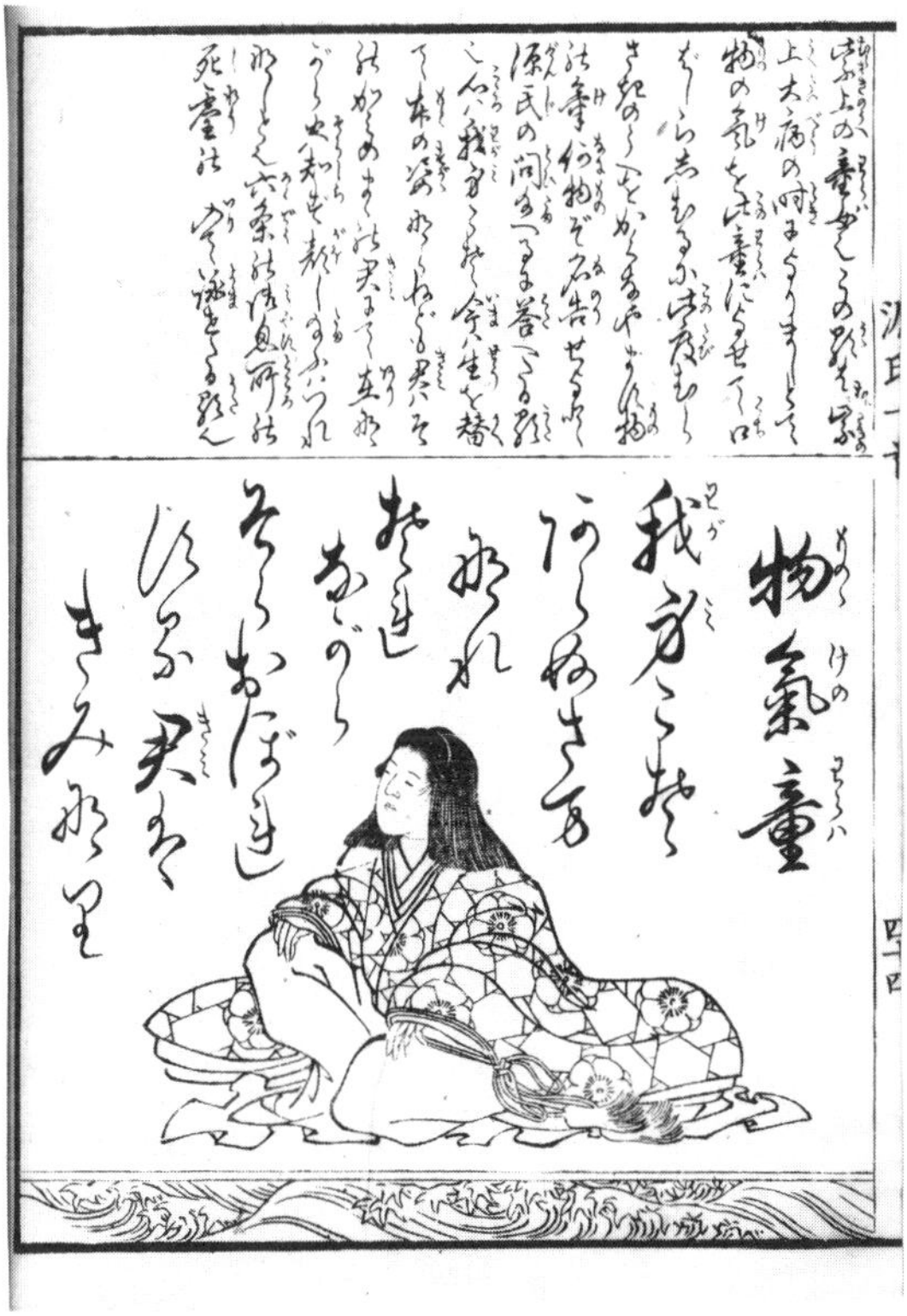

図版4　『頭書訓読　源氏百人一首湖月抄』

2.『小倉百人一首』と和歌の注釈書

＊黒沢翁満の『頭書訓読　源氏百人一首湖月抄』

『頭書(かしらがき)訓読　源氏百人一首湖月抄』は、第二章で紹介した『源氏百人一首』の一種である。内容は『源氏物語』だが、スタイルは「百人一首」である。著者の黒沢翁満(おきなまろ)（一七九二～一八五九）は、本居宣長の弟子の国学者で、幅広い著作を残した。「おきなまろ」という名前は、『枕草子』に登場する犬の名前（翁丸）に由来するのだろうか。

図版4には、「物気童（もののけのわらわ）」という人物が詠んだ、「我身（わがみ）こそあらぬさまなれそれながらそらおぼれする君（きみ）はきみなり」という歌が記されている。上の方（頭書の部分）には、この女童（めのわらわ）は紫の上に仕えているが、六条御息所（ろくじょうのみやすどころ）の死霊（しりょう）が取り憑（つ）いて、この歌を詠ませたと、解説している。若菜下巻の出来事である。

読者は、この歌を「六条御息所の歌」として疑わないのだけれども、六条御息所の死霊が「女童」の口を借りて詠んでいるので、ここでは「物気童（もののけのわらわ）」の歌だとされているのである。

3.『枕草子』と『方丈記』の注釈書

＊北村季吟の『春曙抄』

北村季吟の『春曙抄』は、『枕草子』の本格的な注釈書の最初期のものであり、なおかつ、注釈書の決定版となった名著である。これもまた、「本文・傍注・頭注」の三点セット、いわゆる『湖月抄』スタイルのレイアウトである。

図版5には、有名な書き出しの部分を掲げた。本文で、「冬は雪のふりたるはいふべきにもあらず」とあって、「冬は早朝（つとめて）」ではないのに、注目されたい（右頁最後の行の途中から左頁最初の行の途中まで）。これが、『春曙抄』の本文（能因本（のういんぼん）の系統）である。

本文の「すびつ・火おけの火も、しろきはいがちになりぬるは、わろし」の「しろきはいがち」

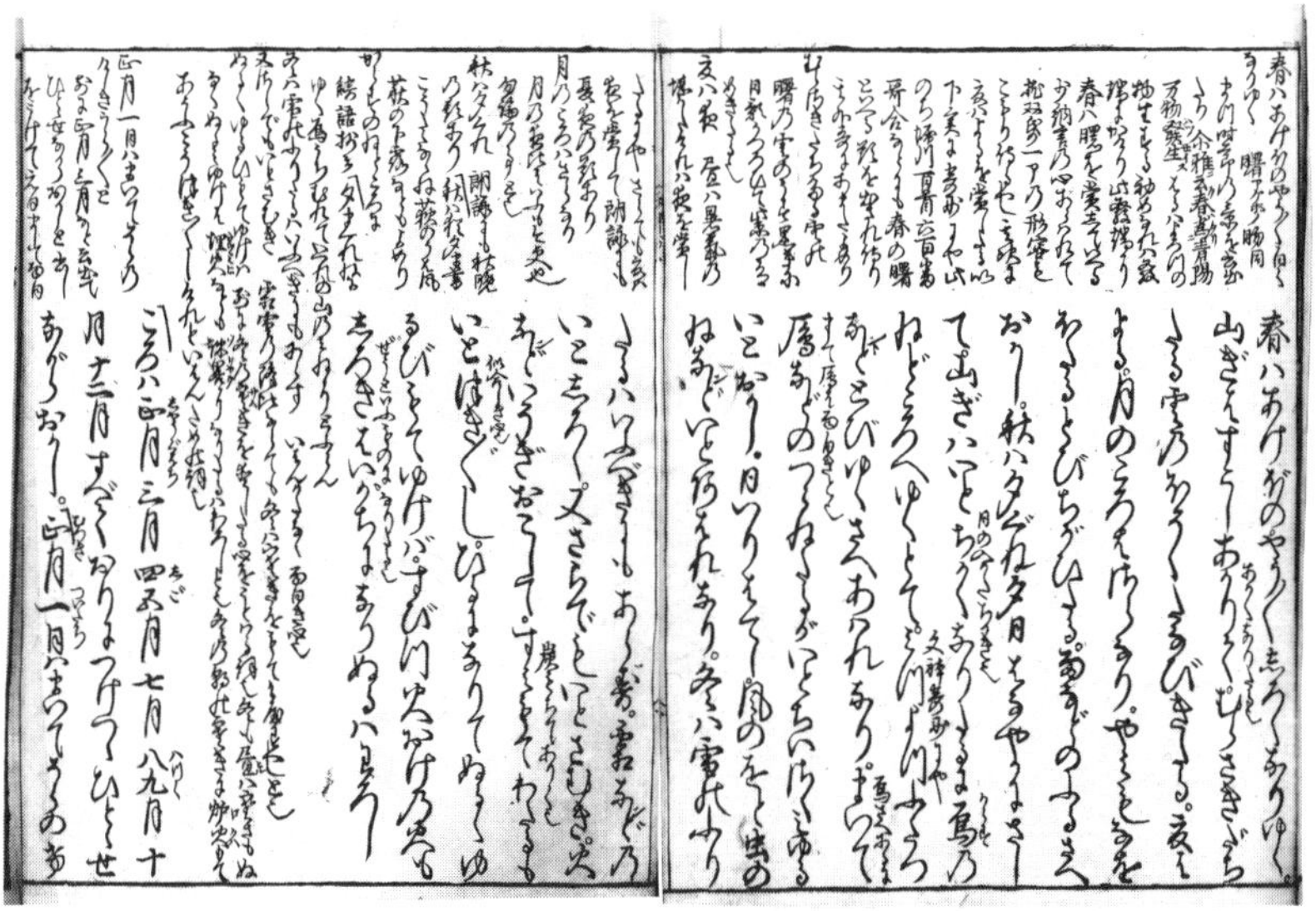

図版5　北村季吟『春曙抄』

（左頁本文6行目）の右側には、「傍注」として、「ぜうといふものになりたる也」と書かれている。「ぜう」は「じょう」で、漢字で書けば「熨」ないし「尉」で、白い灰になった炭火のこと。この傍注を踏まえて、私は『校訂・訳　枕草子』のこの部分を、「床に炉を切った炭櫃や、木製の丸い火桶で、あれほど真っ赤に、かんかん熾きていた炭の火力が、すっかり弱まり、熨という、白い灰がちになってしまうのは、何ともいただけない」と訳した。傍注を可能な限り、訳文に取り込むことで、江戸時代や明治時代の人々が、この部分をどのように理解していたかを示したかったからである。

ちなみに、大正元年に富田文陽堂から出版された中村徳五郎『新訳枕草子』の「訳」は、「口語訳」ではなく、「文語訳」である。上下二段組み（一対二の比率）で印刷されていて、上段に小さく原文が、下段に大きく訳文が印刷されている。これが、実に読みやすい平易な文語文である。たとえば、「春は曙の景色ほど面白きはなし。東の山の端、ほの〴〵と白み渡り、日未だ昇らねども、射す影の映ろひて、其の山の端の少しく赤うなりたる、さては横雲の細長く棚引けるが、紫めきて彩られたる、最と面白し」という具合である。

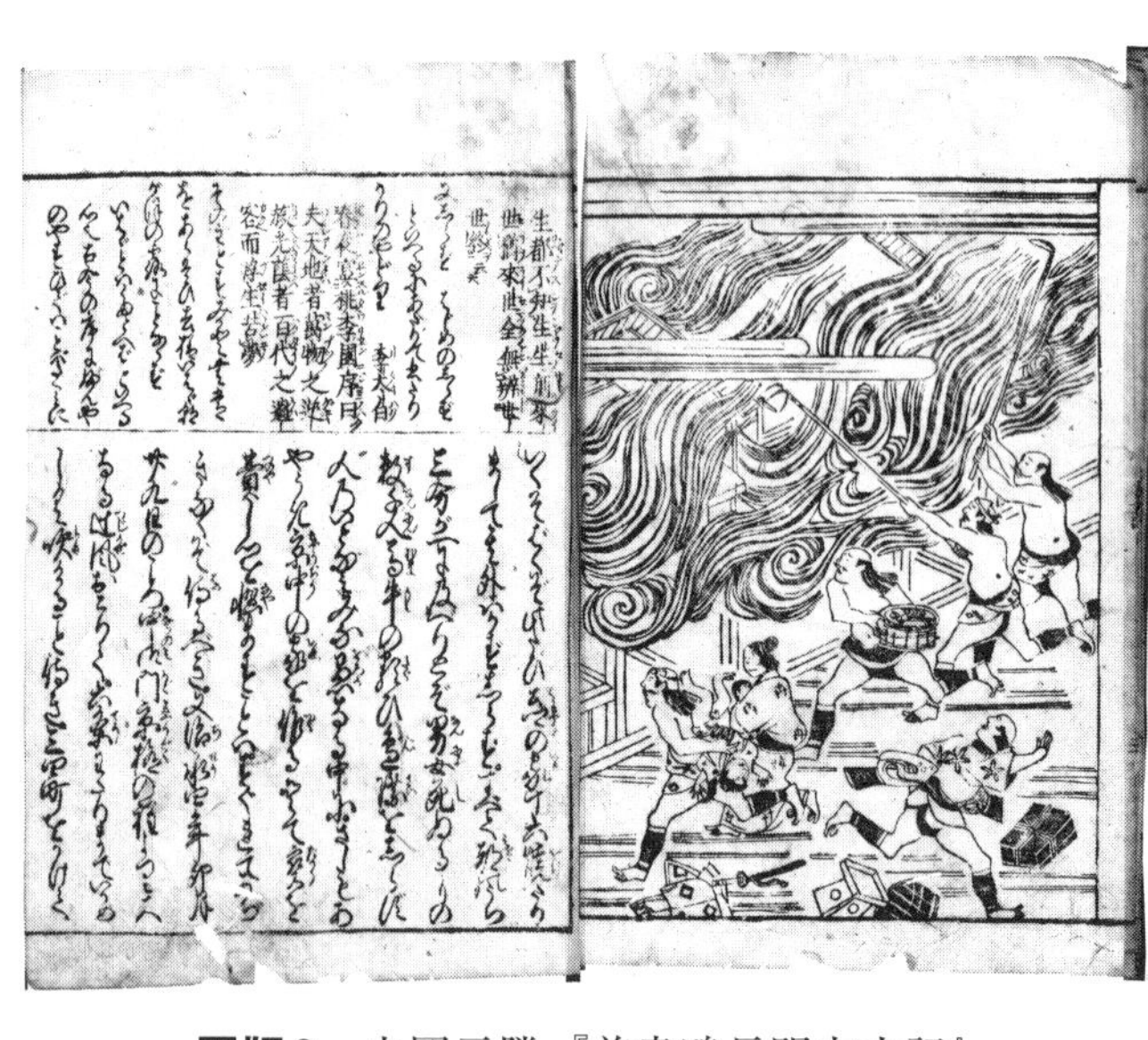

図版6　山岡元隣『首書鴨長明方丈記』

古典の「文語訳」として、注目すべき例だと思うので、ここで紹介した。なお、中村徳五郎には、明治四十五年に刊行した『新訳土佐日記・新訳十六夜日記』の試みもある。

＊山岡元隣の『首書鴨長明方丈記』

第九章で紹介した『首書方丈記』は、架蔵本では『首書鴨長明方丈記』という標題になっている。『方丈記』の最古の注釈書の一つである。挿絵が付いている。

図版6は、「五大災厄」の一つである「安元の大火」を描いているが、第九章で述べたように、読者の記憶には、江戸の町を襲った「明暦の大火」の恐怖が重ねられているのだろう。挿絵の左下には、武士の魂とされた刀まで捨てられている。子どもを連れて逃げ惑う夫婦をよく

見ると、母親は子どもをしっかり前に抱いているが、父親が背負っている子どもは、足が上で頭が下になって、さかさまである。よほど慌ただしかったのだろう。このように、挿絵を見ると、古典の本文には直接書かれていなかった情景までが見えてくる。

本文には「傍注」は付いておらず、漢字の読みだけが記されている。「頭注」では、「かりのやどり」に関して、李白（李太白）の「百代之過客」という漢詩句が指摘されている。はたして、私が推測したように、松尾芭蕉は、この注釈書を経由して、『おくの細道』の有名な冒頭文を書いたのだろうか。興味が尽きない注釈書である。

＊『方丈記諺解』

これも、第九章で紹介した注釈書である。頭注はないが、傍注が詳しく、かつ、洒脱（しゃだつ）である。

図版7は、「安元の大火」の箇所であるが、先ず、本文で、火元が「病人をやどせるかりや（仮屋）」（左頁2行目）だと述べている点に注意したい。江戸時代に読まれていた「流布本（るふぼん）」では、このように「病人」となっている。けれども、現代は「大福光寺本（だいふくこうじぼん）」で読まれており、そこでは「病人」ではなく、「舞人」となっている。意味の上では大きな差異がある。ただし、平仮名表記だと、「やまひ人」と「まひ人」は、たった一字の違いである。「やまひ」の

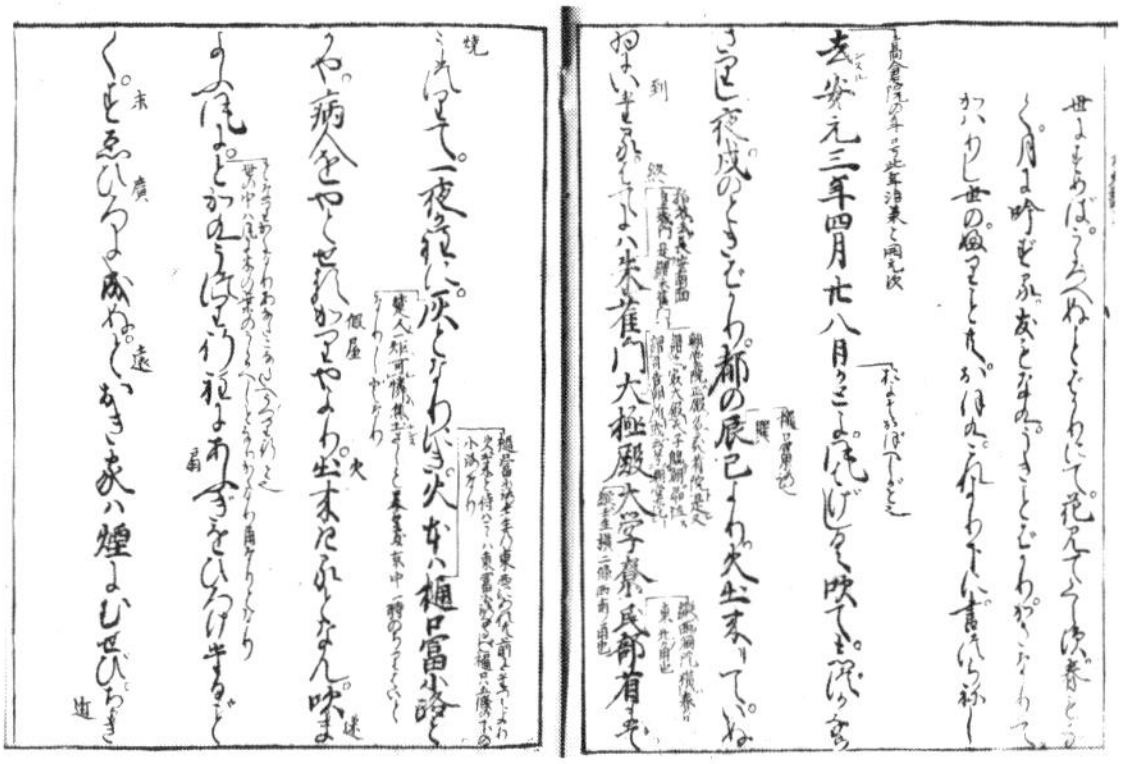

図版7　『方丈記諺解』

「や」が脱落したのか、「まひ」に「や」が付け加わったのか。このこともまた、興味が尽きない。

「四月廿八日かとよ」という本文（右頁、大きな文字で印刷された本文1行目）の「かとよ」の横に、「およそおぼへしがと也」（凡そ覚えしが、となり）という傍注がある。大略は記憶しているが、正確には記憶していないというニュアンスを指摘して、こまやかである。

また、火事が「とかく移り行程に」という本文（左頁3行目）の右側には、「となりかくなり、あなたこなたへうつり行と也。世の中は風に木の葉のうらがへしとなりかくなり角なりとなり」と、注している。これは、「とかく」の語注である。「世の中は風に木の葉の」は俗謡、あるいは道歌であろう。江戸時代の享保七年（一七二二）頃から、熊本の放牛という僧が地蔵を彫り、道歌を書き付けたという。その中に、「世の中は風に木の葉の」と酷似する道歌が見られる。ただし、『方丈記諺解』は元禄七年（一六九四）の刊行なので、こちらが先である。

『方丈記諺解』には、ほかにも洒脱な道歌・俗謡を取り込んでいる。「人生いかに生きるべきか」を真摯に思索している『方丈記』の文体とは、一見齟齬しているようにも感じられるが、『方丈記』の後半で、閑居を楽しむ長明の心境にも、このような余裕があったかもしれない、などと思いが広がる。『方丈記諺解』の著者は未詳だが、著者の人間味が感じられる、個性的な注釈書である。

4.『徒然草』の注釈書

＊秦宗巴の『壽命院抄』

ここからは、私のライフワークである『徒然草』に関する注釈書を、いくつか紹介したい。秦宗巴の『壽命院抄』は、『徒然草』の最初の注釈書である。後続する『徒然草』注釈書ブーム、ひいては江戸時代の『徒然草』ブームの先鞭を付けた、画期的な書物である。

　私が所蔵しているのは、昭和六年に松雲堂書店から出版された復刻版なので、図版は省略する。『壽命院抄』は『徒然草』の本文自体は掲載せずに、注釈が必要な言葉だけを、短く切り出して解説している。第八章でも触れたように、『壽命院抄』は、表現の出典や、和歌を踏まえた箇所を指摘している点で、「古今伝授」の系譜に連なる三条西家や細川幽斎たちの『源氏物語』研究の蓄積を適用した成果と考えられる。『壽命院抄』では『徒然草』に章段番号が付いているが、それ以前の写本にはなかったことである。

＊高階楊順の『徒然草句解』

図版8　高階楊順『徒然草句解』

　高階楊順（ようじゅん）の『徒然草句解（くげ）』は、『壽命院抄』『野槌（のづち）』『なぐさみ草（ぐさ）』には遅れるが、北村季吟の『徒然草文段抄（もんだんしょう）』には先行する注釈書である。本文を大きく印刷して、漢籍にある「割注（わりちゅう）」のスタイルで、注釈を書き加えている。「割注」とは、一行のスペースに二行の細い字で注釈を書くことである。

　ここに図版で示したのは、『徒然草』の「序段」であるが、「愚按（ぐあん）ずるに」という言葉を四角い枠で囲って、著者の個人的な見解が示される。**図版8**の中央部の「物ぐるおしけれ」(「物狂ほしけれ」)という本文の後に、三つの「愚按ずるに」が記されている。その二つ目の「愚按ずるに」の箇所では、現在は第一段とされる段の最後の文章の「下戸ならぬこそ男は良けれ」までを『徒然草』の序文とする説があるが、これも捨てがたい説である、という趣旨のことが書かれている。この説自体の根拠は、『源氏物語』の研究史との照応から来ていると考えられるが、そのことに注意を払っている高階楊順の高い見識が垣間見られる。

この点について具体的に補足しよう。『源氏物語』の旧注では、桐壺巻は全体の序であり、『源氏物語』の実質的な始発は帚木巻であると考えられてきた。なぜならば、古今伝授の伝統の始発に位置する宗祇によれば、帚木巻で展開される「雨夜の品定め」は政道論にほかならず、それが『源氏物語』全編の主題であると考えるからである。そのことを踏まえてみると、『徒然草』で、現在は第二段とされているのは、「古の聖の御代の政をも忘れ、民の愁へ、国の損なはるるをも知らず、万に清らを尽くして、いみじと思ひ、所狭き様したる人こそ、うたて、思ふ所無く見ゆれ」から始まる政道論である。

『徒然草句解』は、『源氏物語』の旧注の真髄である「政道論読み」を、『徒然草』に適用する読み方に、注意を喚起しているのである。『徒然草句解』の注釈態度は、『徒然草』研究が『源氏物語』の注釈の蓄積を踏まえて始まったこととも通底しており、深みを感じさせる。

*北村季吟の『徒然草文段抄』

旧注の集大成を成し遂げた北村季吟は、『徒然草』の注釈書を二種類まとめている。寛文七年(一六六七)の『徒然草文段抄』と、宝永元年(一七〇四)の『徒然草拾穂抄』である。けれども、「本

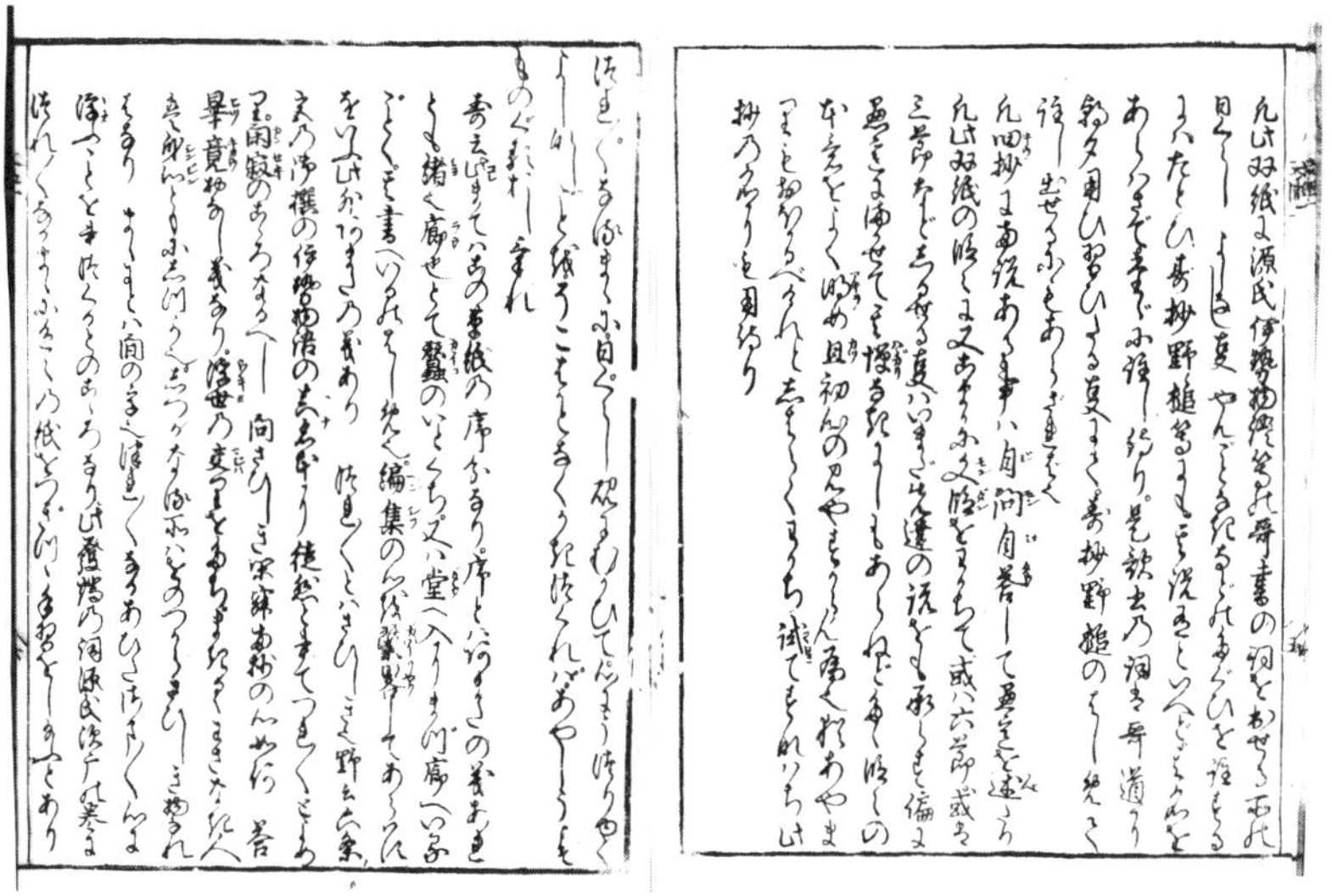

図版9　北村季吟『徒然草文段抄』

文・傍注・頭注」の三点セットを確立した季吟の『湖月抄』は、延宝元年（一六七三）に成立し、二年後に刊行された。つまり、図版9のように、『徒然草文段抄』の時点では、『湖月抄』スタイルは、確立していなかった。そして、なぜか、後年の『徒然草拾穂抄』でも『湖月抄』スタイルは採られなかった。

『徒然草文段抄』は『湖月抄』スタイルでない替わりに、各段をいくつかの「節」に分けて、論理構成をたどることに主眼を置いた。『湖月抄』の場合には、膨大な古注と旧注の蓄積を見事なまでに捌くことになる季吟であるが、『徒然草』の場合には、『壽命院抄』『野槌』『なぐさみ草』などの先行書の整理だけでは、注釈の情報量が少なく、新見を打ち出しにくかったのかもしれない。そこで、段を節に細分化して、各段の文脈展開を詳細に分析する方法を編み出したのだろう。これによって内容理解が深まり、段を隔てていても複数の段が照応することに気づき、しばしばそのことに触れている。章段間の照応は、『野槌』を著した林羅山も触れておらず、季吟独自の読み方を示している。

『徒然草文段抄』は、レイアウトの面で、頭注や傍注が付く『湖月抄』スタイルのような、読みやすさ、わかりやすさに欠けるとしても、内容を詳細に深く読み込む方法を示したと言えよう。

＊浅香山井の『徒然草諸抄大成』

図版10の浅香山井『徒然草諸抄大成』は、『徒然草文段抄』や、『徒然草諺解』（南部草壽、一六六九年）や『徒然草直解』（岡西惟中、一六八六年）の後、貞享五年（一六八八年）の刊行である。加賀前田藩の藩士だった山井は、十三種もの注釈書を参照したとして、その書名を挙げ、なおかつ、「諸

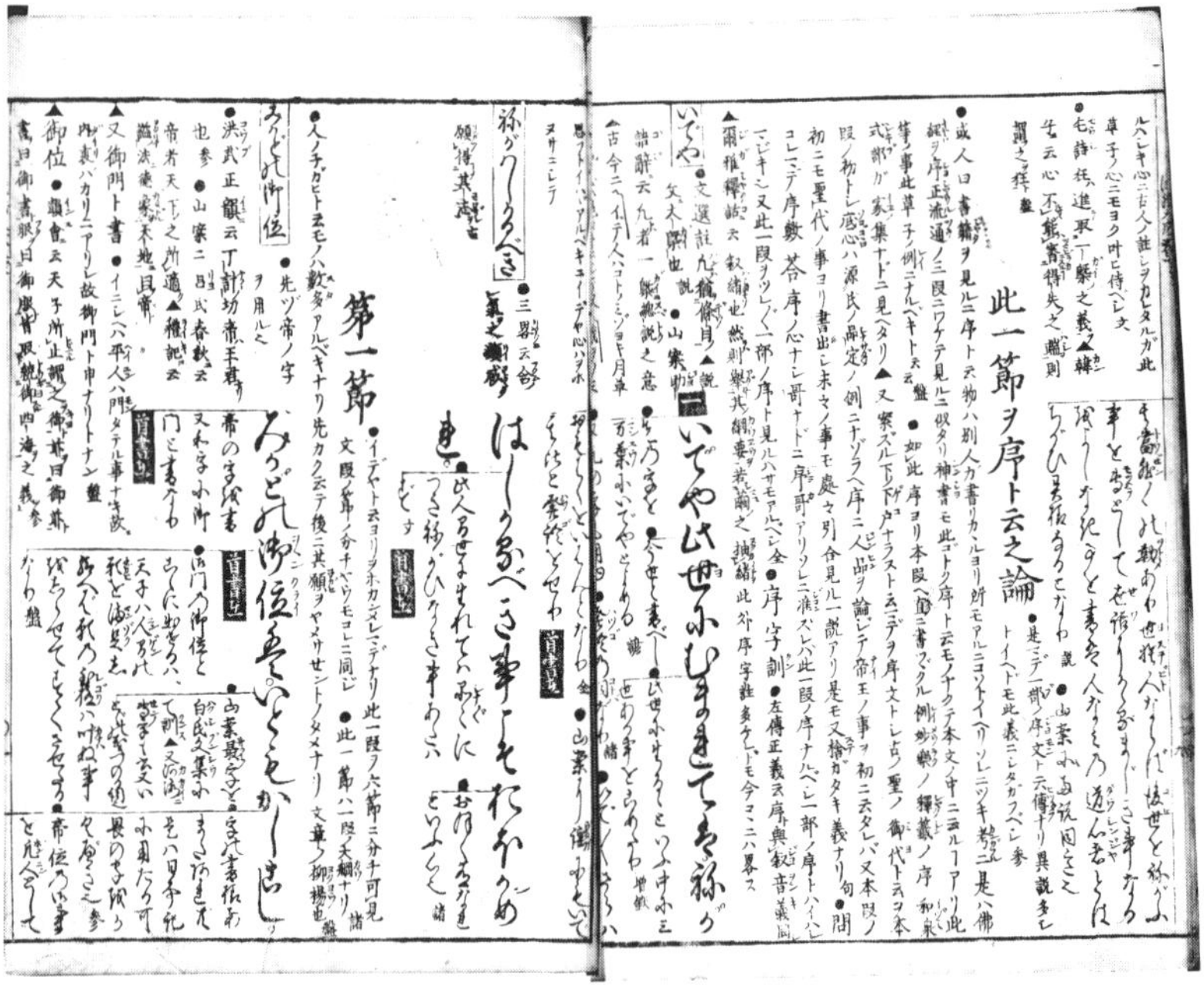
此一節ヲ序ト云之論

第一節

図版10　『徒然草諸抄大成』

抄を通して同じ説」「山井がかつて伝聞した説」「山井自らの考え」を加味したと言う。二十巻二十冊。質量共に「諸抄大成」と呼ぶにふさわしく、諸説を一覧できるレイアウトになっているのが便利である。

『源氏物語』研究における北村季吟の『湖月抄』に対応する意義を持つが、残念ながら山井は、日本文化の推進力としての古典文学の価値を、前面に明示するところまでは到達しておらず、諸説を大成して段の主題を述べる「統論」が、文化論・文明論に踏み込んでいないのが惜しまれる。

各段をいくつかの節に分けるのは、『徒然草文段抄』の方針を踏襲している。本文は目立って大きく印刷され、その横に「傍注」に当たる細かな語注などを書き、「首書有（かしらがきあり）」として、『湖月抄』の「頭注」に当たる詳しい注を載せている。

＊挿絵付きの注釈書『徒然草吟和抄』

著者未詳の『徒然草吟和抄（ぎんわしょう）』は、『徒然草諸抄大成』の二年後の刊行であるが、それまでと異なる新しさがある。一般に注釈書は、頭注や傍注で解説するものであるが、『吟和抄』の場合には、挿絵も多数入っているのが珍しい。しかも、松永貞徳の『なぐさみ草』の挿絵を踏襲せず、独自性のある構図で描かれている。

たとえば、**図版11**の第四十五段の挿絵を

図版11　『徒然草吟和抄』

見てみよう。「良覚僧正」という怒りっぽい人が、「榎木の僧正」という渾名を付けられたことに立腹して、榎木を切り倒したエピソードが語られている。『徒然草吟和抄』のこの挿絵は、門の外で、指をさしながら会話する二人の通行人を描き込んでいる。『徒然草』の原文には「人」という言葉が一箇所だけしか出てこない。けれども、この二人は、渾名を付けた口さがない世間の人たちの姿を代表している。『徒然草』の章段は、簡潔明瞭な書き方だが、表現の奥行きが視覚的に理解できる挿絵である。

＊苗村丈伯の『徒然草絵抄』

『徒然草諸抄大成』以後の注釈の新しいスタイルとして、挿絵の果たす役割を極限まで追究した『徒然草絵抄』（一六九一年）が挙げられる。著者の苗村丈伯（一六七四～一七四八）は、仮名草子の作者としても有名で、『女重宝記』などの教訓書も残している。

『徒然草絵抄』は、図版を見ただけですぐに理解できる、明快性が素晴らしい。何よりも驚かされるのは、文字による注釈スペースが、まったく存在しないことである。『徒然草』の本文のほかには、挿絵しかない。『絵抄』では、本文のすぐ上のスペース、すなわち、他の注釈書ならば「頭注欄」が、そのまま挿絵のスペースとして使われている。この挿絵によって、本文の世界が、簡潔明瞭に描かれる。

図版12　苗村丈伯『徒然草絵抄』

図版12の右側の挿絵は、良覚僧正が榎木を切り倒させている場面だが、『徒然草吟和抄』と比べると、こちらは僧正の表情がいかにも怒りっぽい人

の雰囲気を伝えている。左側の挿絵は、清水寺へ参拝する途中で、「くさめ〳〵」と何度も唱える尼を不思議に思った人が、なぜそのように唱えているのですかと尋ねている、第四十七段の場面である。なお、『徒然草絵抄』の章段番号は、現行のものと多少異なっている。

どちらも描き込む内容を最小限に抑えることで、挿絵の効果を最大限に高めている。このような書き方は、『徒然草』の全体にわたって貫かれている。『徒然草』の文体と『徒然草絵抄』の画風が照応し、響き合っている。見て楽しく、本文の意味内容も一目でわかる、とてもユニークな注釈書。それが『徒然草絵抄』である。

＊『兼好法師家集』

『徒然草』の人気の高まりと、空前の注釈書ブームは連動し、そのうえ著者である兼好への関心も高まって、創作的な兼好伝まで種々出版された。そのような「近世兼好伝」に材料を提供したのが、『徒然草』注釈書ブームの最中に出版された『兼好法師家集』だった。このことは、第八章でも述べた。跋文を記した林鵞峰は、儒学者・林羅山の三男。父の羅山も、『徒然草』の注釈書である『野槌』を著しているので、出版された『兼好法師家集』は、権威ある書物となった。

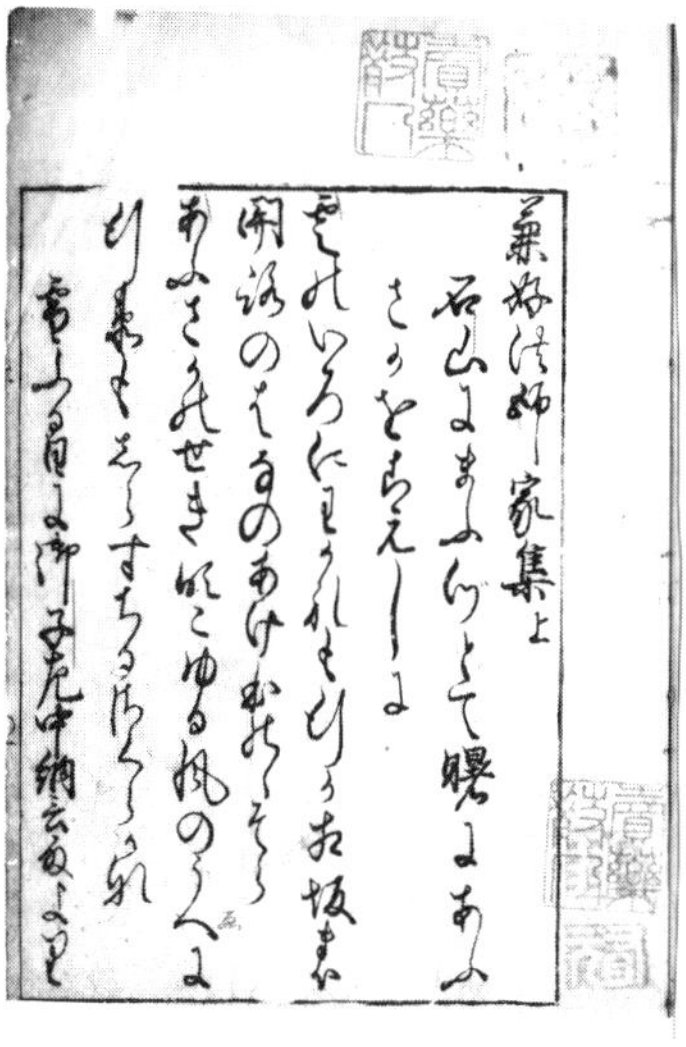

図版13 『兼好法師家集』

図版13で示したのは、寛文四年（一六六四）

に刊行された、架蔵の『兼好法師家集』の冒頭部である。上部や右下の欄外に、いくつか蔵書印が押されているが、その中に「売薬散人」という印が見える。土佐出身の医師・長澤道壽(どうじゅ)の号である。仁和寺(にんなじ)近くの双ケ岡(ならびがおか)に住んでいた。ただし、彼は『兼好法師家集』が刊行される以前の一六三七年に没している。けれども、道壽の子が長澤潜軒(せんけん)（少弐(しょうに)、虎）で、一六二一年に生まれて一六七六年に没した。彼も双ケ岡に隠栖し、二代目道壽を名乗ったという。

江戸時代には、医師が儒学者であることも多く、『壽命院抄』の著者の秦宗巴も、そうであった。しかも、この版本のかつての所蔵者である売薬散人は、兼好が隠栖したと伝えられる双ケ岡に居住していたというのだから、ゆかりがある。この『兼好法師家集』は、決して保存状態の良いものではないのだが、手にするたびにさまざまな思いに誘われる、大切な版本である。

図版14　『扶桑隠逸伝』

＊『扶桑隠逸伝』と『先進繍像玉石雑誌』

元政(げんせい)上人が著した『扶桑隠逸伝(ふそういんいつでん)』は、『兼好法師家集』と同じ一六六四年に刊行された。多くの隠遁者の列伝であるが、挿絵が付いているのが特徴である。**図版14**の兼好の挿絵は、燈火(ともしび)のもとで、書物を広げて読んでいる絵柄である。兼好の肖像画には、執筆する姿と読書する姿があるが、これは「兼好読書

図版15 栗原信充『先進繍像玉石雑誌』

図」である。『徒然草』第十三段の、「一人、燈火の下に、文を広げて、見ぬ世の人を友とするぞ、こよなう慰む業なる」という箇所に由来している。

兼好の肖像画が掲載されている版本を、もう一つ紹介したい。栗原信充の『先進繍像玉石雑誌』（一八四三年）である。『先進繍像玉石雑誌』は、南北朝という「政治の季節」を生きた、公家や武将たちの伝記集で、南朝側に好意的である。**図版15**の肖像画は、近代以降、『徒然草』や兼好に関する書物の中で、しばしば掲げられている。兼好らしさを示す読書姿や執筆姿ではなく、座像である。兼好は、『先進繍像玉石雑誌』に描かれている政治的人間たちの中で異色の存在であるが、この肖像画からは、時代を超えて読み継がれる『徒然草』の普遍性とも通じるような、穏やかな落ち着きが漂う。

《引用本文と、主な参考文献》

・本章の記述中に示したので、掲載図版の書名はここでは繰り返さないが、すべて架蔵本である。

《発展学習の手引き》

・本章は、さまざまな注釈書を、私が所蔵している版本によって紹介した。「注釈書」は、古典文学作品そのものと分かちがたく結びついて、読者たちに迎えられてきた。注釈書を探究すれば、古典文学そのものの本質も見えてくる。図書館や展覧会などで、注釈書類が展示されることもある。また、文学に関わる図説なども、注意して見るようにしていただければと思う。

15 研究史から見た日本文学史

《目標・ポイント》 本書は古典文学について、作品別・ジャンル別に、これまでの研究史をたどってきた。多数の注釈書が書かれた古典作品と、ほとんど注釈書の存在しない古典作品がある。また、ある時代から急激に注釈書が増加する古典作品もある。最終章では、これまでの総まとめとして、古典を研究することの意味と意義について、注釈書を中心点に据えて考える。

《キーワード》 注釈書、古典文学、近代文学、日本文化、日本文学史

1．なぜ注釈書が書かれるのか

＊近代文学と注釈

本書では、古典文学の注釈書に視点を据えて、作品研究の変容を概観してきた。どのような作品であれ、歳月による風化は避けがたいものがある。時の経過が、表現と内容の両面から侵食し、書かれた当初の輝きが消失してゆく。けれども、それに抗(あらが)うかのように、注釈書が書かれるようになると、その作品の命脈が息を吹き返し、後世の人々に読み継がれてゆく。

注釈研究の始発は、何よりも、「この作品を読みたい、研究したい」と思わせるような、魅力的な作品の存在が前提である。魅力的であるのに、読者と同時代、あるいは読者と近い時代に書かれ

た文学ではないために、作品の中で使われている言葉や背景がわからなくなる。

明治時代以後の文学は、一般に近代文学と呼ばれる。明治になって百五十年以上が経過した現在、近代文学と呼ばれる作品群にも、次第に注釈が必要とされるようになった。明治五年（一八七二）生まれの樋口一葉の作品は、時代区分では、近代文学である。『たけくらべ』の文章は、一葉と同時代人の森鷗外や上田敏が高く評価した名文だが、文語体で書かれていることもあって、現代人にとって、必ずしもわかりやすいものではなくなっている。書き出しは次のようになっている。

> 廻れば大門の見返り柳いと長けれど、お歯ぐろ溝に燈火うつる三階の騒ぎも手に取る如く、明けくれなしの車の行来にはかり知られぬ全盛をうらなひて、大音寺前と名は仏くさけれど、さりとは陽気の町と住みたる人の申しき、

「車」が自動車ではなく、人力車であることはわかる。「大門の見返り柳」や「お歯ぐろ溝」とはどのようなものなのか、さらには、作品の舞台についてもおおよそのことを知っていれば、理解は深まる。現に、一葉の作品に注釈を付けた本もある。

ちなみに、文語文で書かれているのは、樋口一葉の作品だけではない。森鷗外の「ドイツ三部作」と呼ばれる『舞姫』などの初期作品も、文語文である。夏目漱石の作品は、口語文で書かれていて、現代でも多くの人々に広く読まれている。それでも、文庫本の多くには注が付いていて、作品の背景を垣間見せてくれる。作品を読みたいと切実に望む読者がいて、にもかかわらず、作品に描かれている世界が読者の世界と隔たっていると感じられる時に、注釈が必要とされる。作品の側

からも読者に歩み寄ってもらい、読者の側でも作品に近づこうと努力する。それが、注釈研究の意味である。さらに言えば、その作品に近づきたいと切に望む読者たちの中から、注釈者が生まれてくる。

＊注釈研究の展開

本書は『日本文学の研究史』と題して、主として注釈研究の進展に注目してきた。注釈研究の進展や変化は、卓越した個人が成し遂げる場合もあるが、多くは、その家の子孫たちに受け継がれ、二代、三代あるいはそれ以上の系脈によって、「家学」となる場合もある。こういった現象は、中世の時代から顕著になってくる。それは、注釈研究が持続的に盛んになったのが中世以降であることを示している。つまり、日本の古典文学の名作群は、平安時代に出現し、それらを注釈研究し続けたのが、中世以降の時代であったということである。

平安時代末期から中世の始めにかけて、歌人の藤原俊成・定家父子によって和歌の創作と歌論、および歌合の判詞による和歌批評の基盤が形成されたことは重要である。とりわけ、定家が『源氏物語』『古今和歌集』『伊勢物語』『土佐日記』『更級日記』など、王朝文学の書写や本文校訂を精力的に行ったことは、古典文学全体に関わる大きな業績であった。また、定家による『小倉百人一首』の選定は、古代から中世までの和歌のエッセンスを、後代に伝えると同時に、この『小倉百人一首』自体が、数多くの注釈研究を生み出す「新古典」となった。本書で繰り返し述べたように、「古典」とは、注釈研究され続けてきた作品のことだからである。

ところで、和歌や古典文学は、子孫たちによる家系以外にも、師弟関係による継承がある。俊成・定家父子の家系は、長く和歌の正統とされた二条家となって室町時代まで続き、勅撰和歌集の編纂に大きな役割を果たした。一方で、定家の曾孫の二条為世は、弟子たちを育成し、当時「和歌四天王」と呼ばれた四人の法体歌人（出家した歌人）の中で、筆頭歌人だった頓阿は、その子孫たちも歌人として活躍し、二条家が断絶した後は、頓阿の子孫である尭孝たちが、二条家の歌学を伝える和歌の権威となって、室町時代の歌壇の中心になった。このような和歌史の流れは、家系での継承から、弟子による継承という経路を採ったが、今度は弟子の家系で継承されることによって、二条派の歌学の命脈が長く続いた。

　室町時代になると「古今伝授」という、極めて限られた範囲での伝授スタイルが生まれた。東常縁から古今伝授を受けた宗祇に始まる、新たな古典継承システムであった。しかも、本書で述べたように、「古今伝授」は、『古今和歌集』と『源氏物語』の双方を統合する「古典伝授」となった点が重要で、ここで『古今和歌集』の注釈研究と『源氏物語』の注釈研究が統合された大河の流れとなって、その総体があますことなく近世に流れ込んだ。

　近世における木版印刷の隆盛は、古典作品の原文の刊行だけでなく、複雑で膨大な注釈研究を、まるごと紙面に印刷することを可能とした。さらには、挿絵が付いた「絵入り本」の注釈書も登場したことは、古典の普及に測り知れない恩恵をもたらし、人々の知識教養が深まった。

「蓄積・集約・浸透」という日本文学のサイクルは、注釈研究においても当てはまる。むしろ、注釈研究の分野でこそ、このような「蓄積・集約・浸透」という文化システムは、明確な軌道を描いている。

　ある作品の注釈研究が蓄積してくると、それらを統合・集約する人物が現れることも、日本文学史における大きな特徴であることに、本書ではたびたび注意を喚起してきた。ある一人の人物が、複数の作品の注釈研究を行うことも、室町時代以降の顕著な現象であろう。一条兼良・宗祇・三条西実隆・細川幽斎といった人々は、『源氏物語』を含む複数の注釈研究を成し遂げた。これらの人々が継承してきた注釈研究を総合的にまとめあげて、わかりやすく簡潔なレイアウトで、注釈書を次々と刊行したのが、江戸時代前期の北村季吟(きぎん)だった。

また、注釈研究は、個々の作品に即して行われる行為であるが、作品間でも連動している。近世初頭の『徒然草』の注釈書は、語彙の注釈などで『源氏物語』の注釈書を引用することが多い。

＊注釈という創造的な文学行為

『源氏物語』に即して、「注釈」の創造性について考えてみよう。『源氏物語』は十一世紀の初めに、紫式部という女性によって書かれた。この作品は、現在に至るまで読み継がれ、注釈研究が絶えなかった。この物語に魅せられた文化人の一人に、正徹(しょうてつ)（一三八一〜一四五九）がいる。彼は、成立から百年近くもその存在が注目されることなく、文学史の中に埋もれていた『徒然草』を発見して称賛した人物である。中世最後の大歌人とも呼ばれている。彼には、『一滴集(いってきしゅう)』という『源氏物語』の注釈書もある。ただし、内容は『河海抄』によるところが多い。

その正徹が、都から美濃・尾張まで旅をした紀行文が『なぐさみ草(ぐさ)』である。なお、江戸時代の初頭に、松永貞徳(ていとく)が著した『徒然草』の注釈書である『なぐさみ草(ぐさ)』と同名ではあるが、内容は別である。正徹の『なぐさみ草』（一四一八年成立）には、彼が尾張の清洲(きよす)に滞在中、宿の主人から『源氏物語』の講義を依頼される場面がある。ここには、正徹の『源氏物語』についての、率直な認識が書かれていて興味深い。

> 物語（注、『源氏物語』のこと）の言葉は、その時、世に言ひ知れる事を、ありのままに書きたりしかども、世、末に成り行けば、人の言葉も従ひて変はり侍るにや、今は、人の、なべては知らぬ事の様に成りぬ。

紫式部と正徹とでは、四百年の隔たりがある。その間に、日本語は大きく変化した。正徹の時代には、『源氏物語』に書かれてあることを、「なべて＝すべて」理解することは困難になってしまっていた、と言うのである。そこで、正徹は、今川了俊（一三二六～一四二〇）などに教えを受け、『源氏物語』の研究に励んできたが、まだ及ばない、と謙遜している。今川了俊は武将であるが、文人としても知られ、多くの著作を残している。

時代につれて、言葉や文法は変わる。社会基盤も、政治体制も、経済活動も、そして価値観も大きく変容する。読者は古典文学の世界を理解することが困難になる。だから、注釈研究が、いつの時代でも必要とされることになる。『なぐさみ草』における正徹の証言は、注釈という行為に挑む人間の切実な動機を語っており、普遍性がある。

読者に理解されなくなった作品は、たとえ書かれた当初は傑作と評価されていても、時の流れと共に風化して消滅する。だから、注釈書を著すという研究行為は、古典を「生きた現代文学」として蘇生させ、読者に感動を与える文学的な行為である。注釈者は、「第二の作者」である。

＊「文化史年表」の有益性

本書においては、我が国最古の文学書とされる『古事記』に触れたのは第十一章であり、我が国最古の歌集であるとされる『万葉集』に触れたのは第十章である。そして、『古事記』の成立から約二百年も遅れて成立した『古今和歌集』を第一章に据えている。

このような構成を取ったのは、日本文学の注釈研究史の展開をたどることが、現代にまで読み継がれて「古典」となった作品群の、生成過程を追体験できると考えたからである。「なぜ、年代順に、古い時代の作品から取り上げてゆかないのか」という疑問ももっともだが、ここに、「文学史年表」、さらには従来の「日本文学史」という固定観念に潜む陥穽（かんせい）がある。

七一二年に成立した最古の文学書である『古事記』は、現代までの約一三〇〇年間、永続的に読まれ続けて日本文化に絶えず影響を及ぼし続けたわけではない。第十一章で述べたように、『古事記』の復活は、江戸時代後期の本居宣長（もとおりのりなが）の登場まで待たなければならなかった。『古事記』は、宣長の手で蘇るまで、一一〇〇年近くも忘却の底に沈んでいた。その眠りを覚ました宣長の『古事記伝』は、注釈書でありながら、『古事記』を再誕させた画期的なものであり、宣長は『古事記』の第二の作者であると言っても過言ではない。

注釈書を起点として作品を捉え直す時、学術研究に関わる記述が充実している「文化史年表」も有益である。私自身も「執筆者」の一員として加わった『日本文化総合年表』（岩波書店、一九九〇年）の学術欄を通覧してゆくと、注釈研究の動向を一望できる。

2．注釈書から見えてくる日本文化の広がり

＊『古今和歌集』と『伊勢物語』と『源氏物語』

本書の第一章を『古今和歌集』から始めたのは、九〇五年から江戸時代後期まで、もしも「文学の玉座」というものがあるのならば、その玉座に君臨していたのが『古今和歌集』だからである。

最初の勅撰和歌集であり、注釈書の数も圧倒的に多い。

『古今和歌集』の注釈書が多い理由の一つに、中世に始まった「古今伝授」があったと考えられる。明治時代に正岡子規が『歌よみに与ふる書』で、『古今和歌集』の価値を否定して以来、「古今伝授」についても、取るに足らない些末（さまつ）な知識を珍重する儀式と考えるような誤解が生じた。ところが、本書で述べてきたように、古今伝授は戦乱の時代にあって、平和と調和を求める「政道観」を伝えるものとして位置づけられるのだった。『古今和歌集』は、和歌文学の領域に収まることなく、人間社会の理想を説く政道書であり、究極の人生教訓書として理解されてきた。

そのような「古今伝授」という潮流の中に、『伊勢物語』と『源氏物語』も位置づけられることを、本書の第四章と第五章とで明らかにした。『伊勢物語』と『源氏物語』は、恋愛に終始する風俗物語ではなかった。書かれてある内容が、表面的には三角関係や不義密通であったとしても、人間関係の理想を明らかにし、為政者のあるべき姿を教える政道書であり、道徳書であるとされた。

ここにおいて、『古今和歌集』と『伊勢物語』と『源氏物語』は一つに融け合い、室町時代後期から江戸時代初期までの日本文化の本流を形成した。その文化を集大成したのが、北村季吟という注釈家だった。彼は、室町時代の宗祇たちが主張した、道徳書・政道書としての古典文学を、自分が生きている時代に活用するために、膨大な古典注釈書をまとめ続けたのだった。季吟のそのような姿勢は、宗祇以来の延長線上にある。季吟は徳川幕府の歌学方（かがくかた）として、京都から江戸に招聘（しょうへい）され、新たな近世文化創造の一翼を担った。

この巨大な潮流の流れを堰（せ）き止め、まったく新しい水源から新しい潮流を生みだし、それを日本文化の巨大な潮流としたのが、江戸時代に興（おこ）った「国学（こくがく）」だった。ここに、日本文学と日本文化に対する解釈の大転換が起こった。

＊「旧注」から「新注」へ

日本文化の最大の分水嶺は、国学以前と、国学以後の境目にある。そのことが、古典の注釈史をたどることで、はっきりと見えてくる。国学以後の注釈書を「新注」と言う。明治以後の近代国文学は、主として「新注」の成果を踏まえ、そこから研究を開始した。つまり、北村季吟以前の国文学の蓄積に対する敬意が低下したのである。

この歴史的な変化は、本居宣長の『源氏物語』研究に象徴されている。宣長は、季吟が藤原定家以来の『源氏物語』研究を集大成して『湖月抄』に集約した文学観を、全否定する。宣長は、『湖月抄』の内容を逐一点検し、逐一否定し、自分自身の「創見＝新見解」を提出した。現在、その多くは認められ、宣長の著した『玉の小櫛（たまのおぐし）』は、『源氏物語』研究のスタートラインとなっている。

＊「新注」以前の「旧注」「古注」の再評価

私が国文学研究に志して国文科に進学した頃、小学館から刊行されていた「日本古典文学全集」（赤い表紙）の『源氏物語』全六巻が完結した。このシリーズが、これまでの注釈書とは異なり、「宣長以前の古注釈書」を数多く取り入れていることは、学生たちの間でも話題になっていた。「日本古典文学全集」は紙面が、上段・中段・下段に三分割されている。中段は、古典の本文。下段は、現代語訳。上段に「頭注（とうちゅう）」が付いており、そこに宣長以前の旧注や古注の中で、現代の視点から見ても再評価すべき箇所が数多く再録されていたのである。季吟の注釈研究態度に、復活の兆しが見え始めていた。ちなみに、現在は「新編日本古典文学全集」（白い表紙）になっているが、ページのレイアウトは変わらない。

まもなく、「新潮日本古典集成」シリーズの刊行も始まった。こちらは上下二段組みで、上段が「頭注」、下段が「本文」である。ただし、本文の右側に、小さな字で語釈などが書き込まれているので、現代語訳こそないものの、原文の大意が理解できる工夫が凝らされていた。この「頭注」「本文」「傍注」の三点セットは、北村季吟の『湖月抄』スタイルである。宣長は、『湖月抄』に書かれている説の多くを否定したが、『湖月抄』が開発した注釈スタイルは、二十世紀の国文学界で蘇ったのである。『湖月抄』スタイルは、宣長の予想をはるかに超えて強靭（きょうじん）だった。

『源氏物語』の研究者の多くは、『増註（ぞうちゅう）湖月抄』という書物を参照している。アーサー・ウエーリの優れた英語訳も、この『増註湖月抄』に多くを負（お）っている。『増註』というのは、北村季吟が古注と旧注を集大成した『湖月抄』の説に、『湖月抄』を否定した宣長の『玉の小櫛』の説を追加した、すなわち「増註」した、という意味である。

否定されたものと、否定したものとが共存することで、古注（鎌倉時代）や旧注（室町時代から季吟まで）の説の意義が見えてくる。それを掬（すく）い上げることで、新たな『源氏物語』研究の時代を切り拓いたのが、「日本古典文学全集」であり、「新潮日本古典集成」だったのである。

＊『徒然草』の注釈研究が生み出した「新古典」

さて、注釈書の視点に立って、ここまで述べてきた日本文学の系脈を整理すると、次の二つの潮流が浮かび上がる。すなわち、「古今・伊勢・源氏・古今伝授」という「和歌・物語」系脈と、「古事記・万葉」という「古代」系脈の二つである。

けれども、この二大潮流に対して、ある意味で、最も現代性を帯びた作品群として、『枕草子』『方丈記』『徒然草』がある。これらは、従来「三大随筆」という名称で一括されてきたが、これら三つの作品は、近現代の批評文学の源流として位置づけたいほど、きわめて現代的な思想・美意識・価値観を持つ。『徒然草』が成立したのは、この三つの中で一番最後だが、江戸時代の初頭から注釈書が書かれ、その後も数々の注釈書が持続的に書かれた。

『徒然草』は、成立してから百年ほどは、誰も言及しておらず、読者に恵まれなかったが、先に触れた正徹は、『徒然草』の存在を最初に明記し、その卓越した文学性を賞賛した。ただし、正徹自身が『徒然草』の注釈書を書かなかったのは、いまだこの時期には、『徒然草』が「古典」となる機が熟していなかったからだろう。

けれども、江戸期の注釈書から見ると、『徒然草』の特異性が浮かび上がる。江戸時代の最初期と言ってよい一六〇四年に『壽命院抄』が刊行された後には、堰を切ったように、松永貞徳の挿絵入り注釈書『なぐさみ草』がこれに続き、人生教訓書として『徒然草』を読む方向性を示した。『なぐさみ草』に続いては、儒学者の林羅山が著した『野槌』に注目すべきだろう。わが国の古典文学は和歌と和文で書かれており、また仏教思想も浸潤していたので、注釈書の著者と言えば、多くは歌人であり、僧侶であった。儒学の専門家が日本の和文古典に正面から取り組むことはあり得なかった。儒学者たちにとって研究すべきは、『論語』であり、『孟子』だったからである。

けれども、江戸時代に著された『徒然草』の注釈書の場合、羅山を始め、儒学系の注釈者の存在が大きかった。この点が、『徒然草』注釈の特異性であり、ひいては、『徒然草』自体が、それ以外の古典と性格を異にする作品であることの証しでもある。

江戸時代前期の思想界を代表する「知の巨人」たる羅山が、『徒然草』と対峙する思想劇の様相を呈する『野槌』は、まことにスリリングである。『徒然草』は、江戸時代の人々にとって楽しくて、しかもためになる読み物という側面があるが、それだけでなく、教養人の知的好奇心を満足させる書物でもあった。

江戸時代の『徒然草』注釈書ブームと並行して、「兼好伝」も盛んに刊行されていることが、第二の特異性である。兼好は、生没年も未詳であるし、歴史的事実としては不明な点が多い。ところが、江戸時代には、「あの『徒然草』という名作を書いた作者は、どういう人生を生きたのだろうか」という関心が高まり、創作的な「近世兼好伝」が続出したのである。

ここで思い出されるのが、本書の第一章『古今和歌集』と第四章『伊勢物語』で紹介した、「荒唐無稽」な古注釈書のことである。それらは、「旧注」以前の「古注」の時代、すなわち、鎌倉時代から室町時代初期のことだった。室町時代中期の「古今伝授」以後は、「古注」から「旧注」へと進み、荒唐無稽な内容を持つ注釈書はほとんど消滅したのだった。

ところが、『徒然草』に関しては、荒唐無稽な書物が、羅山や季吟といった正統的な学者による注釈書と遠からぬ時期に書かれている。『徒然草』は、遅れて研究が始まった「最新の古典」であるがゆえに、儒学者の林羅山による思想書のような注釈書『野槌』も、そして荒唐無稽な創作伝記としての「近世兼好伝」も、同時並行的に集中して出現したのであろう。野々口隆正（大国隆正）の『兼好法師伝記考証』は、幕末期の著作であり、著者の隆正は、宣長以後の国学者である。時代は、「新注」の時代であるにもかかわらず、隆正が描いたのは、兼好南朝忠臣説を骨子とする「近世兼好伝」の世界だった。

＊遅れて読まれ始めた『万葉集』と『古事記』

さて、本書で『万葉集』を扱ったのは第十章、『古事記』を扱ったのは第十一章だった。「文学史年表」では、最古の成立であるのに、本格的な注釈書が成立したのは、江戸時代の中期以降だった。けれども、そこから「近代日本文化」が作り出されたと言っても過言ではない。平安時代から江戸時代中期までは、『古今和歌集』・『伊勢物語』・『源氏物語』の三点セットが、日本文化の別名だった。けれども、「近代日本文化」の主流は、『古事記』と『万葉集』に取って替わられた。

古代文学である『万葉集』と『古事記』を、文化史の永すぎる眠りから覚ましたのは、「国学」であり、「新注」の著者たちだった。日本文化史の特徴として、「古代の発見」＝「古代復興」としてのルネサンスは、江戸時代中期に起きたことが挙げられる。それは、「近代の扉」を開くためだった。ヨーロッパのルネサンスは、十四世紀から十六世紀にかけて起きて、宗教改革に結びついた。人間中心の近代文化は、ここを水源としている。

ヨーロッパで古代復興がなされた十四世紀から十六世紀を、我が国に当てはめれば、室町時代に当たっており、「古今伝授」と「旧注」の時代に対応している。日本で古代の復興が、ヨーロッパより大幅に遅れたのは、『古今和歌集』・『伊勢物語』・『源氏物語』という、王朝文学の三点セットが作り出した日本文化の基盤が強固であり、知識人たちの絶大な信頼を集めていたからである。

江戸時代の中期以降に始まった『万葉集』と『古事記』の復興は、明治維新以後も、日本文化の中心になった。『万葉集』は、天皇から庶民まで、あらゆる階層の作者が歌を詠んでいる点が高く評価され、「四民平等」のシンボルとなった。また、正岡子規は、万葉調を短歌創作の中心に据えながらも、それに漢語や外来語も加えることで、「大和言葉」一辺倒だった「旧派和歌」の限界を突き破り、近代短歌を作り上げた。『万葉集』を中心に据えた文学観が、近代日本の扉を開いたことは、注釈史や研究史をたどることで明瞭に見えてくる。

また、本居宣長が再生させた『古事記』に描かれたスサノオやヤマトタケルの神話は、「荒ぶる神」や「貴種流離譚」の典型として、近代人が考える「古代観」に大きな影響を与えた。鈴木三重吉が児童向けにリライトした『古事記物語』は、広汎な読者層を獲得した。

『古事記』は最古の文学作品であるがゆえに、日本人の思考様式の始原的な形態を濃厚に残している。それを「神話的想像力」と呼ぶこともある。この時、人々の念頭にあるのは、歴史書としての『日本書紀』ではなく、文学書としての『古事記』なのである。

3．これからの注釈研究のありかた

*本文をどこに求めるか

江戸時代の人々にとって、最も親しみやすい「新古典」として『徒然草』が広く読まれるようになった時、『徒然草』は、散文を書く際の良き見本・手本としても機能した。『徒然草』が散文としての高い評価を獲得した後で、『枕草子』がそれに続いた。「旧注」を集大成する画期的な注釈書を著した北村季吟が、それまでほとんど注釈書の存在しなかった『枕草子』に対して、『春曙抄』という本格的な注釈書をまとめたのである。

現代の視点から言えば、『春曙抄』が用いている『枕草子』の本文は、「能因本」という系統であり、高等学校の古文教科書で採用されることの多い「三巻本」の系統とは違っている。だが、三巻本の評価が高まったのは、昭和の戦後以降のことだった。『源氏物語』研究などに関しては、江戸時代後期の国学者たちは、季吟の『湖月抄』に書かれている学説を否定することに情熱を注いだ。けれども、『枕草子』に関しては、契沖や真淵や宣長などの「国学の巨人」たちが、季吟の『春曙抄』を全面否定して、新しい『枕草子』像を提出する、というようなダイナミックな動きは起きなかった。『枕草子』に関しては、季吟の「旧注」のままで、近代を迎えた。

国学者は、『春曙抄』に関心を示さなかった。なぜなのだろうか。思うに、『春曙抄』は、国学者たちに研究しようとする気持ちを抱かせなかったのだろう。それが、『枕草子』という作品の本質を照らし出す。書きたいことを書きたいように書く。これが、「筆の遊び（すさび）」としてのエッセイの真髄である。この点に関しては、文章に携わる人間は、誰も文句の付けようがない。

『方丈記』に関しては、旧注の大成者である北村季吟が注釈書を著していない点に、注目したい。ただし、第九章で述べたように、明暦（めいれき）の大火など、大きな災害に見舞われるたびに『方丈記』は、人々の記憶に蘇った。「人と住まい」という、一つのテーマに限定して、評論的に探究し尽くした論説スタイルは、「限りある人生を、いかに生きるべきか」という難問に立ち向かう有効な散文スタイルであることが、人々に理解されるようになった。『徒然草』や『枕草子』のような「自由闊（かっ）達（たつ）」な散文ではないが、理詰めの論理的な散文スタイルが『方丈記』の真髄である。

ただし、『方丈記』に関しては、江戸時代に決定版と呼べるような、指針となる注釈書が書かれなかったことが惜しまれる。そこに、『方丈記』の本質があるのだろう。『方丈記』が真に理解されるのは、近代になってからだったということである。

＊口語訳に潜む問題点

「文語」で書かれた古典文学の表現を、「口語」に移し替えた訳文で読んでも、現代人は違和感を抱かなくなっている。一つには、高等学校の古文の授業で、「原文の現代語訳」を学んでいるからであり、もう一つは、近代になると高名な文学者たちによる口語訳が次々と刊行されてきたからである。けれども、文語を文語のままで理解する方策がある。それを示したのが、橘守部である。宣長が『古今集遠鏡』で示した口語訳は、第一章で見たように、『古今和歌集』の雅な文語を、江戸時代の俗語にすべて置き換えていた。それに対して、第四章や第十二章で見たように、橘守部は、『古今和歌集』や『土佐日記』の原文をすべて残したうえで、言葉と言葉の間を補うことで、新しい訳文のスタイルを示すことに成功した。

＊新しい注釈研究を求めて

私自身もこれまで、「校訂・訳」と名付けて、ちくま学芸文庫から『徒然草』と『枕草子』の注釈書を刊行した経験がある。私は、作者の書いた原本に最も近いと推測される本文に従って注釈することをしなかった。そうではなく、これまで最も永く読まれ、これまで最も大きな影響を日本文化に及ぼしてきた本文（「流布本」と呼ばれることが多い）で、注釈を試みた。「日本文化史」に占める古典文学の位置を、明らかにしたかったからである。

また、「本文」には、可能な限り漢字を宛て、ルビを多く振った。これは、北村季吟の『湖月抄』で、本文の右横に書き込まれている「傍注」の働きを、漢字で表記した本文で代用できるのではないかと考えたからである。本居宣長は、日本語である大和言葉に、中国語である漢字を宛てるのは無意味だ、と激しく反対しているが、原文あっての古典であると認識するならば、口語訳のみでは古典の世界を狭めることになろう。

江戸時代に蓄積されていた注釈書群の研究を踏まえて、島内裕子校訂・訳『徒然草』を刊行したのは、平成二十二年（二〇一〇）のことだった。この本の構成は、「原文・訳・評」というシンプルなスタイルを採った。その後、ちくま学芸文庫から、「原文・訳・評」という同じスタイルで、平成二十九年（二〇一七）に『枕草子』上下を刊行した。『徒然草』も『枕草子』も、原文には漢字を多く宛てた。漢字の持つイメージ喚起力によって原文の意味が類推されるので、それが「傍注」の代わりになるのではないかと考えたからである。

さらに私は、『湖月抄』の「頭注（とうちゅう）」が記していたような背景の説明も、「現代語訳」の中に書き込めるのではないかと考えて、「現代語訳」を長くし、「頭注」も「脚注」も付けなかった。この結果、原文に書かれていないことも、訳文に書き加えることになった。ただし、訳文の直前に「原文」が置かれているので、訳文で新たに補った内容（本来は頭注で記されていた事柄）は、読者に簡単に区別できる。

『徒然草』を中心軸に据えて国文学研究に志した当初から、私は注釈書のあり方に注目し、分析し続けてきた。その経験を踏まえて、現代にふさわしい古典文学作品の「注釈書」のあり方を、これからも模索し、提案してゆきたいと願っている。注釈研究とは、巨視的に見るならば、日本文化論の体現であり、文学作品を通して、日本文化の本質を解明することに繋がる。そのことを確認して、本書を擱筆（かくひつ）したい。

《引用本文と、主な参考文献》

・『樋口一葉集』（『新日本古典文学大系　明治編』、菅聡子・関礼子校注、岩波書店、二〇〇一年）
・正徹『一滴集』（『未刊国文古註釈大系11』清文堂出版、一九六九年）
・正徹『なぐさみ草』（新編日本古典文学全集『中世日記紀行集』所収、稲田利徳校注・訳、小学館、一九九四年）

《発展学習の手引き》

・本章は、本書全体の総まとめの観点から、大きく捉えて、三つのポイントを強調した。すなわち、第一に、「注釈書の出現とその展開」に注目して、日本文学の生成と展開を俯瞰（ふかん）すると、「和歌と物語」、すなわち『古今和歌集』と『源氏物語』が日本文学の基盤形成となったこと。第二に、「和歌と物語とその注釈書」が融合し、「新たな文化伝達システム」となったのが「古今伝授」であり、室町時代後期から戦国時代を通して、古典文学を消滅させずに命脈を保たせる機能を発揮したこと。第三に、江戸時代後期に勃興した「国学」は、注釈研究の刷新によって、新たな思想運動として機能したこと。

以上の三点を総合する視点を、注釈研究史をたどりながら提起したのが本書であった。そこからさらに、現代の批評文学の源流として、『徒然草』と『枕草子』に『方丈記』を加えた三つの作品を位置づけた。和歌でもなく、物語でもなく、古代文学でもない、これらの作品が、現代人の物の見方や美意識の源流であり、日本文学の中で、重要な一画を占めていることも指摘できたのではないかと思う。

以上のような文学観が果たして有効性を持つかどうか、その検証を、本書を通読した読者に委ねることを、「発展学習の手引き」としたい。

●わ行

●や行

●ら行

●ま行

●な行

●は行

●た行

●さ行

●か行

索引

●配列は五十音順（現代仮名遣いの発音順）。＊は人名（フルネームを原則とする）を示し，数字は原則として各章の初出ページを示す。

●あ行

著者紹介

島内　裕子（しまうち・ゆうこ）

一九五三年　東京都に生まれる
一九七九年　東京大学文学部国文学科卒業
一九八七年　東京大学大学院人文科学研究科博士課程単位取得退学
現　在　放送大学教授、博士（文学）（東京大学）
専　攻　中世を中心とする日本文学

主な著書　『徒然草の変貌』（ぺりかん社）
『兼好――露もわが身も置きどころなし』（ミネルヴァ書房）
『徒然草文化圏の生成と展開』（笠間書院）
『徒然草をどう読むか』（左右社）
『徒然草』（校訂・訳、筑摩書房）
『枕草子　上下』（校訂・訳、筑摩書房）
『方丈記と住まいの文学』（左右社）
『批評文学としての「枕草子」「徒然草」』（NHK出版）

主な編著書　『吉田健一・ロンドンの味』『おたのしみ弁当』『英国の青年』（編著・解説、講談社）

放送大学大学院教材　8981035-1-2111（ラジオ）

日本文学の研究史

発　行　　2021年3月20日　第1刷
著　者　　島内裕子
発行所　　一般財団法人　放送大学教育振興会
〒105-0001　東京都港区虎ノ門1-14-1　郵政福祉琴平ビル
電話　03（3502）2750

市販用は放送大学大学院教材と同じ内容です。定価はカバーに表示してあります。
落丁本・乱丁本はお取り替えいたします。

Printed in Japan　ISBN978-4-595-14156-0　C1391